Martin Dodenhoeft

Finale auf Föhr

Martin Dodenhoeft

Finale auf Föhr

Kriminalroman

Prolibris Verlag

Dies ist ein Roman, dessen Personen und Handlung frei erfunden sind, auch wenn er in der ganz realen Inselwelt von Föhr spielt. Ich habe mir jedoch die Freiheit genommen, manches zu ändern oder zu erfinden. Eventuelle Übereinstimmungen mit lebenden oder verstorbenen Personen wären zufällig und keinesfalls beabsichtigt.

Originalausgabe 2008
3. Auflage 2013

Tel.: 0561/766 449 0, Fax: 0561/766 449 29

Lektorat: Anette Kleszcz-Wagner
Titelfoto: Rouven Penz
Druck: CPI - Clausen & Bosse, Leck
ISBN: 978-3-935263-56-6

www.prolibris-verlag.de

Der Insel Föhr und allen,

die sie lieben.

Hauptpersonen des Romans

Renata von Brandes, 42
Verlegerin, begeisterte Föhr-Urlauberin
Carl von Brandes, 44
ihr Mann, ausgewiesener Oldtimerliebhaber, Hobbydetektiv

Klaus-Henning Asmussen, 44
Hauptkommissar, Leiter der Föhrer Polizeistation,
Carls Schulfreund
Alexander Seyfried, 32
karrierefixierter Kriminalhauptkommissar aus Kiel
Peter Kohlmann, 58
Polizeioberkommissar aus Kiel
Jörn Peters, 52
Polizeihauptmeister
Achim Lohns, 48
Polizeiobermeister
Ina Meyer, 21
Polizeischülerin
Jörg Wachter, 21
Polizeischüler
Peter van Aertsen, 47
Asmussens ehemaliger Kollege aus Hamburg

Hans-Jürgen Hansen, 78
Wattführer
Caroline Schweiger, 31
attraktive Deutsch-Engländerin mit einem Geheimnis
Matthias Schweiger, 32
ihr Mann, ein aufstrebender Junghistoriker
Catherine Schweiger, 5
ihre aufgeweckte Tochter
Richard Spencer-Brown, 56
Vater von Caroline Schweiger

Hermann Siewering, 84
Seniorchef einer angesehenen Hamburger Reederei
Martin Siewering, 52
sein Sohn und Nachfolger als Reeder
Helen Siewering, 34
Ehefrau von Martin
Tamara, 23 und **Leon**, 19
Martins Kinder aus erster Ehe
Arfst Iversen, 67
Haushälterin der Siewerings auf Föhr

Jan Harksen, Spitzname: »Franz Branntwein«, 33
der stets gut informierte Chef des Kurmittelhäuschens
Frauke Harksen, 41
Jans Schwester, Ex-Frau Asmussens, tüchtige Zimmer- und Restaurantwirtin
Ekke Knudsen, 40
Inseljournalist mit Ambitionen
Jan-Willem Petersen, 63
Fährschiffskapitän
Omme Tadsen, 50
Hafenmeister im Sportboothafen Wyk
Ingken Tadsen, 22
seine Nichte

27. Dezember 1977, 18:15 Uhr

Die Straße war nicht vereist, aber regennass und rutschig. Mit Mühe brachte sie ihren VW Käfer zum Stehen und schaltete das Warnblinklicht ein.

Der BMW war mit hoher Geschwindigkeit von hinten herangekommen, direkt vor der Kurve an ihr vorbeigezogen, und dann hatte der Überholer die Kontrolle über seinen Wagen verloren. Etwa 30 Meter vor ihr war die weiße Limousine seitlich auf einen der Alleebäume geprallt und bot jetzt einen fürchterlichen Anblick.

Die junge Frau lief auf das seitlich eingeknickte und zertrümmerte Wrack zu. Das Auto war zum Glück nicht in Brand geraten. Ein Bundeswehrsoldat in Uniform, der ebenfalls an der Unfallstelle angehalten hatte, holte sie ein. Er leuchtete mit einer Taschenlampe in die Trümmer hinein und keuchte auf. Die Fahrerin und das kleine Kind waren tot. Die junge Frau fiel langsam auf die Knie, krümmte sich vornüber zusammen und barg schluchzend ihr Gesicht in den Händen.

*

Wattwanderung

Missmutig setzte Carl von Brandes seinen rechten Fuß ins knöcheltiefe Wasser, dann den linken. Prompt auf einen scharfkantigen Muschelrest. Gerade noch unterdrückte er einen Aufschrei. Zu peinlich. »Sag mal, Reni«, setzte er an.

Renata von Brandes tat, als hörte sie nichts. Sie war nicht autoritätshörig, war sie noch nie gewesen, und auf den Namen Reni hörte sie schon gar nicht. Und ihr Mann flößte ihr wenig Respekt ein. Jedenfalls keinen Respekt im Sinne von ehrfurchtsvoller Anbetung. Autorität im klassischen Sinne hatte er vielleicht im Verlag, bei den Druckereien, bei den Autoren und vor allem den Autorinnen. Ja, ja, er konnte durchaus charmant sein, manchmal definitiv zu charmant. Früher war er zurückhaltender gewesen. Da hatte sie weniger aufpassen müssen. Aber diese Art von Autorität verflüchtigt sich schnell, wenn man jeden Tag die Unterhosen eines Mannes wäscht. Oder jedenfalls weiß, dass die Haushaltshilfe das macht. Ob die jetzt eigentlich die Gardinen ...

Reni! Das ging zu weit. Tante Reni war die Person, die auf ihrer persönlichen Rangliste der unbeliebtesten Menschen Deutschlands noch weit über verschiedenen machtbesessenen politischen Wendehälsen aller Couleur anzusiedeln war. Reni sagte Carl immer zu ihr, wenn er sie ärgern wollte. Ging sie darauf ein, würde sie unweigerlich eine Debatte über ihre Familie im Allgemeinen und Tante Reni im Besonderen entfachen. Carl mochte Reni, aus einem unerfindlichen Grund. Nein, diesen herrlichen Urlaubsmorgen würde sie sich nicht mit solchen Diskussionen verderben lassen.

Brüsk wandte sie sich ab und schloss dichter zur Gruppe auf. Etwa 40, 50 Leute – überwiegend Pärchen wie sie und Carl, einige mit Kindern – schlurften und platschten durch das knöcheltiefe Wasser am Dunsumer Deich hinter dem Wattführer her. Schon am frühen Morgen strahlte Hans-Jürgen Hansen eine geradezu penetrante Fröhlichkeit aus. Ein kleiner, drahtiger Mann, Mittsiebziger, wenn nicht älter. Die Haut tiefbraun, aber recht zerknittert, der war ja immer draußen. Ziemlich dünne Beine, sehnig, Typ Marathonläufer. Carl würde später nicht so aussehen. Der erste Rettungsring war schon in Sicht, ha!

Mit seiner angenehm tiefen Stimme verkündete der Wattführer gerade, was allerdings jeder wusste: Sylt zur Rechten, Amrum zur Linken! Viel war ja eigentlich nicht zu sehen. Hinter dem in der frühen Morgensonne glitzernden nassen Watt erhoben sich flache, hellbraun-grünliche Dünenketten mit hellerem Saum. Die Häuser von Hörnum auf Sylt. In der Ferne im Nordosten konnte man sogar Hochhäuser sehen, hässlich in die Gegend geklotzte Quader. Sah aus, als stünden die direkt im Wasser. Wo standen die noch? Kampen, Westerland? Trotz des morgendlichen Dunstes war auch der Amrumer Leuchtturm gut zu erkennen. Renata atmete tief ein. Was hier zählte, war Himmel, weiter, endloser, hellblauer Himmel, Wasser und die gute Seeluft.

Der Wattführer dozierte fröhlich weiter: Entstehung der einzigartigen Landschaft durch Ebbe und Flut. Ökologisch ganz besonderer Lebensraum für zahlreiche Tiere. Wattwürmer - nachher wollte er einen ausgraben. Bäh. Kein Bedarf. Immer bei den anderen bleiben! Nur in der Gruppe übers Watt nach Amrum gehen, nur mit erfahrenem Wattführer! Vor Jahren sei eine ganze Gruppe wegen eines unerfahrenen Amateurs in Gefahr geraten, man habe sie in letzter Sekunde gerettet! Und auch vor Kurzem sei wieder ein Einzel-Wattwanderer spurlos verschwunden!

Carl, erneut: »Sag mal, Liebes« - schon besser! - »ist dir klar, dass wir zu Urlaubsbeginn diese Wanderung zu einer zivilen Zeit machen konnten?«

Was sollte das jetzt? Es stimmte zwar, dass sie unbedingt heute gehen wollte, weil es ihr an anderen Tagen halt nicht so gut gepasst hatte. Aber warum das zugeben? Sie zögerte kurz und griff dann auf das probate Mittel der Retourkutsche zurück. Wessen zahlreiche Aktivitäten in der Vorwoche waren ebenfalls stets wichtiger als die traditionelle Wattwanderung nach Amrum gewesen? Einschließlich des Vormittags, den er damit verbracht hatte, sein kostbares Auto von Möwenklecksen zu befreien und auf Hochglanz zu polieren.

Doch Renata wusste: Hier und jetzt, an diesem herrlichen, über dem Watt noch kühlen Sommermorgen, war wieder einer der kleinen Entscheidungsmomente im Leben, eine der Gabelungen erreicht, wenn auch eine der unbedeutenderen. Nichts im Vergleich zu damals, als sie sich zwischen Carl und Heinz-Martin entscheiden musste. Oder als sie vor der Frage gestanden hatte, ob sie den Verlag ihres Vaters weiterführen sollte oder nicht. In diesem Augenblick entschied sie sich für einen der erprobten klugen Wege: den Liebesbeweis. Sie beschleunigte ihren Schritt, drehte sich um und stellte sich vor ihn, sodass er nicht weitergehen konnte, reckte sich auf die Zehenspitzen, küsste ihn auf die Nase und sagte einfach: »Ich liebe dich. Erst recht, wenn du mich ärgern willst. Es wird dir sowieso nicht gelingen.«

Erst zögernd, dann innig schloss Carl die Arme um seine Frau. Sie fühlte sich gut an, ein wenig kühl an den Oberarmen – es war ja doch noch recht frisch heute Morgen – aber gut. Immer noch, immer wieder. Wer konnte da widerstehen?

»Matsche-Platsche-Mann lieb!«

Über den Kopf seiner Frau hinweg bemerkte Carl in weiter Ferne eine Schar Möwen, die um irgendetwas herumflatterten, immer wieder aufflogen und niederstießen, dort offenbar an irgendetwas pickten und rissen. Hier ein Felsen, an dem sich Krebse sammelten, ein gefundenes Fressen für Möwen? Er konnte sich nicht erinnern, im letzten Jahr hier Felsen gesehen zu haben, aber die See arbeitete ja unermüdlich an der Veränderung der Landschaft. Vielleicht ein Haufen Steine, Steine für die Föhrer Gartenmauern!

Er erinnerte sich an die unerfreuliche Begegnung mit einer Frau, die im Watt große Steine gesammelt hatte. Er und sein Sohn Alex hatten im vergangenen Sommer unwissentlich einen ihrer *mühsam gesammelten, kostbaren Steine* genommen und in den nächsten Priel geworfen. Wie eine Furie war die Frau über sie hergefallen. Er und Alex hatten sich unter lahmen Entschuldigungen verzogen. Sein Verhalten: Alles andere als souverän! Darüber hatte er sich tatsächlich geärgert, weniger über die dumme Kuh, die völlig unangemessen auf die kindlichen Vergnügungen der beiden reagiert hatte.

Plötzlich blockierte etwas seinen Weg. Er schlug der Länge nach auf das noch feuchte Watt, dass es klatschte. Mit einem lauten Fluch stemmte er sich auf. Die linke Schulter schmerzte teuflisch. Hose und Shirt waren seitlich klatschnass. Na super. Wenigstens hatte er geistesgegenwärtig die Kamera vor dem Nasswerden gerettet.

Die Kleine, über die er gestolpert war, eine niedliche rotblonde Göre von vielleicht fünf Jahren, stand nun einen Meter entfernt und sah ihn ernst an. »So was sagt man aber nicht!« bemerkte sie. Altkluger Tonfall. Das reizte ihn.

»Und du kannst hier nicht einfach stehen bleiben, dass die Leute über dich fallen müssen!« fuhr er sie heftig an. Im selben Moment tat sie ihm leid. Kinder sind doch Kinder. Über seine eigene Ungeschicklichkeit hatten sich Olga-Carina und Meta-Sabrina, seine Schwestern, schon vor 35 Jahren ständig lustig gemacht. Aber er hatte es ihnen heimgezahlt, mit Fröschen und Spinnen im Bett und anderen kleinen Scherzen.

Die Kleine machte sich offenbar nichts aus seinem Schimpfen. Gott sei Dank. Sie schien in sich selbst zu ruhen. Eine Persönlichkeit, schon jetzt. »Bist du auch so ein böser Mann wie der Schiff-Mann?« fragte sie ihn in ernsthaftem Ton.

»Wer ist denn der Schiff-Mann?«

In diesem Moment traten ein Mann und eine Frau hinzu, sichtlich die Eltern. Alter vielleicht Ende zwanzig, Anfang dreißig, der Mann ein mittelgroßer, durchschnittlicher Typ mit dunklen Haaren und Brille, die Frau, gekleidet in ein weißes, kurzes Sommerkleid mit schmalen Trägern, eine wahrhaftige Schönheit! Carl fielen nur die völlig aus der Mode gekommenen Begriffe *grazil* und *ätherisch* ein. Sie war etwas kleiner als ihr Mann, schlank, hatte ein schmales Gesicht, leicht gebräunt, grüne Augen. Vor allem: lange rotblonde Haare, genau wie die Tochter. Und kleine Füße. Deren Größe und Form interessierten Carl mehr als andere weibliche Attribute. Unwillkürlich sah er auf die eigenen großen und leider etwas plump geratenen Füße hinunter. Nicht laufstegkompatibel, aber noch im Limit, Standardgröße, pflegte er sich zu beruhigen. Außerdem kommt es ja nur auf die inneren Werte an. Allerdings begann er an dieser oft bemühten Lebensweisheit zu zweifeln. Wesentlichen Teilen der Damenwelt schien mehr am Äußeren gelegen.

»He is not like the Schiff-Mann«, sagte die Kleine zu ihrer Mutter.

Der Vater sprach ihn an: »Entschuldigen Sie bitte. Ich hoffe, Sie haben sich nichts getan? Unsere Catherine ist ein richtiger Hans-guck-in-die-Luft. Man muss immer aufpassen, wem sie als Nächstem vor die Füße läuft. Sie ist wirklich sehr lebhaft, fast unglaublich, dass sie eine Frühgeburt war.« Den Namen seiner Tochter sprach er englisch aus: *Käffrien*!

»Ja, diese Energie müsste man selbst noch mal haben«, erwiderte Carl, »wir haben ja auch Kinder und kennen das. Die sind jetzt allerdings schon fast erwachsen.« Er bewegte probehalber den linken Arm. Schmerz! Aber zu ertragen. Franz Branntwein würde helfen. »Geht schon, ist nichts passiert. Es sind sowieso mal wieder einige Schlickpackungen und Massagen fällig.«

Im Weitergehen machten sie sich miteinander bekannt. Caroline und Matthias Schweiger kamen aus Hamburg. Er war Historiker mit einer zeitlich befristeten Stelle an der Universität Hamburg. Sie, geborene Engländerin, arbeitete seit Anfang diesen Jahres wieder halbtags in einer Im- und Exportfirma. Catherine - Käffrien! - kannte er ja schon. Allerdings.

Caroline war zum ersten, ihr Mann zum zweiten Mal auf Föhr. Wie es sich herausstellte, waren sie gerade erst am Samstag auf der Insel eingetroffen. Richtig, Bettenwechsel! Ein großzügiges Appartement in Wyk direkt am Südstrand, mit herrlichem Blick.

»Ich werde nicht so viel von meinem Urlaub haben«, sagte Schweiger, »eigentlich muss ich hier noch jede Menge recherchieren für meine Doktorarbeit, damit ich bald zu Ende komme. Im Frühjahr hatte ich schon erste Interviews mit Zeitzeugen, und da habe ich auch schon für diesen Aufenthalt ein paar Gesprächstermine klargemacht. Gestern Abend hatte ich gleich mein erstes Interview.«

»Worüber schreiben Sie denn genau?«, fragte Renata, die sich bis jetzt nicht weiter in das Gespräch eingeschaltet hatte. Als Historikerin interessierte sie das natürlich besonders. Außerdem - vielleicht passte das Buch ja ins Verlagsprogramm?

»Ich hab früher mehr so englische und amerikanische Geschichte des 19. Jahrhunderts gemacht.«

Aha. Männer machen Geschichte, dachte Carl gehässig.

»Jetzt ist mein Schwerpunkt Zeitgeschichte«, erklärte Schweiger. »Aktuell hab ich mich auf Kriegsgeschichte spezialisiert. Krieg ist ja wieder im Kommen.«

Unwillkürlich nickte Carl. Ja, Krieg war wieder im Kommen, und nicht nur als Wissenschaftsthema. Die Wirkung der grausamen Impfung des deutschen Volkes durch die beiden Weltkriege schien nachzulassen. Und die ehemaligen Gegner forderten heute mehr aktiven Kampfeinsatz der Deutschen. Verständlich, sie wollten nicht allein bluten. Deutsche Familien konnten sich schon einmal an den Gedanken gewöhnen, dass auch sie wieder um gefallene Angehörige trauern durften.

Schweiger setzte fort: »Ich schreibe über Schleswig-Holstein im Zweiten Weltkrieg, unter besonderer Berücksichtigung des Lebens auf den nordfriesischen Inseln. Hochinteressant! Die Archivlage ist gar nicht schlecht, vor allem nicht, nachdem man jetzt an diverse britische Geheimakten herankommt. Vor vier Monaten erst war ich in London. Da hab ich Etliches ausgegraben, was noch keiner bei uns gesehen, geschweige denn ausgewertet hat. Aber ich will auch Aussagen von verschiedenen Zeitzeugen einbauen, deutschen und englischen. Da heißt es, jetzt oder nie, langsam sterben die aus. Und hier finde ich die sogar im Urlaub«, schloss er begeistert.

Nur kein Neid, mahnte Carl sich selbst, und gab Schweiger den Tipp, doch auch die Eltern ihrer Quartiersgeberin anzusprechen. Er würde das gern vermitteln. Die beiden Bauersleute waren beredte Quellen über die Geschichte der Insel im Krieg und in der Nachkriegszeit. Es war an der Zeit, diesen Menschen eine Stimme zu geben. Denn bald würde man keine Zeitzeugen des Zweiten Weltkrieges mehr antreffen. Dann würden nur noch die History Channels, die Guido Knopps und Dokudramatiker dieser Welt das Sagen haben mit ihrer zielgruppengerecht komponierten historischen Häppchenkost.

Schweiger erzählte weiter begeistert von seinem Dissertationsprojekt, nur hin und wieder unterbrochen von gezielten Fragen Renatas. Angeregt fachsimpelnd fielen die beiden etwas hinter der Wattwanderergruppe zurück.

»Aber jetzt, Catherine«, Carl beugte sich ein wenig hinunter zu dem Mädchen, das an der Hand seiner Mutter ging und vertrauensvoll auch seine Hand ergriffen hatte, »möchte ich gern wissen, wer der Schiff-Mann ist und was er dir getan hat!«

»Der Schiff-Mann, das ist ein ganz gemeiner, böser Mann«, sagte Catherine mit kindlichem Ernst. »Ich wollte nur gucken, wie er das Schiff steuert, und bin auf eine Bank raufgeklettert. Und da ist er gleich zu mir hingelaufen und hat ganz laut geschimpft und geschrien und, ... und der sah auch ganz unheimlich aus, wie ein Gespenst mit einem Mopp auf dem Kopf! Ich wollte weglaufen, aber da ist Mami schon gekommen.«

Caroline Schweiger erklärte ihm die Situation. Sie waren mit der ersten Morgenfähre aus Dagebüll nach Föhr gekommen. Man war früh aufgestanden, aber von Hamburg war das ja nicht so weit.

Carl hörte ihr nicht ganz aufmerksam zu, denn ihr Gesicht und ihre Haare faszinierten ihn. Mehr, als gut ist, rief er sich zur Ordnung. Auch der leichte englische Akzent brachte etwas in ihm zum Schwingen.

Caroline sagte gerade: »Ich sagte ihm, dass meine Tochter doch nur einmal auf die Brücke schauen wollte und dass sie das nicht wieder machen würde. Aber er hat gar nicht reagiert und die Tür hinter sich zugeknallt. Außerordentlich unhöflich. Und ziemlich ungepflegt für einen Kapitän oder Steuermann, was auch immer der ist. Vielleicht beschweren wir uns noch bei der Reederei. Aber das bringt wohl nichts.«

Carl pflichtete ihr bei. Manche Nordfriesen - er nahm einfach mal an, dass der Mann einer war - waren halt etwas verschlossen oder sogar ungehobelt.

»Catherine«, wandte sich Caroline dann aber beschwichtigend an ihre Tochter, »ich habe dir schon einmal gesagt, dass du nicht überall erzählen sollst, dass der Mann böse war. Der muss nämlich gut aufpassen, dass die Leute auf dem Schiff alles richtig machen. Und da hat er gesehen, wie du auf die Bank gestiegen bist, und du hättest leicht ins Wasser fallen können. Dann muss das Schiff anhalten und einer muss dich aus dem Wasser herausholen. Da hat er sich bestimmt erschrocken und deshalb so geschimpft. Vielleicht hat er ja auch an seine eigenen Kinder gedacht, die manchmal etwas machen, was sie nicht sollen!«

»Ich mach immer alles, was ich soll!«, behauptete die Kleine keck. Zweifel sind durchaus angebracht, dachte sich Carl mit einem Lächeln. »Und der hat bestimmt keine Kinder, der ist ja schon ein alter Opa!«, triumphierte sie. »Und jetzt kenn ich hier schon den bösen Schiff-Mann und den lieben Matsche-Platsche-Mann!«, schloss sie begeistert. Sie ließ die Hände der Erwachsenen los, lief hüpfend vor ihnen her und sang begeistert »Schiff-Mann böse, Matsche-Platsche-Mann lieb! Schiff-Mann böse, Matsche-Platsche-Mann lieb!«

»Ich glaube, ich sollte Ihnen künftig aus dem Weg gehen«, lachte Carl, »sonst bekomme ich auf der Insel ein ziemliches Imageproblem.«

Die junge Frau lächelte ihn an. »Das wäre doch schade«, meinte sie leise.

Carl fühlte ein wohlbekanntes Ziehen unter dem Brustkorb. Gefährlich, das konnte vielleicht gefährlich werden! Sie erinnerte ihn einfach zu stark an Mary. Mary hätte die Schwester dieser Frau sein können ... Er hatte seine große Liebe vor vielen Jahren bei einem Auslandsaufenthalt kennengelernt. Sie hatte ihn verlassen, obwohl sie sich geradezu verzweifelt geliebt hatten. Er hatte das Ende ihrer Beziehung nicht verstanden und bis heute nicht ganz verwunden. Sie hatte ein Kind bekommen und ihm mitgeteilt, dass es von einem Anderen, einem Jugendfreund, stamme. Das war eine furchtbare Verletzung für ihn gewesen, er hätte ihr jedoch vergeben und das Kind als seines akzeptiert. Aber sie hatte dem Druck ihrer katholisch-konservativen Familie nachgegeben und den Anderen geheiratet. Carl hatte Renata nicht alles erzählt und sprach von sich aus nicht mehr darüber. Es würde ihr zu weh tun, dass er nach so vielen Jahren immer noch an Mary dachte.

Inzwischen waren sie den aufgeregten Möwen ein gutes Stück näher gekommen. Was hatten sie da nur, was das wohl war? Er machte Renata darauf aufmerksam, die wieder an seine Seite gekommen war. Er wusste, warum. Sie ließ ihn nie lange allein mit attraktiven Frauen. Gemeinsam mit der jungen Familie schlossen sie zum Wattführer auf. Der erklärte gerade, dass sich auch hier die Seehunde gelegentlich sehen ließen, ja, und dass es auch mal vorkomme, dass einer tot auf dem Watt liegend gefunden würde. Und dann ... die Möwen seien ja nun keine Kostverächter.

»Der arme, arme kleine Seehund«, bedauerte Catherine. Renata verzog das Gesicht. Fetter Minuspunkt für den Wattführer. So ein herzloses Gerede!

Möwen kennen kein Pardon

Hans-Jürgen Hansen beschleunigte seinen Schritt. Das war kein Seehund, das hatte er bald erkannt. Genauso hatte er damals den Urlauber gefunden, der wahrscheinlich in der Nacht allein hinausgegangen war, warum auch immer. Die Polizei hatte es nie herausgefunden. Genauso gierig waren die Möwen über den Ertrunkenen hergefallen, hackend, reißend, kreischend und zerrend - es war kein schönes Bild gewesen.

Erinnerungen ... Er blickte in Richtung Westen, auf die Meerenge zwischen Sylt und Amrum. Da war es gewesen. Da war damals das Vorpostenboot, ein Kriegsfischkutter, untergegangen. Der britische Jagdbomber hatte ganze Arbeit geleistet. Von den siebzehn Besatzungsmitgliedern hatte er als Einziger überlebt. Die meisten Kameraden hatte man später gefunden, und die Möwen hatten auch damals die Leichen ... Immer wieder musste er daran denken, ja es zog ihn fast magisch dorthin. Es schnürte ihm den Hals zu. Aber nein. Für so etwas war jetzt wirklich keine Zeit! Er drehte sich um, breitete beide Arme weit aus und rief: »Halt! Keinen Schritt weiter. Ist ein Arzt hier?«

Die Möwen flogen auf und kreisten über ihnen, kreischend, als wollten sie die Gruppe vertreiben. Endlich begriffen es die Menschen. Ein Toter, wie sollte das anders sein! Jetzt sah man es auch deutlich, da lag jemand. Sofort begann ein erregtes Gemurmel. Eine Frau schrie auf, eine zweite begann zu schluchzen. Weiber! Wenn Trude das sähe, würde sie nur verächtlich schnauben. Seine Schwester Gertrud war eben aus anderem Holz geschnitzt. Deshalb hatten sie sich immer so gut verstanden, seit damals, als er aus Krieg und Gefangenschaft wiedergekommen war. Das Leben auf den Inseln war mehr als hart gewesen. Da musste man sehen, wo man blieb, da musste man sich durchsetzen.

Trotz seiner Aufforderung setzte sich die Gruppe in Bewegung, Richtung reglos daliegender Körper. Er hatte es geahnt. Er rief ihnen hinterher: »Nichts anfassen! Ist denn nun ein Arzt hier?« Die Wattwanderer waren bei dem ausgestreckt daliegenden Körper angelangt und scharten sich im Kreis darum. Offenbar ein Mann, in Badehose, auf dem Bauch liegend. Die Möwen hatten mit ihren scharfen Schnäbeln den Rücken und die Beine aufgerissen. Überall blutige Wunden. Weißes Haar. Einige der Frauen wandten sich ab und gingen zur Seite, auch einige Männer.

»Ein Arzt, verdammt noch mal! Oder ein Sanitäter!« Niemand regte sich. Natürlich. Brauchte man mal einen, war keiner da. Außer dem Fächeln des immer noch kühlen Morgenwindes und einem unterdrückten Schluchzen war nichts zu hören. In einiger Entfernung hatten sich die Möwen niedergelassen. Ab und zu hörte man ihr missmutiges Krächzen und Kreischen. Diese Beute war verloren.

Bleibt denn mal wieder alles an mir hängen, dachte Hansen. Gleichzeitig spürte er, wie ihn eine fiebrige Spannung erfasste. Jetzt, jetzt kam alles auf ihn allein an! Polizei und Rettung waren sofort zu verständigen, die Leiche musste schnell vom Watt. Der SAR-Hubschrauber würde gerufen werden. Die Urlauber mussten alsbald nach Amrum, nein, besser zurück. Sie hatten zwar bezahlt ... aber Pech. Jetzt galten andere Prioritäten. Für stundenlanges Herumstehen war natürlich keine Zeit. Die Flut würde kommen, ob die Neugier nun gestillt war oder nicht!

Der Körper regte sich nicht. Wie denn auch. Hansen kniete sich neben den Mann, überwand sich und rollte ihn halb herum. Blaue Augen, offen, der leere Blick eines Toten. Zu oft hatte Hansen das gesehen, damals, während des Krieges, als er in die letzten Kämpfe in Norddeutschland und dann in britische Gefangenschaft geraten war. Dieser Tote hier war ein alter Mann, sicher über 80. Gutes Aussehen, selbst im Tod. Typ Grandseigneur, wohlhabend, edel, arrogant, Kälte und Angst um sich verbreitend. Selbst jetzt im Tod strahlte er eine gewisse Unantastbarkeit aus.

Tonlos sagte Hansen: »Ich kenne den Mann. Das ist Hermann Siewering, der Hamburger Reeder. Der hat hier ein Haus und ein Boot.«

Erneut schrie eine Frau auf. Auf der sandverkrusteten Brust des alten Mannes befanden sich, wenn auch nur ganz schwach erkennbar, Schnitte. Sie ergaben, ungelenk eingeritzt, aber noch lesbar das Wort MÖRDER.

Hansen schluckte. Das war definitiv kein Unfall. Aber keine Zeit jetzt! Er nahm sein Mobiltelefon - Gott sei Dank, den Akku hatte er gestern erst aufgeladen und am Morgen, wie immer, noch kontrolliert - und drückte die eingespeicherte Notrufnummer. Er wurde gleich weiterverbunden zur SAR-Einsatzzentrale. Der Mitarbeiter am Telefon wiederholte, was er gehört hatte: Ein männlicher Toter im Watt zwischen Föhr, Sylt und Amrum. Gefunden 8.30 Uhr von einer Gruppe Wattwanderer mit Wattführer Hans-Jürgen Hansen. Alles klar. SAR-Hubschrauber auf Helgoland startet sofort.

Hansen war erleichtert und erklärte der Gruppe: »Die Bergungsmannschaft wird sicher bald eintreffen. Die Flut kommt erst in vier Stunden, also absolut keine Gefahr für uns, wenn wir jetzt noch eine halbe bis eine Stunde hierbleiben.«

Jemand murrte, sofort von einer erregten Stimme unterbrochen. Man könne ja wohl kaum jetzt abziehen und den Toten allein hier liegen lassen!

Hansen griff ein, bevor jemand auf dumme Gedanken kommen konnte: »Niemand geht allein weiter, auch nicht zurück!« Der Ausgangspunkt der Wanderung, der Deichabschnitt bei Dunsum, war in der Ferne noch zu erkennen. Jemand wandte ein, dass man doch gut auch ohne den Wattführer ...

»Wir bleiben alle zusammen, wir gehen alle gemeinsam zurück! Niemand schert hier aus! Sie kennen das Watt nicht! Ich habe die Polizei verständigt. Garantiert wird man Sie oder einige von Ihnen als Zeugen vernehmen.«

Ja, natürlich. Daran hatte niemand gedacht. Der Tag war gelaufen, das stand fest - zumindest was das Ausflugsprogramm betraf. 19 Euro für nichts, Kinder 9 Euro. Eigentlich müsste man ja was zurückbekommen. Wenigstens das Geld für den Bus auf Amrum und die Fähre Amrum-Föhr. Allerdings: Ein Toter im Watt - und man selbst dabei als Zeuge, das war natürlich beeindruckender als eine Wattwanderung. Morgen könnte man ja auch noch gehen

– und den anderen Wattwanderern ausgiebig über das Erlebnis berichten.

Der erste Schock war sichtlich überwunden. Jetzt hieß es auf den Rettungshubschrauber – und die Polizei? – warten. In der Gruppe wurde heftig diskutiert und spekuliert. Ein reicher Hamburger Reeder, der auf Föhr ein Haus hatte und eine Yacht. So ein Reeder hat ja sicher nicht nur Freunde. Aber der war ja schon alt, sicher lange aus dem Geschäft! Was hatte der denn getan, wieso hatte ihm jemand das Wort MÖRDER in die Brust geschnitten? Ein Racheakt, garantiert. Da gab es bestimmt eine dunkle Vergangenheit. Oder Rivalen. Ein Wirtschaftskrimi. Ja, und wie war denn der überhaupt gestorben? An den Schnitten ja sicher nicht, die waren wohl nicht tief. Aber vielleicht hatte ihn ja jemand erschossen oder erstochen, und die Möwen hatten die Wunde schon unkenntlich gemacht. Das war möglich, ohne Zweifel.

»So etwas hebt doch ungemein!«, sagte Renata leise.

Carl hörte ihr nicht zu. Er hatte inzwischen die Digitalkamera aus dem Etui geholt und fotografierte den Toten wie auch die Leute der Gruppe, den Fundort, den Wattführer, die Landschaft in alle Richtungen.

Einige andere taten es ihm sofort nach. Lauter Detektive und Spurensicherer am Werk!

»Ich finde das ziemlich geschmacklos«, kommentierte eine der Frauen neben Renata das Spektakel der herumlaufenden, sich um die Leiche drängenden, fotografierenden Männer.

»Vielleicht kann die Polizei das Material brauchen«, sagte Renata nachdenklich.

»Mag sein. Aber sehen Sie sich das doch an!«, war die Antwort.

»Männer!«, kam es verächtlich von einer Dritten.

Und ab!

Aus Richtung Süden, zwischen Amrum und Föhr, näherte sich ein dumpfes Dröhnen. »Da, der Hubschrauber!«, rief ein Mann. »Ein ganz großer, ein Seaking«, meinte ein Anderer, »schon ziemlich alt, die Dinger, aus den Siebziger Jahren, aber bewährt.« Aha, man kennt sich aus. Das Dröhnen wurde unerträglich laut, die Rotoren der schweren Maschine erzeugten einen regelrechten Sturmwind, als sie in einiger Entfernung von der Gruppe auf dem Watt landete. Drei Männer, einer sicher ein Arzt, stiegen aus der seitlichen Schiebetür und kamen mit einer Bahre auf die Wattwanderer zu.

»Mami, was ist ein Sar?«, rief Catherine. In dem Lärm war ihre helle Stimme kaum zu hören. SAR stand in großen schwarzen Buchstaben auf einem roten Farbfeld am Heck des Bundeswehrhelikopters.

Oha, noch nicht in der Schule und kann schon lesen, stellte Renata für sich fest. Und ziemlich vorlaut.

»S - A - R heißt Search and Rescue. Das sind Leute, die anderen helfen, wenn sie in Not kommen, zum Beispiel wenn ein Schiff untergeht oder sich Leute im Watt verlaufen und das Wasser kommt«, erklärte ihre Mutter laut.

»Das finde ich toll!«, meinte die Kleine. Ja, da hatte sie ein wahres Wort gesprochen.

»Dr. Sanders«, stellte sich der inzwischen an die Gruppe herangekommene Arzt kurz vor. »Wer ist bitte der Wattführer?« Hans-Jürgen Hansen schüttelte ihm die Hand. »Sie sind das! Wir sind uns ja schon mal hier begegnet!«

Hansen nickte. Duplizität der Ereignisse ... Er berichtete ihm kurz von dem grausigen Fund, den der Arzt nun betrachtete. Am Tod kein Zweifel. Die Möwen hatten ihn zwar schon ganz schön zugerichtet, aber eine tödliche Wunde war nicht zu erkennen. »Wenn das mit den Schnitten nicht wäre, würde ich auf Tod durch Ertrinken tippen«, meinte der Arzt schließlich. Die beiden Sanitäter nickten. Es wäre nicht der erste Ertrunkene, den sie gesehen hätten.

»Hier können wir nichts weiter machen«, stellte Dr. Sanders fest. »Wir werden ihn nach Husum bringen, zur Obduktion. Alles Weitere ist Sache der Polizei.« Dem war nichts hinzuzufügen. Die Polizei war verständigt und würde am Deich auf die Wattwanderergruppe warten. Die beiden Sanitäter hoben den Toten auf die Bahre und brachten ihn zum Hubschrauber. Der Arzt folgte ihnen, nachdem er sich verabschiedet hatte. Mit ohrenbetäubendem Dröhnen stieg die Maschine auf, gewann rasch Höhe und verschwand schließlich Richtung Festland.

Hans-Jürgen Hansen rief die Gruppe zusammen und teilte ihr mit, dass die Wanderung heute leider endgültig abgebrochen werden müsse. Sie würden jetzt zum Dunsumer Deich zurückgehen, wo man ihnen das Geld erstatten werde. Er und seine Kollegen stünden gern bereit, um sie an einem der nächsten Tage über das Watt zu führen. Aber jetzt sollten sie bitte Verständnis haben. Am Deich solle die Gruppe bitte unbedingt zusammenbleiben, da die Polizei sicher die Personalien aufnehmen und vielleicht auch Fragen stellen würde.

Ja, das war klar. Na gut. Laut diskutierend setzte sich die Gruppe in Bewegung, Hansen voran, Richtung Föhr.

Warten am Deich

Polizeihauptkommissar Klaus-Henning Asmussen schaute vom Dunsumer Deich auf die Wattwanderergruppe, die sich langsam näherte. Wattführer Hansen hatte ihn telefonisch alarmiert. Kurz darauf hatte sein Freund Carl angerufen, der mit seiner Frau Renata beim Fund der Leiche dabei gewesen war. Er konnte sich keinen Reim auf diese Geschichte machen, aber noch wussten sie außer der nicht offiziell bestätigten Identität des Toten gar nichts. In diesem Stadium waren Spekulationen mehr als überflüssig. Was zählte, waren Fakten, Fakten, Fakten, wie es treffend hieß.

Carl war sein bester Freund seit ... ja, genau 33 Jahren, als sie in der Sexta A des Gymnasiums zusammengetroffen waren und ihre erste Prügelei, gleich am zweiten Tag, hinter sich gebracht hatten. Von da an hatten sie eine unzertrennliche Gemeinschaft gebildet. Die hatte sich damals nicht nur in der Abwehr der Attacken der fiesen Möppe auf dem Schulhof und bei der notwendigen gegenseitigen Unterstützung bei Klassenarbeiten bewährt. Sie hatten in den Jahren bis zum Abitur alles miteinander geteilt. Na ja, fast alles. Die ersten zarten Beziehungen zum anderen Geschlecht hatten sie gewissermaßen aus ihrer Freundschaft ausgeklammert. Da waren Jungen wohl völlig anders als Mädchen – jedenfalls damals. Später hatte sich das geändert. Er war Carls Trauzeuge gewesen, und Carl seiner. In dem schwierigen Prozess der Trennung von seiner Frau war Carl eine Stütze gewesen, eine Art seelischer Beistand. Die stundenlangen Telefonate, die sie traditionell einmal im Monat führten, hatten sehr geholfen. Das war nun auch schon eine Zeit her. Mindestens einmal im Jahr trafen sie sich, in den letzten beiden Jahren auf Föhr. Seitdem er hier die Leitung der Dienststelle übernommen hatte.

Asmussen dachte ohne Zorn an seine Ex-Frau. Sie hatten sich geliebt, dann war das allmählich erkaltet. Sie hatten sich eine Weile etwas vorgemacht, er deutlich länger als Frauke. Inzwischen kamen sie sehr gut miteinander aus, der alte Groll war überwunden. Es war ja auch schon mehr als zehn Jahre her. Als Carl und Renata zum ersten Mal auf der Insel Urlaub machten, hatte er sie ohne Zögern an Frauke empfohlen. Von allein hätte sich Carl nicht bei ihr einquartiert, er hielt eben doch mehr zu seinem Freund.

Aber Frauke hatte wirklich schöne Zimmer und Appartements. Den Bauernhof ihrer Eltern hatte sie vorbildlich umgebaut, ohne den ursprünglichen Stil der Gebäude zu verändern. Gelegentlich traf er sich auch mit seiner Ex-Frau. Er horchte in sich hinein. Nein, Liebe war es nicht mehr, was ihn mit ihr verband, aber immer noch - besser: wieder - eine herzliche, freundschaftliche Zuneigung. Mit einem ganz kleinen Stich in einer Ecke seines Herzens. Jedenfalls, wenn Fraukes Freund, der nach Föhr »ausgewanderte« italienische Koch, dabei war.

Asmussen musterte seine kleine Truppe, die auf der Deichkrone bei Dunsum auf die Wattwanderer wartete. Er hatte alle verfügbaren Mitarbeiter eingesetzt, Peters, Meyer und Wachter. Zwei Kollegen, Eicken und Jahrmann, hatten Freischicht. Sievertsen hatte eine Sommergrippe, hoffentlich nicht zu lange. Auch die neue junge Kollegin, Heike Behrendt, war nicht dabei. Drei Jahre hatten sie auf die Besetzung ihrer Stelle warten müssen. Dann hatte ihm die neue Mitarbeiterin nach wenigen Wochen Dienst mitgeteilt, dass sie schwanger sei. Er hatte es mit Fassung getragen und gratuliert. Dann hatte sie der Arzt krankgeschrieben - Risikoschwangerschaft! Er bedauerte das sehr, denn sie hätte frischen Wind in die männerdominierte Station bringen können. Hoffentlich würde bei ihr alles gut gehen.

Kurzfristigen Ersatz gab es natürlich nicht, das Land sparte an allen Ecken und Enden, vor allem beim Personal. Er hatte es gewagt, Husum zu übergehen, und direkt im Landespolizeiamt in Kiel angerufen. Der für die Personalplanung zuständige Dezernent hatte nur kurz geschnauft und gefragt, wie lange er, Asmussen, eigentlich schon dabei sei. Ob er sich nicht zutraue, die paar urlaubenden Familien und Tagestouristen allein im Zaum zu halten? Die letzten Jahre sei das auch gegangen, und, ganz nebenbei, eine Stelle auf Föhr stehe sowieso auf der Kippe. Überdies solle er den Dienstweg einhalten, aber das würde ihm ja sowieso schwerfallen. Ein unerfreuliches Gespräch.

Normalerweise hätten sie für den »Bäderdienst« im Sommer drei Polizeimeister - junge Kollegen direkt nach Abschluss ihrer Ausbildung - zugeteilt bekommen. Das war ersatzlos entfallen. Die zwei Praktikanten von der Polizeischule in Eutin müssten in diesem Jahr genügen. Die Mitteilung war kurz nach seinem Telefonat gekommen. Asmussen verfluchte sich im Nachhinein. Nun mussten alle Kollegen auf Föhr darunter leiden, es kniff an allen Ecken und Enden. Ohne die unbürokratische Hilfe der Wasserschutzkollegen hätten sie wirklich Not. Und auch sein Kollege auf Sylt schickte gelegentlich einen seiner Leute zur Aushilfe herüber. Der hatte siebzehn Kollegen im Einsatz und auch die reguläre Saisonverstärkung erhalten. Allerdings war auf Sylt deutlich mehr los als auf Föhr oder Amrum.

Achim Lohns, der 48-jährige Polizeiobermeister, war in der Wache am Hafen in Wyk geblieben. Einer musste ja immer präsent sein, das Telefon, die antiquierten Computer und die fast immer leeren Arrestzellen zu bewachen. Meist dienten sie zur Ausnüchterung frustrierter Insulaner oder jugendlicher Randalierer vom Festland. Aber neulich hatten sie eine ganze Bande von Taschendieben gefasst, die das Mittelalterspektakel in Wyk - was tat man nicht alles für die Gäste - als Gelegenheit zum Ausräumen von Urlauberhandtaschen nutzen wollten. Das hatten sie ihnen gründlich versalzen. Da waren die Zellen sogar einmal überbelegt gewesen.

So ein Einsatz, und das heute, an seinem Geburtstag, seinem freien Tag! Aber im Grunde war ihm das nur recht. Inger hatte ihm gestern Abend mitgeteilt, dass sie eine Auszeit von ihrer Beziehung bräuchte. Eine Auszeit. Was sollte das, was hatte er getan, er liebte sie doch? Sie hatten das nicht ausdiskutiert und am Morgen hatte sie noch geschlafen, als er alarmiert wurde.

Er wandte sich an seine Kollegen, an seinen Stellvertreter, Polizeihauptmeister Jörn Peters, 52, und die beiden Frischlinge, so grün hinter den Ohren wie ihre Uniformjacken: Ina-Maria Meyer - Ina sollten sie zu ihr sagen -, neunzehn, und Jörg Wachter, zwanzig. Beide waren Polizeischüler, genauer: Polizeimeisteranwärter im zweiten Ausbildungsjahr. Nach ihrer Einarbeitung waren sie dann doch eine ganz brauchbare Saisonverstärkung. Die Meyer würde eine gute Polizistin werden, das spürte er. Wachter schoss gern über das Ziel hinaus. Der musste rechtzeitig eingebremst werden.

Die Erfahrung fehlte beiden, das konnten sie nicht verbergen. Da konnte die Meyer noch so cool umherblicken und Wachter sich noch so wichtig aufbauen: An den kleinen Zeichen erkannte er ihre Nervosität. Nur Peters ließ sich nicht anfechten, der ruhende Pol der Föhrer Inselpolizei, ein Mann, den man erfinden müsste, wenn es ihn nicht gäbe. Dafür sah er ihm gern sein gelegentlich verbesserungswürdiges Äußeres nach.

Interessanter Mann, der Chef

Ina blickte ihren Chef auf Zeit, wie die beiden Praktikanten ihn nannten, verstohlen an. Ein überaus interessanter Mensch, gut aussehend mit seinem kurzen, schwarzgrauen Haar, ganz anders als die Bubis auf der Polizeischule. Vor allem anders als der Jörg Wachter. Der hatte sowieso einen Knall, der kleine Ehrgeizling. Spreizte sich endlos vor dem Spiegel und übte das vorschriftsmäßige Grüßen. Spind immer tadellos aufgeräumt. Und pistolengeil, dafür war er inzwischen an der ganzen Polizeischule bekannt.

Aber leider, leider, Asmussen war absolut zu alt für sie, jedenfalls 40 oder mehr. Man geht doch nicht mit Papi in die Disco! Sein genaues Alter hatte sie noch gar nicht erfragt. Aber das würde sie schnell herauskriegen. Sie beschloss, irgendwann ernsthaft die Ermittlungen aufzunehmen. Lohns konnte sie um den kleinen Finger wickeln, der würde reden.

Asmussen war auf eine besondere Weise ziemlich unnahbar. Superfreundlich, aber mit so einer Distanz, die sie gar nicht kannte. Als Mann war der ihr überhaupt nicht zugänglich, das war neu für sie. Andersrum? Nee, konnte ja nicht sein. Lohns hatte etwas von einer »ziemlich jungen« Schwedin erzählt, mit der der Chef zusammen sei. Oder Litauerin? Ganz tolle Frau sollte das jedenfalls sein. Davon würde sie sich lieber mal selbst überzeugen. Männer sind einfach nicht objektiv, Lohns sowieso nicht. Der schaute fast jeder (sehnsüchtig) hinterher, hatte aber wohl zu viel Angst vor seinem Hausdrachen.

Mit dem Lohns und vor allem dem Peters verstand der Chef sich blind, die kannten sich wohl schon länger. Das galt eingeschränkt auch für die anderen Kollegen, auch die von der Wasserschutzpolizei, die im selben Gebäude am Hafendeich untergebracht waren. Die Stimmung auf der Wache war jedenfalls immer gut. Da hätte sie es auch schlechter erwischen können für das Praktikum – Elmshorn oder Bordesholm oder so. Hier war Urlaub immer gleich vor der Tür. Nur leider war alles so teuer. In der Saison war natürlich alles auf Touri-Preisniveau.

Sie zog ihre Jacke nochmals zurecht – absolut altmodischer Schnitt, ätzend! – und strich sich geistesabwesend über das halblange blonde Haar. Die Jacke: Froschgrün! Die Hose: Hell-Kackbraun! Das Hemd: Bambus. Arrgh! Von den klobigen Tretern ganz zu schweigen. Die neue dunkelblaue Uniform machte wesentlich mehr her, mehr so Richtung coole amerikanische Cops. Hier auf der Insel hatten sie noch nicht umgestellt, und die Schüler hatten auch noch keine bekommen. Sie waren wohl im ganzen Land die letzten.

Ihrem Lehrgangskameraden Jörg Wachter gingen ganz andere Dinge im Kopf herum. Er sah die Wattwanderergruppe langsam herankommen. Ganz schön viele, weit auseinandergezogen! Da konnte leicht einer unbefragt entkommen. Man müsste die alle antreten lassen, und dann würde er kurz und bestimmt die Kollegen zur Aufnahme der Personalien und zu ersten Zeugenbefragungen einteilen. Und keiner der Urlauber dürfte die Insel verlassen, bevor nicht er, Hauptkommissar, nein, besser Polizeidirektor Dr. Wachter, das genehmigt hätte. Er straffte sich.

Den Toten, sicher so ein Depp, der allein im Watt rumgelaufen und dann natürlich von der Flut überrascht worden war, hatte er ja leider nicht gesehen. Er hatte überhaupt noch keinen Toten in echt gesehen. Auf Bildern natürlich, im Polizeimuseum in Hamburg war ihm leider fast schlecht geworden. Aber er hatte Haltung bewahrt, das wäre ja noch schöner. Da muss man durch, sagte sein Vater immer, ein Oberstleutnant bei der Bundeswehr.

Wachter stellte sich vor, der Tote wäre ein Mordopfer. Jawoll, er würde das ruckzuck aufklären. Die Kripo, die natürlich zu spät eintreffen würde, könnte er mit dem Ergebnis seiner perfekten Ermittlungen gleich wieder nach Hause schicken. Anschließend Lob vom Innenminister und außerplanmäßige Beförderung! Wachter rückte seine Mütze noch einmal gerade und blickte entschlossen den ersten Wattwanderern entgegen, die gerade den Deich heraufkamen.

Sorgen und Nöte

Es klopfte. Sie ging zur Tür und ließ den Besucher herein. »Komm in die Küche!«, forderte sie ihn auf. »Ich hab gerade Tee gekocht.«

Am Küchentisch saß ein Mann und sah den Eintretenden aufmerksam an. »Was hast du nur gemacht? Steckst du da irgendwie drin?« fragte er ihn vorwurfsvoll.

Der sagte langsam, betont: »Es musste sein. Versteht ihr das denn nicht? Ich habe so lange darauf gewartet. Und dann ... Dass ausgerechnet du ihn finden musst, das konnte ich doch nicht ahnen.«

Sie brachte eine gefüllte Teetasse, stellte sie vor ihm ab und legte ihm kurz die Hand auf die Schulter. »Natürlich verstehen wir das. Aber wie soll es jetzt weitergehen?«

Der Gast zuckte müde mit den Schultern. »Ich weiß nicht. Eigentlich ist es mir auch egal. Jetzt, wo alles vorbei ist. Es ist mir egal.«

»Uns aber nicht!«, sagte der Mann am Tisch zornig. »Uns ist das absolut nicht egal, wenn du dich kaputtmachst. Wir sind nämlich deine Freunde, weißt du, und deshalb nehmen wir uns das Recht, uns um dich zu sorgen. Verstehst du das?«

Der Gast nickte. Er hatte es immer gewusst. Aber seine Not teilten sie nicht, es war nicht ihre Not. Niemand, nicht einmal die beiden, konnte ermessen, was in ihm vorging. Er bot ihnen etwas anderes an. »Jedenfalls ist das mit der Übernahme wahrscheinlich vom Tisch. Das bleibt mir wenigstens erspart.«

»Da wäre ich mir nicht so sicher. Woher willst du das wissen? Jedenfalls ...«, sagte sein Freund in aufgebrachtem Ton, wurde aber unterbrochen.

»Wozu streitet ihr euch, was soll das?«, fragte die Frau. »Das bringt jetzt überhaupt nichts. Wir müssen jetzt einfach sehen, wie du da trotzdem heil rauskommst.«

Sie hatte ja Recht. Also begannen sie, über mögliche Auswege zu diskutieren.

Die Begegnung mit ihrem Freund Klaus-Henning war nur kurz gewesen, der war einfach zu sehr beschäftigt. Sie hatten ihm nur zum Geburtstag gratuliert - schöner Geburtstag heute, mit der Leiche im Watt! - und ihre Verabredung für den morgigen Abend nochmals bestätigt. So wanderten Carl und Renata bald darauf das Stück unterhalb des Deichs nach Utersum, an den Teichen vorbei, wo fette Enten völlig überflüssigerweise von Urlaubern gefüttert wurden. Schließlich erreichten sie ihr Quartier, den zu einer Appartementanlage umgebauten alten Friesenhof.

Frauke Harksen hängte gerade mit raschen, routinierten Bewegungen die Bettwäsche auf. Renata winkte ihr zu und ging weiter in Richtung Appartement, Carl trat direkt auf sie zu: »Was meinst du, ob Jan mich außer der Reihe irgendwie einschieben kann? Ich hatte einen kleinen Sturz und hab mir die Schulter angeschlagen, vielleicht verrenkt oder so.« Der tüchtige, aber etwas gewöhnungsbedürftige Chefmasseur des Kurmittelhäuschens hinter den Dünen war ihr Bruder.

Frauke musterte ihn. Ein ganz klein wenig verdreckt an der Seite, äußerliche Blessuren hatte Carl jedenfalls nicht. »Wenn du willst, ruf ich schnell mal an«, schlug sie vor. »Für mich macht Jan das auf jeden Fall. Obwohl sein Plan bestimmt ziemlich voll ist.«

Carl nickte. »Das wär nett. Man muss es ja wenigstens versuchen.«

Renatas und seine Termine für je zwölf Schlickpackungen und Rückenmassagen hatte er bereits Monate vor Urlaubsbeginn eintragen lassen. Urlaubern, die spontan und ahnungslos im Kurmittelhäuschen anfragten, konnte es passieren, dass sie un-terminiert, un-verpackt und un-massiert wieder abziehen mussten. So war es ihm jedenfalls mal ergangen, bei ihrem ersten Urlaub auf Föhr. Die Massagekünste von Jan Harksen, der auf der ganzen Insel nur Franz Branntwein genannt wurde, waren legendär.

Frauke Harksen kam vom Telefon zurück: »Wenn du in einer Viertelstunde da bist, nimmt mein Bruder dich sofort in die Mangel. Es hat gerade vorhin einer abgesagt.«

Wunderbar. Carl bedankte sich bei ihr. Wenn er sofort losginge, könnte er das gut schaffen!

Renata hatte sich inzwischen ein Stück Kuchen aus der Küche der Appartementwohnung geholt und es sich im Strandkorb auf dem Rasen vor dem Haus mit einem Buch gemütlich gemacht. »Tote Möwen kreischen nicht - ein Nordfriesenkrimi«, las er im Vorbeigehen auf dem Umschlag.

»Ah ja!«, imitierte er Loriot. »Auf den Katzenschmalzkrimi folgt das Möwenkreischdrama! Statt Bücher zu lesen, solltest du lieber mit unserem Krimi anfangen!«, sagte er halb ernsthaft, halb scherzend. »Ich geh jetzt zu Franz Branntwein. Frauke hat mir einen Termin besorgt.«

»Und ich muss mich jetzt auch erstmal ausruhen«, entgegnete Renata und biss in das Kuchenstück. »Das kann ich nun mal am besten bei einem Werk ohne literarischen Anspruch. Außerdem ist das hier Weiterbildung«, sagte sie kauend, »von heute Morgen mal ganz abgesehen.« Allerdings. Das war quasi drehbuchreif gewesen.

Carl zog sich schnell um und machte sich auf den Weg. Es war nicht weit. Die schmale Straße Triibergem entlang - benannt nach drei Grabhügeln unklaren Ursprungs. Fast jedes Haus an dieser Straße hatte oder bestand aus Ferienwohnungen. Überall standen Urlauberautos mit Kennzeichen aus ganz Deutschland. Dann rechts ab - Noorder Kaalkamp, Nördliches kahles Feld, ein zutreffender Name - in Richtung Strandhalle. Für den mitteldeutschen Festländer gab es auf der Insel eine Menge lustig klingender Namen zu entdecken.

Er machte sich gedanklich eine Notiz: »Mord im Watt«, »Die Leiche im Watt«, »Ein Toter im Watt« oder so ähnlich. »Die Ebbe bringt es an den Tag«, ginge auch. Brauchbarer Titel - oder jedenfalls erstmal ein Arbeitstitel - für einen kleinen Kriminalroman. Leichte Kost, strandkorbkompatibel. Auf jeden Fall mit viel Liebe zur wunderbaren Landschaft, zur Insel und ihren Menschen geschrieben. Mit interessanten Charakteren; mit ein wenig Sex - ach nein, besser nicht. Ihm graute davor, den Liebesakt beschreiben zu müssen: »Er riss sie an sich, hob sie hoch und warf sie aufs

Bett. Sie kamen sofort zur Sache. Wollüstig stöhnend umschlang sie ihn mit ihren langen Beinen, konnte gar nicht genug von ihm bekommen. Mit einem schneidenden Schrei ...« Nein, das war absolut nicht sein Ding. Obwohl so etwas anscheinend inzwischen Pflicht bei dieser Art Unterhaltungslektüre geworden war. Besser eine dramatische erotische Spannung zwischen zwei »Königskindern« aufbauen, die sich nicht kriegen können, dachte er.

Renata und er hatten sich vor Kurzem vorgenommen, im Urlaub nicht nur zu faulenzen, sondern endlich selbst einen Roman zu schreiben. Keine große Literatur, etwas Unterhaltsames, nebenbei geschrieben, als Hobby. Dieser Föhr-Urlaub sollte auch der Ideenfindung und der Recherche für dieses Vorhaben gewidmet sein. Carl hatte bereits einige Hundert Aufnahmen von Land, Ortschaften und Meer aus allen möglichen Perspektiven gemacht. Das würde für die notwendigen Beschreibungen wichtig werden, wie zum Beispiel »Sein Blick fiel auf eine flache, mit Sträuchern und Kiefern bestandene Dünenkette« oder »Auf dem Parkplatz gegenüber der wunderschön restaurierten, jetzt gelegentlich für Ausstellungen optimistischer Landschaftsmaler genutzten Borgsumer Mühle stand ein silbergraues, altes Mercedescabrio mit Kasseler Kennzeichen.« Ah nein, zu lang, der Satz. Aber man schreibt erstmal alles runter. In Form gebracht wird das im zweiten Arbeitsgang.

Darf's noch Franzbranntwein sein?

An der großen Strandhalle vorbei ging er auf das Kurmittelhäuschen zu. Am Eingang des kleinen reetgedeckten Hauses erwartete ihn bereits der Pächter und Chef der Massiertruppe, Franz Branntwein, will sagen: Jan Harksen, persönlich. Der große Blonde, Typ Wikinger, Frauenschwarm, muskulös, aber nicht unästhetisch, mit großen, wie für das Massieren und Einrenken gemachten Pranken, lachte freundlich. »Na, wie sieht's aus? Frauke hat mich vorgewarnt. Schulter kaputt? Not am Mann? Franz Branntwein wird's richten!«

Franz Branntwein: Sein Markenzeichen, vor Jahren aus Zufall entstanden, seitdem liebevoll kultiviert. »Darf's noch was Franzbranntwein sein?«, war Harksens obligatorische Frage nach jeder Rückenmassage und manch anderer Anwendung. Auf Franzbranntwein - den echten! - schwor er. Den hatten bereits Vater und Großvater Harksen erfolgreich eingesetzt. Ja, man massierte bereits in der dritten Generation! »Millionen entzückter Rücken«, übertrieb er schamlos, »haben es uns bereits gedankt.«

Er hatte weder studiert noch Abitur. Aber das tat seinem Ansehen keinen Abbruch. Er hatte nicht nur begnadete Hände und sah gut aus - wichtig für die Damen, aber zum Verdruss der jeweiligen Ehemänner oder Freunde. Er hatte auch einen gesunden Geschäftssinn. Für die Abrechnungen, die Buchhaltung, die Steuerfragen und den Rest der Verwaltung, abgesehen von der Terminvergabe, war allerdings früher seine Mutter zuständig gewesen. Seit zwei Jahren erledigte das seine Freundin Mareike. Franz Branntwein, das stand auch für »Allzeit bereit!«, wenn es um die Organisation der Feste auf der Insel ging, überhaupt um Nachbarschaftsangelegenheiten. Er war immer zur Stelle, wo es anzupacken galt. Mareike hingegen hatte nahezu übersinnliche Kräfte entwickelt, um ihren Jan vor den ständigen Liebesattacken der Urlauberinnen aller Altersklassen beschützen zu können.

Das alles und noch viel mehr hatte er Carl in den vergangenen Jahren bei zahlreichen Massagesitzungen erzählt. Das Kurmittelhäuschen diente nämlich nicht nur der Förderung der Gesundheit, es war auch einer *der* Umschlagplätze für die Neuigkeiten auf der Insel. Was Franz Branntwein nicht wusste, hatte nicht stattgefunden. So einfach war das! Vor zwei Jahren hatte er die Erlaubnis erhalten, Kaffee, Tee und Erfrischungsgetränke auszuschenken und auch Kuchen zu verkaufen. Seitdem hatte sich der Informationsdurchsatz noch vergrößert.

So war Carl durchaus nicht überrascht, als ihn Franz Branntwein während der Behandlung der Schulter (»Nichts Ernstes, nur ein bisschen geprellt!« – »Arrgh!«) mit Informationen über den im Watt gefundenen Toten versorgte. Hermann Siewering war etwa Mitte 80 und bis vor gut zehn Jahren alleiniger Chef der Hamburger Reederei Siewering gewesen. Sein Sohn Martin hatte ihn beerbt. Man munkelte aber, dass der Alte sich immer noch massiv in die Geschäfte eingemischt habe. Der war für sein Alter relativ unternehmungslustig gewesen, gesund, geistig noch voll da. Seine Frau, Martins Mutter, war vor ein paar Jahren gestorben. Zur Massage war er hier natürlich nie erschienen, auch andere Angebote des Insellebens hatte er kaum wahrgenommen. Die Reichen hatten ihr eigenes Programm, nahm er an.

Vor einigen Jahren hatte der Sohn ein großes, luxuriöses Haus in einer der beiden neuen Siedlungen am Südstrand gekauft. Mindestens eine Million (Euro!), hieß es aus kundiger Quelle, sollte ihn das gekostet haben – mit allen Umbauten.

Im Yachthafen von Wyk hatten die Siewerings im Sommer ein großes Motorboot liegen, einen regelrechten Kabinenkreuzer. Ein recht altes Modell, mit Teakholz und allen Schikanen. Allerdings mit modernisierten Maschinen. Mit dem Boot waren Vater und Sohn gestern Abend ausgelaufen. Das wusste Franz Branntwein von einem Bekannten, der im Sportboothafen arbeitete. Das machten die öfter im Sommer, in ruhigen Nächten, meistens mit Gästen. Die blieben dann zwei, drei Tage auf See. Ob das nur geschäftlichen Besprechungen diente? Manchmal waren auch die Ehefrauen mitgefahren, dann mal wieder ... »Junge Frauen!«, gab der Masseur seinem Kunden mit einem wissenden Unterton zu verstehen. Die Insel war klein, der Yachthafen auch, jeder kannte praktisch jeden ... Aber bitte. Das hatte noch keinen gestört. Er wüsste da noch ganz andere Sachen ...

Franz Branntwein, der inzwischen den unteren Teil von Carls Rücken bearbeitete, da er ja nun schon mal da war, spekulierte. »Ist das nicht merkwürdig? Keine Spur von dem Boot! Na ja, die müssen noch suchen. Also, Vater und Sohn laufen mit ihrem Kabinenkreuzer aus. Ob da noch mehr Leute an Bord waren, wissen wir ja nicht. Mein Bekannter hat gesagt, nein. Und der sieht immer alles im Hafen. Häuptling wachsames Adlerauge, sag ich! Ne Eule ist nichts dagegen. Ist aber auch gut so, denn es wird geklaut, wo's geht. Neulich ist sogar extra ne ganze Diebesbande rübergekommen vom Festland. Die waren sogar im Yachthafen. Liegen ja ne Menge Boote da, und meistens ist keiner drauf. Da gibt's immer was zu holen. Aber mein Bekannter hat die natürlich gleich vom Gelände geworfen, der kennt seine Pappenheimer. Wieso sagt man eigentlich Pappenheimer? Ach egal, also wo war ich? Ach so, ja, also der alte Siewering wird am nächsten Tag tot im Watt gefunden. Wo ist nun der Sohn mit dem Boot?«

»Das ist jetzt die Frage der Stunde«, warf Carl ein. »Vielleicht hat ja der Sohn den Vater umgebracht, aus irgendeinem familiären Grund.«

»Ja genau, so'n richtiger Hass ist da, und deshalb schnitzt er seinem Vater MÖRDER in die Brust«, fuhr Franz Branntwein fort. Carl grauste es bei dieser Wortwahl, aber er sagte nichts. Die Vorträge des Masseurs waren stets überaus lehrreich, in jeder Hinsicht. »Der wird schon wissen, warum, Familiendrama«, sagte Franz Branntwein gerade. »Dann wirft er ihn über Bord und haut mit dem Boot ab. So könnte es gewesen sein. Gibt aber eigentlich keinen Sinn, oder?«

»Na ja, vielleicht doch, aber wir wissen ja nichts.« Carl überlegte, während Franz Branntwein Schultern und Nacken massierte. »Es könnte auch ganz anders gewesen sein. Beispielsweise: Die beiden Siewerings sind allein an Bord. Irgendeiner kommt mit einem Boot heran, geht an Bord und bringt beide um. Den Sohn hat man nur noch nicht gefunden.«

Franz Branntwein fand das bedenkenswert. Dass der Sohn den eigenen Vater umbringt und dann mit einem so auffälligen Boot verschwindet ... das erschien ihm nun doch eher unwahrscheinlich. »Vielleicht wollte ja einer das Boot klauen ... aber nee, dazu bringt man nicht zwei Leute um, und dann ergibt das mit dem Mörder auch keinen Sinn. Also weg damit. Oder ... das war ein Irrer!« Diese Möglichkeit gefiel Franz Branntwein besser. »Nur ein Irrer würd das so machen, einfach so. Den Jungen hat er natürlich auch auf dem Gewissen.«

Carl brachte eine weitere Variante: »Oder man hat den Alten ermordet und den Jungen entführt, um von der Firma Lösegeld zu erpressen.«

Franz Branntwein war förmlich begeistert. »Ja, der Sohn ist entführt. Durch Erpresser oder Piraten. Piraten in der Nordsee, Wahnsinn!«

Das klang vielleicht doch zu abenteuerlich. Aber warum nicht Erpresser?

Franz Branntwein war sichtlich mit sich zufrieden. Im Grunde hatte er den Fall schon fast gelöst. Und wenn nicht – er würde als einer der Ersten wissen, was sich genau zugetragen hatte.

Alles Spekulationen, fand Carl. Aber irgendwie ... durchaus nachvollziehbar. Er beschloss, seinen Freund Klaus-Henning anzurufen. Vielleicht hatte er das noch nicht ermitteln können, dass der alte und der junge Siewering zusammen mit dem Boot draußen auf See waren und der Sohn offenbar auch verschwunden war.

Noch weiß man nicht viel ...

Klaus-Henning Asmussen betrat nach der ersten kurzen Besprechung mit den Kollegen - auch Lohns und die Kollegen von der Wasserschutzpolizei waren jetzt auf dem Stand - sein Dienstzimmer. Viel wussten sie ja noch nicht. Die Presse war jedenfalls auch schon im Bilde. Ekke Knudsen war bereits am Deich dabei gewesen. Er mochte den Lokalredakteur nicht, aber die Inselpolizei hatte ein gutes Verhältnis zur örtlichen Presse zu pflegen. Man brauchte einander und man half einander. Außerdem konnte er die harmlose Wattwanderergruppe nach Herzenslust befragen, da war ermittlungstaktisch gesehen kein Schaden anzurichten. Eher profitierte die Polizei von seinen Zufallsfunden.

Peters war mit Ina Meyer unterwegs zu dem Haus der Familie Siewering. Jemand aus der Familie würde den Toten identifizieren müssen. Der Wattführer war zwar fest davon überzeugt, dass es sich um den ihm persönlich bekannten Hermann Siewering handelte, aber das genügte nicht.

Asmussens Zimmer war wie immer vorbildlich aufgeräumt. Wie bei den anderen vor Urlaubsantritt. Er hatte Ina Meyer sagen hören: Steril! Sie ahnte ja nicht, was er in den Tiefen seiner Schubladen verbarg ... Er lächelte.

Gegenüber dem leicht diagonal im Raum stehenden alten Schreibtisch - einem Fossil aus der Steinzeit, aber groß, robust und praktisch dank mehrerer großer, verschließbarer Schubladen und Fächer - hing eine große Karte der nordfriesischen Inselwelt. Daneben, zum Fenster hin, die mit Zetteln bedeckte Pinnwand. Die Regalwand hinter dem Schreibtisch nahm die ganze Breite und Höhe des Zimmers ein. Sie war voll mit Akten, Handbüchern, vor allem Loseblattsammlungen, und zahlreichen Büchern sowie einigen Andenken. Bei einer Tagung der Dienststellenleiter hatte er einmal scherzhaft vorgeschlagen, spezielle Vorschriftenschnüffelhunde auszubilden. Die könnten den von Paragraphen eng umstellten Beamten vor Ort zur Seite stehen, wenn sie die brauchbaren von den unnötigen Informationen aus den immer neuen Detailanweisungen filtern wollten. Die Leidensgenossen waren begeistert gewesen und hatten beim abendlichen Bier mit der Entwicklung detaillierter Ausbildungsvorschriften begonnen. In der Führung hatte man höflich gelacht.

Ein Stahlschrank links neben der Tür diente der Aufbewahrung von Waffe und Ausrüstung. Die Beleuchtung: Neonröhren, zweireihig in der typischen Bürokonstellation. Keine Gardinen. Er brauchte den freien Blick zum Hafen.

Er schaute aus dem Fenster. Auf der anderen Seite des Hafenbeckens lag gerade ein kleines Küstenmotorschiff, an Bord war nichts zu sehen. Dahinter, vor der Markthalle, standen wie so oft diverse Lieferwagen und Anhänger. An der Stirnseite des Hafenbeckens lagen mehrere Motor- und Segelboote. Links vom Gebäude der Feringer Inselreederei sah Asmussen eine quirlige Ansammlung von Menschen. Eines der großen Fährschiffe hatte wohl mal wieder einen Schwung frischer Touristen ausgespuckt.

Er bückte sich, schaltete den Computer ein, der neben dem Schreibtisch auf dem Boden stand, und setzte sich. Wie immer dauerte es ewig, bis das System gestartet war. Das Gerät war eigentlich zur Ausmusterung fällig. Aber der Inventaretat für dieses Jahr war bereits ausgeschöpft. Den schwarz-silbernen 19-Zoll-Flachbildschirm auf der linken Seite des Schreibtisches hatte er selbst finanziert. Es war ihm irgendwann zu dumm geworden, ständig nachzufragen, wann seine alte Flimmerkiste ausgetauscht würde.

Die alten Geräte schlummerten auf einem Regal im Erdgeschoss – nicht hundertprozentig sturmflutsicher – ihrer Restwerttaxierung und eventuellen Verschrottung entgegen. Entsorgt wurde hier nichts, was nicht wenigstens durch drei Instanzen geprüft war.

Sein Blick fiel auf den Eingangskorb. Ganz oben auf den Papieren lag ein Fax. PD Husum. Die Polizeidirektion hatte nach seiner ersten Meldung offenbar bereits Maßnahmen eingeleitet und per Fax verbreitet: Die Ermittlungen zog das LKA in Kiel direkt an sich. Zwei Beamte aus dem SEK seien extra dafür abgestellt und würden morgen bis zum Mittag auf Föhr eintreffen. Unterstützung sei vorzubereiten. Die Aktivitäten der Inselpolizei hätten sich auf die Spurensicherung und Zusammenstellung allgemeiner Informationen zu beschränken.

So so, das Landeskriminalamt selbst, und gleich zwei Leute des Spezialeinsatzkommandos! Ein »besonders gelagerter Fall«? Er fand das an sich ungewöhnlich. Normalerweise hätte jemand von der Kripo-Außenstelle in Niebüll entsandt werden müssen, denn zuständig war eigentlich die Bezirkskriminalinspektion Flensburg. So kannte er es auch aus einem früheren Fall. Kapitalverbrechen passierten hier glücklicherweise selten.

Aber man hatte wohl der gesellschaftlichen Stellung des Toten Rechnung getragen. Ein reicher Reeder aus Hamburg, da reichten die Künste eines kleinen friesischen Kripobeamten, geschweige denn eines Inselpolizisten natürlich nicht aus! Höchstwahrscheinlich hatte man auch die Hamburger Kollegen eingeschaltet. Denn schließlich hatte der Reeder in der Hansestadt gelebt und gewirkt.

Diese Art von Politik hatte er immer von Herzen gehasst. Die Menschen sind alle gleich, die Toten wie die Lebenden. Aber weil jemand ein »Promi« war, musste natürlich die große Glocke geläutet werden. Nie würde er das billigen können. Das war ihm auch zum Verhängnis geworden, und nun saß er hier fest.

Nun ja. Auf Föhr ließ es sich leben, auch wenn nichts Spannendes passierte. Wenigstens hatte er sich den Dienstort noch aussuchen können. Er hatte in den vergangenen Jahren so viel Zeit wie nur möglich in seine theoretische Weiterbildung und in Sprachkurse investiert. Eines Tages würde er eine neue Chance bekommen. Sobald die Führung gewechselt hätte. Und falls er künftig den Mund hielt. Auch Europol und Interpol suchten immer fähige, mehrsprachige Mitarbeiter. Und er war absolut unabhängig und mobil, anders als viele Kollegen mit ihren Familien und halb abbezahlten Häusern.

Das Telefon klingelte. Er hob den Hörer ab. Sein Freund Carl? Man hatte sich gerade vor einigen Stunden am Dunsumer Deich gesehen. Für Privates hatte er jetzt keine Zeit. Aber es ging nicht um die Geburtstagsfeier. Carl kam ohne Umschweife zur Sache:

Er würde ihm jetzt wie versprochen einige Fotos von der Leiche und der Wattwanderergruppe per E-Mail zusenden. Asmussen dankte, er selbst hatte ja nichts gesehen. Spätestens morgen Vormittag würde er die restlichen Bilder vorbeibringen. Asmussen war einverstanden. Auch die von anderen Urlaubern gemachten Fotos waren zu sichten. Carl berichtete über sein Gespräch mit Franz Branntwein. Der habe Informationen, die die Polizei vielleicht noch nicht habe. Asmussen notierte: Yacht der Familie Siewering nach unbestätigten Angaben am gestrigen Abend ausgelaufen. An Bord mindestens zwei Personen, Hermann Siewering und sein Sohn Martin, Reeder aus Hamburg. Mit Haus auf der Insel, das wusste er bereits von Hansen, war auch schon bestätigt. Das Boot läge nicht im Yachthafen. War es woanders eingelaufen oder noch auf See?

Er dankte seinem Freund herzlich, nicht ohne ihn aufzufordern, Augen und Ohren ruhig weiter offen zu halten. Er kannte Carl gut, der würde es jetzt kaum aushalten. So wie er selbst. Jagdinstinkt. Und von Ermittlungen durch Privatleute stand nichts im Fax ...

Asmussen notierte gedanklich, dass er dem Masseur demnächst einmal auf den Zahn fühlen sollte. Woher hatte der nur immer seine Informationen? Er musste auf der Insel eine Art flächendeckendes »Spionagenetz« betreiben.

Er griff zum Telefon und wählte eine Nummer, die er trotz zwischenzeitlich langer Funkstille noch immer im Kopf hatte. »Aertsen, Kriminalpolizei Hamburg.« Wie immer klang die Stimme seines Bekannten und früheren Kollegen der länderübergreifenden »Sonderkommission StaSe« so, als hätte er gerade eine Stange Zigaretten verqualmt.

»Klaus-Henning am Apparat. Sag mal, wolltest du die Qualmerei nicht eigentlich aufgeben und solide werden?«

»Klaus-Henning, Stütze und Freude gemeinsamer erfolgreicher Ermittlungen! Was treibt dich in die Arme der Hamburger Kripo? Ich denke, die haben dich auf Föhr kaltgestellt!« Sein Gesprächspartner klang erfreut.

»Ich wollte nur mal deine Stimme hören und mich um dein Wohlergehen sorgen. Mir geht's übrigens gut. Auf Föhr lässt es sich gut leben, und kaltgestellt stimmt auch nicht. Wir haben heute mindestens 26 Grad.«

»Komm Junge, ich kenne dich«, war die Antwort. »Du hast in den letzten Jahren immer nur angerufen, wenn PvA, dein alter Kampfgefährte, eine Hamburger Kartoffel aus dem Feuer holen soll. Worum geht's heute? Um den Siewering?«

Peter van Aertsen war einer der fähigsten Kriminalbeamten, die er in seiner Laufbahn kennen gelernt hatte. Unabhängig im Denken, aber deutlich diplomatischer als er selbst und deshalb inzwischen auch schon zum Polizeioberrat avanciert. »Sag nicht, dass du in der SoKo mit drinsteckst, die seinen Tod untersuchen soll!«, tat Asmussen erstaunt.

»Komm, wer denn sonst? Die haben mir vor zwei Stunden die Leitung aufgedrückt, weil ich Erfahrung mit Wirtschaftssachen habe. Vor drei Stunden saß ich noch friedlich mit meiner Frau an der Alster. – Siewering ist ein ganz hohes Tier in der Hamburger Kaufmannschaft und duzt sich, pardon, duzte sich mit allen, die in Hamburg Rang und Namen haben. Alter patrizischer Adel, vom Feinsten. Da ist jetzt natürlich Druck auf den Ermittlungen.«

Asmussen berichtete über den dürftigen, gerade von Carl etwas verbesserten Stand der Erkenntnisse. »Ich habe gehofft, ihr könnt mir ein wenig mit Informationen über den privaten und den wirtschaftlichen Hintergrund der Familie helfen. Aber ich will ehrlich sein. Hier guckt mich ein Fax der PD Husum an, dass Kiel die Ermittlungen an sich gezogen hat.«

»Ja, das geschieht denen recht«, lachte der Kollege in den Hörer, hustete kurz – die Qualmerei wäre noch mal sein Tod – und setzte fort: »Die konnten ja nicht ahnen, als sie dich abschoben, dass dir die spannenden Fälle gleich hinterherschwimmen! Du kannst dich übrigens schon mal warm anziehen. Oder besser, du nimmst ne Beruhigungspille oder meditierst ne halbe Stunde. Die schicken dir morgen den Seyfried, das ehrgeizigste Arschloch mit Kripoausweis, das ich kenne. Ich konnte da leider nichts machen. Formal leite zwar ich die SoKo, aber die Arbeitsteilung sieht nun mal vor, dass Schleswig-Holstein mit eigenen Leuten vor Ort ermittelt. Ich würde dir raten, dich zurückzuhalten, wenn's geht. Der hat das Ohr vom ganz großen Boss.«

Asmussen verzog die Mundwinkel. Der ganz große Boss, das war Kühlmann-Steben, der Nachfolger von Staatssekretär Ransau. Dieser wiederum war durch Asmussens hartnäckige Ermittlungen vor etwas mehr als drei Jahren wegen seiner Verwicklung in internationale Waffenschiebereien politisch gestrauchelt und hatte sich ins Ausland abgesetzt. Der Riesenskandal hatte die ohnehin wacklige Landesregierung in den Grundfesten erschüttert und dann nach der Wahl zu einem Regierungswechsel geführt. Asmussen war Leiter der SoKo »StaSe« gewesen und hatte durch eine gezielte Indiskretion verhindert, dass die Verwicklung des Politikers in diese widerwärtigen Geschäfte mit dem Tod vertuscht werden konnte. Das hatte man ihm nicht verziehen.

»Ich habe nicht vor, euch den Fall wegzunehmen, und an Konflikten mit Kiel ist mir wirklich nicht gelegen. Ich möchte einfach nur meine Arbeit tun und dazu beitragen, dass diese merkwürdige Sache geklärt wird«, betonte Asmussen.

»Schon klar. Also ich kann dir nur sagen, dass wir noch dabei sind, die SoKo arbeitsfähig zu machen. Am heiligen Sonntag ist das leider schwierig. Seitdem bin ich hier am Rotieren, ich hab sogar überlegt, ob ich nicht selbst mal nach Föhr komme. Darf man bei euch eigentlich noch rauchen?«

Asmussen lächelte unwillkürlich. »Bei Verstößen werden bis 1000 Euro fällig. Wir haben aber einen Raum, in dem sich arme Abhängige wie du bei offenem Fenster eine reinziehen können. Du bist also jederzeit herzlich willkommen!«

»Mal sehen. Falls ich komme, melde ich mich natürlich. Ich nehme an, dich interessiert das Obduktionsergebnis?« Van Aertsen wartete gar keine Antwort ab, sondern redete gleich weiter: »Wir haben aber selbst noch nichts. Wenn Husum dir nichts schickt, ruf heute Abend nach sechs oder morgen am Vormittag noch mal an. Mit Hinblick auf die prominente Identität des Toten gibt die Pathologie natürlich Gas.«

»Das wird vielleicht auch noch komplizierter«, meinte Asmussen. »Der Sohn scheint ja verschwunden. Völlig unklar, ob er zur Opfer-

oder Täterseite gehört. Ein Familiendrama ist nicht auszuschließen, und dann erscheint der sogenannte Mord vielleicht in einem anderen Licht.«

»Absolut richtig, aber wir wissen einfach noch zu wenig. Schaut zu, dass ihr den findet. Hör mal, ich muss jetzt Schluss machen, gleich ist Besprechung beim Präsidenten. Falls wir was Brauchbares zusammenkriegen, erfährst du's. Aber nur inoffiziell, damit das klar ist!«

Asmussen nickte. Das konnte sein Kollege natürlich nicht sehen – die Ära des Bildtelefons war in seinem Büro noch nicht angebrochen. »Selbstverständlich. Ich danke dir einstweilen, und viel Erfolg. Würde mich übrigens wirklich freuen, dich mal bei uns auf der Insel zu sehen. Lass von dir hören und mach's gut!« Peter van Aertsen dankte und legte auf.

Asmussen stand auf. Es war einiges einzuleiten, der Empfang der Kieler Kollegen, eine erste Befragung im Yachthafen, vor allem die Suche nach dem Boot.

Belohnung genug

Carl trat aus der Tür des Kurmittelhäuschens, streckte sich ein wenig und blinzelte in die Nachmittagssonne. Jetzt begann die schönste Zeit, es war schon nicht mehr ganz so heiß. Er würde noch einmal ans Meer gehen und die Füße ins Wasser tauchen.

Sicher zum zehnten Mal betrachtete er die Tafel mit den extrem nüchtern formulierten Badeinformation zum Badestrand der Gemeinde Utersum auf Föhr. Es war darauf nichts Neues zu entdecken. Eine Horde Kinder kreischte unter der kalten Stranddusche, der Spielplatz zur Rechten war leer. Er ging den Weg Richtung Strand hinunter. Vor der kleinen DLRG-Hütte mit der Information über Wasser- und Lufttemperatur entdeckte er eine nicht unbekannte Gestalt. Das lange rotblonde Haar und die Figur, die ihn vor wenigen Stunden so beeindruckt hatte ... das konnte nur Caroline – wie hieß sie noch? – Schweiger sein! Sie trug ein naturfarbenes Leinenkleid, die Sandalen hatte sie in der Hand. Gerade verließ sie den mit Holzbohlen belegten Pfad, wandte sich zu einem Strandkorb in der Nähe und kniete dort nieder.

Carl zögerte. Sie hatte ihn nicht gesehen. Es gab nun zwei Möglichkeiten. Er konnte zu ihr gehen oder weiterschlendern, sicher die klügere der beiden Optionen. Aber nicht immer folgte die Seele dem Verstand. Und so stand er auf einmal neben der Frau, die offensichtlich im Sand etwas suchte. »Haben Sie etwas verloren?«, fragte er. – Wie plump! Verdammt! Das sah doch ein Blinder mit Krückstock, dass sie hier keinen Schatz vergrub!

Sie sah auf, ihr Blick traf ihn. Diese Szene würde er später in Worten beschreiben, die einer anderen Zeit entlehnt werden mussten. Von solchen Momenten gab es wenige nur in einem Menschenleben. Manchmal ändern sie es grundlegend, manchmal hinterlassen sie nur Sehnsucht und Schmerz. Ja, dafür war Carl Experte mit seinen gescheiterten himmelsstürmenden frühen Lieben. Und diese Erfahrungen waren es auch, die ihm halfen, sich jetzt nicht ganz zum Narren zu machen.

»Hallo!«, sagte sie nur und stand auf, sah ihn erneut an.

»Ich kann Ihnen helfen«, bot er an, »was suchen Sie denn?«

»Ich habe einen Ohrring verloren. Das kann nur hier gewesen sein. Nach unserem gescheiterten Wattspaziergang haben wir uns noch diesen Strandkorb gemietet und ausprobiert. Als wir in die Ferienwohnung kamen, war der Ohrring weg. Ich bin sicher, er ist hier irgendwo.«

»Wie sieht er denn aus?«, fragte Carl. Sie drehte den Kopf etwas zur Seite und schob das Haar zurück, sodass er an ihrem rechten Ohr das Pendant des verloren gegangenen Schmuckstücks betrachten konnte, ein altmodisch anmutendes kleines goldenes Gehänge mit einem wertvoll aussehenden Stein in der Mitte. Sie hatte schön geformte, nicht zu große Ohren. »Ein Familienerbstück?« fragte er.

Sie nickte. »Von meiner Mutter, die hat es von ihrer Mutter, und die wahrscheinlich auch schon von ihrer Mutter geerbt. Das Einzige, was uns an Besitz aus dem Weltkrieg geblieben ist. Es wäre furchtbar, wenn er weg wäre. Der liegt bestimmt irgendwo im Sand um den Strandkorb.«

»Also los!«, sagte Carl forsch, kniete sich hin und begann den Sand mit den Händen durchzusieben. Eine Viertelstunde später hatten sie immer noch nichts gefunden. Ratlos sahen sie sich an. »Vielleicht hat ihn jemand gefunden und zum Haus des Gastes gebracht«, meinte Carl schließlich.

»Nein, da war ich vorhin schon«, antwortete sie.

»Tja, was nun?« Carl setzte sich auf den Boden. Der Rücken schmerzte, mehr noch der lädierte Oberarm. Unwillkürlich strich er mit der Hand durch den Sand und bedeckte seine Füße damit. In diesem Moment spürte er an der rechten Hand einen spitzen Gegenstand. Er begann, vorsichtig zu graben – und das Wunder war geschehen. »Was bekomme ich, wenn ich den Ohrring gefunden habe?« fragte er scherzend.

Sie kam heran, kniete sich neben ihn und nahm den Ohrring. »Sie wissen gar nicht, wie froh ich bin«, sagte sie, nahm seinen Kopf in beide Hände und küsste ihn dann auf die Wangen. Carl spürte, wie ihm blitzschnell erst kalt, dann heiß wurde und der Atem stockte. »Was möchten Sie denn?«, fragte sie.

»Das war Belohnung genug«, sagte er heiser. Sie blickte ihn für einen zeitlosen Moment an, stand dann aber auf.

Er hätte sie in die Arme reißen und küssen mögen - oder in Ohnmacht fallen. Im selben Moment war er entsetzt über den Abgrund an Verrat und Treulosigkeit, der sich vor ihm auftat. Sie rettete die Situation, indem sie sich ihm gegenüber in den Sand setzte und von den Schwierigkeiten erzählte, noch einen Strandkorb zu bekommen.

Carl berichtete von ihren eigenen Anstrengungen. Jedes Jahr die gleiche Herausforderung! Renatas und sein Korb stand nah am Haus des Gastes. »Für wie lange haben Sie denn diesen Korb gemietet?«, fragte er sie.

»Nur für drei Tage, wir probieren dann eben verschiedene Strände aus. Mein Mann ist nicht so wirklich motiviert, auszuspannen. Er sitzt stattdessen über seinen Büchern. Sogar jetzt.« Sie blickte auf das Wasser und das Watt hinaus. Entsagungsvoll, enttäuscht?

Carl betrachtete die schöne junge Frau. »Im Urlaub ist das ja wirklich nicht so schön. Ich muss allerdings gestehen, dass ich das nachvollziehen kann. Als ich damals promoviert habe, das ist natürlich schon eine Weile her, genauer gesagt vor vierzehn Jahren, da war es ähnlich. Ich hatte einfach keine Freizeit mehr. Immer wenn ich mal für kurze Zeit nichts getan habe, hatte ich ein schlechtes Gewissen. Habe ich was gemacht, hatte ich auch ein schlechtes Gewissen. Wir hatten schon zwei Kinder, meine Frau hat auch an ihrer Doktorarbeit geschrieben, das Geld war immer knapp. Da hing der Haussegen manchmal schon schief. Manchmal denke ich, das war die Prüfung für unsere Beziehung. Alles andere später war nichts dagegen.«

Caroline Schweiger nickte. Genauso war es wohl bei ihr auch gerade.

Carl fuhr fort: »Wir waren weiß Gott froh, als das vorbei war. Das Schönste ist, dass wir beide den Doktortitel nicht mal beruflich einsetzen konnten! Der ganze Stress quasi umsonst! Nein, vergeblich, denn gekostet hat es auch, ganz schön sogar.«

Die junge Frau fragte nach, warum er denn nicht in der Wissenschaft geblieben sei. »Na ja, die Habilitandenstelle, die ich gern gehabt hätte und für mich sicher glaubte, hat der Professor jemand anderem gegeben. Ich weiß bis jetzt noch nicht, warum. Heute denke ich, das war sowieso besser. Kennen Sie den Roman *Der Campus* von dem verstorbenen Schwanitz, dem Universitätsprofessor? Mitte der 90er Jahre erschienen. Falls nicht, dann empfehle ich Ihnen den zum Lesen. Dann wissen Sie, was mich am meisten gestört hat. Ihr Mann wird das vielleicht auch noch feststellen, auch wenn er jetzt noch so begeistert ist. Ich habe mich damals ne Weile durch einige befristete Uni-Projekte gehangelt und das eine oder andere mitgekriegt. Als ich die Chance bekam, in einem großen Hamburger Verlag anzufangen, war ich im Grunde froh.«

Carl überlegte, wie er von dem in voller Fahrt befindlichen Zug der eitlen Selbstdarstellung abspringen könnte. Aber die Frau interessierte sich offenbar wirklich für ihn. Sie fragte weiter nach! »Da habe ich erst alles Mögliche gemacht, Trainee, Pressereferent, Assistent der Geschäftsleitung. Zum Schluss hatte ich mich zum Leiter der Marketingabteilung hochgedient. Erst da habe ich erkannt, dass das Leben an der Universität mit ihren vielen verbeamteten Kleingeistern auf Dauer nichts für mich gewesen wäre. Oder ich wäre genauso geworden wie einige der in Routine und Selbstgefälligkeit erstarrten Professoren. Meine Frau war länger an der Uni, aber irgendwann gab es keine Zeitstellen mehr für sie. Schließlich sollte sie kostenlos Seminare geben. Da hat sie dann dankend abgewinkt. Wie das Schicksal wollte, es ist genau zu diesem Zeitpunkt ihr Vater gestorben und hat ihr den Verlag vererbt. Das war vor acht Jahren.«

Sie fragte nach, was denn das für ein Verlag sei.

»Edition Fabricius, in Kassel, werden Sie wohl nicht kennen. Fabricius ist der Geburtsname meiner Frau. Alte Hamburger Patrizierfamilie.«

Sie nickte entschuldigend, den Verlag kannte sie leider wirklich nicht.

»Macht nichts, zeigt nur, dass ich dringend das Marketing verbessern müsste. Das ist nämlich meine Hauptaufgabe. Ist aber auch nicht so einfach, wir machen wenig für das breite Publikum.

Der Schwerpunkt liegt auf wissenschaftlichen, hauptsächlich historischen Publikationen, auch Kartenwerke geben wir heraus. Meistens kleine Auflagen. Aber bisher haben wir es gut geschafft. Es wird allerdings immer schwieriger in diesem Segment, und wir überlegen, ob wir uns nicht bald ein populäres Standbein schaffen sollten. Zum Beispiel historische Kriminalromane. Ich habe da so eine Idee mit Kassel vor ungefähr 200 Jahren, zur Zeit von König Jérôme. Wussten Sie, dass vor Kurzem mitten in der Stadt Gebeine gefunden wurden, die möglicherweise aus dieser Zeit stammen? Ich denke mir das als Ausgangspunkt für einen Kriminalroman, der in der damaligen Zeit spielt, aber dessen Geschichte bis in die Gegenwart hineinreicht.«

Caroline Schweiger fand das interessant, gab aber zu, dass sie keinen König Jérôme kannte und über den rätselhaften Gebeinfund in Kassel nichts gehört hatte. »Das macht absolut nichts. Bis vor Kurzem wussten das die meisten Kasseler, die jetzt so verrückt nach *König Lustik* sind, auch nicht. Jérôme war ein Bruder von Napoléon und wurde von ihm als König in dem völlig neu geschaffenen Königreich Westphalen eingesetzt.«

»Und warum König Lustik?«, fragte die Frau.

»Er war anscheinend recht lebensfroh, hat ordentlich gefeiert und soll am Abend öfter zu seinem Hofstaat gesagt haben: *Morgen wieder lustik*. In Kassel ist das jetzt ein geflügeltes Wort.«

Caroline Schweiger sah auf ihre Armbanduhr, ein zierliches goldenes Modell. »Ich fürchte, ich muss jetzt gehen und Catherine abholen. Sie ist bei unseren Appartementnachbarn, die müssen in einer halben Stunde weg.«

Carl entschuldigte sich, er wollte sie natürlich nicht aufhalten. Sie wehrte ab, es wäre doch nett gewesen. Und man könnte sich ja mal wiedersehen, wo sie doch quasi Strandnachbarn waren. Ja, das war möglich. Aber war es auch gut?

Villa Siewering

»Da brat mir doch einer nen Storch!«, sagte Jörn Peters laut, als sie die breite Auffahrt zu der luxuriösen, reetgedeckten Villa hochgingen. Auch Ina Meyer war beeindruckt. Haus und Außenanlagen boten einen makellosen Eindruck. »Nicht schlecht, aber wie aus dem Katalog. Hier kann man nicht wohnen, nur besichtigen«, kommentierte er. Nicht ein Grashalm oder Unkräutchen auf der kiesbedeckten Auffahrt, der Rasen perfekt, die Wände des L-förmigen Gebäudes makellos weiß, das tief heruntergezogene Reetdach sauber in Schuss.

»Die müssen aber ganz schön Kohle haben«, sagte Ina.

»Wissen Sie, das alles kann mich nicht beeindrucken«, antwortete Peters. »Die Leute da drin sind auch nur Menschen mit Fehlern und Schwächen. Nur ihre Portemonnaies sind voller als unsere.«

Peters drückte auf den messingfarbenen Klingelknopf unter dem kleinen messingfarbenen Schild mit der schlichten Aufschrift »Siewering«. Nichts rührte sich. Er klingelte erneut, zweimal kurz hintereinander, wartete zwanzig, dreißig Sekunden. Immer noch nichts. Niemand da? »Schau'n wir mal ums Haus«, forderte er Ina auf. Sie folgte ihm. Ein schmaler, mit weißen Steinen eingefasster Kiesweg führte nach hinten in den Garten – direkt zum Südstrand hin gelegen. Auch hier war niemand. Ein mehrere Meter breites, niedrig wachsendes Wildrosengebüsch trennte das gepflegte Grundstück vom asphaltierten Deich. Auf der Terrasse schauten sie durch die großen, bis zum Boden reichenden Fenster. Sie sahen in einen großen Wohnraum mit hellen Möbeln hinein. Leer. Durch ein kleines Fenster an der Ostseite sah Ina schließlich einen jungen Mann in kurzer Hose und T-Shirt vor einem Computer sitzen, eines dieser neuartigen Headsets auf dem Kopf. Er sprach anscheinend mit jemandem, bediente gleichzeitig seine Computermaus. Der Bildschirm zeigte irgendein flackerndes, buntes Computerspiel. Kein Wunder, dass der nicht aufmachte!

Peters kam heran, schaute ebenfalls hinein, klopfte energisch an das Fenster. Der junge Mann fuhr zusammen, drehte sich um, erschrak noch mehr, als er ihn sah, den Polizisten in Uniform. Peters machte eine Geste, die ihm bedeutete, dass sie ihn zu sprechen wünschten, und ging mit Ina um das Haus herum zurück zum Eingang.

Der junge Mann öffnete die Tür und sah sie fragend an. Knapp zwanzig Jahre alt mochte er sein. Groß und schlank, schulterlange dunkle Haare, braune Augen, dichte schwarze Brauen. Unauffällige, gut proportionierte Nase. Kein Bart. Sehr gut aussehend, leicht südländischer Typ, garantiert Schwarm aller Mädels. Ina war durchaus beeindruckt.

»Guten Tag. Ich bin Polizeihauptmeister Jörn Peters von der Polizeistation in Wyk. Das ist meine Kollegin Ina Meyer. Können wir hereinkommen?«

Zögernd gab ihnen der junge Mann – er hatte sich als Leon Siewering vorgestellt – den Weg in das Innere der Villa frei. »Außer mir ist aber niemand da. Worum geht es denn?«

Ina ließ den Blick über die Einrichtung des Windfangs und des Flures streifen. Gediegen, das war das passende Wort. Wie geleckt. Kein Stäubchen, nichts lag herum, keine Zeitschrift, kein Paar Schuhe irgendwo, nichts. Wie im Museum. Sie betraten das Wohnzimmer, den großen Raum mit der Doppeltür zur Terrasse. Schwere weißlederne Sitzmöbel. Rot-hellbraun gemusterte Vorhänge. Großer niedriger Glastisch, eine riesige Bücherwand mit repräsentativen Büchern. Ockerfarbener, edler Teppich. Ein Fleck, und der ist ruiniert, kompensierte Ina in Gedanken ihren Sozialneid. Der junge Mann bat sie, Platz zu nehmen, und setzte sich selbst in eine Ecke des Sofas. Gute Manieren, das war Ina von den Vertretern ihrer Altersklasse nicht unbedingt gewohnt. Er sah sie aufmerksam an.

Jörn Peters kam ohne Umschweife zur Sache: »Uns führt leider etwas sehr Unangenehmes zu Ihnen. Heute Morgen wurde ein etwa 80-jähriger Mann tot aufgefunden. Aufgrund einer Aussage müssen wir leider davon ausgehen, dass es sich um den Reeder Hermann Siewering aus Hamburg handelt. Ich nehme an, Sie sind mit ihm verwandt?« Ein wenig mehr Mitgefühl in der Stimme wäre wohl angemessen gewesen, fand Ina.

Der junge Mann sah ihn aus schreckgeweiteten Augen an. Seine Hände verkrampften sich im Schoß. »Das ist ... das muss mein Großvater sein«, brachte er stockend heraus. »Was ist denn passiert?«

Peters berichtete ihm, wie der Tote am heutigen Morgen von einer Wattwanderergruppe gefunden worden war und dass ihn jemand erkannt hatte. Um sicherzugehen, solle ihn ein Angehöriger der Familie identifizieren. Dazu müsse dieser nach Husum.

»Mein Vater ist aber nicht da«, sagte Leon Siewering, »er ist gestern zusammen mit meinem Großvater mit dem Boot rausgefahren. Was ist mit meinem Vater?«

»Tut mir leid«, informierte ihn Peters, »das war uns bis jetzt nicht bekannt. Sie haben heute noch keinen Kontakt zu Ihrem Vater gehabt?«

»Nein, und gestern übrigens auch nicht. Aber ich versuch das gleich mal. Ich ruf ihn auf dem Handy an.« Leon Siewering ging hinaus und kam mit einem Mobiltelefon zurück. Er wählte eine Nummer aus dem Verzeichnis und blickte auf das Display. Es tat sich nichts. »Es nimmt keiner ab!«, stellte er fest, sichtlich beunruhigt. »Was kann nur passiert sein? Ich versteh das nicht. Gab es einen Bootsunfall?« Peters gab zu, dass sie auch das nicht wussten.

»Es tut mir furchtbar leid«, entschuldigte sich Peters schon wieder, »aber das kann ich Ihnen nicht ersparen. Jemand aus der Familie muss mitkommen nach Husum und den Toten identifizieren. Sind Sie denn allein? Was ist mit Ihrer Mutter, ist sie auf Föhr, oder sonst jemand?«

»Ja, meine Mutter - also meine Stiefmutter - ist da und meine Schwester auch. Die sind beide irgendwo auf der Insel unterwegs, kommen aber bestimmt bald nach Hause. Meine Stiefmutter wollte zum Friseur, meine Schwester ist irgendwo mit ihrem neuen Freund auf Achse, ich weiß aber nicht wo. Ich könnte sie anrufen.« Ina hoffte, er würde sie erreichen, der Arme! Die Leiche sollte ja nicht so gut aussehen.

Aber Peters ließ ihn nicht telefonieren. Noch nicht. Waren das alle Hausbewohner? Ja, die Haushälterin wohne hier ja nicht, war aber eigentlich ständig da, jedenfalls, wenn einer von der Familie im Haus war. Dies hier sei ja mehr ein Ferienhaus. Die Frau komme von der Insel. Ina notierte ihren Namen. Iversen, Arfst Iversen – offenbar auch einer der alten friesischen Vornamen, nicht totzukriegen, konnte kaum einer der Nicht-Friesen flüssig aussprechen. Aus Wyk. Die Adresse hatte der junge Mann nicht. Er wisse nur, dass ihre Telefonnummer in ihrem Telefonregister gespeichert sei.

»Würden Sie jetzt bitte versuchen, Ihre Mutter anzurufen?«, bat Peters ihn. Ina bemerkte ein kurzes Flackern in Leons Augen, als er das Wort »Mutter« hörte. Ausgesprochene Zuneigung schien er nicht für seine Stiefmutter zu hegen.

Aber der Anruf bei Helen Siewering, der Schwiegertochter des alten Reeders, ging ins Leere. Temporarily not available. Auch Leons Schwester war nicht zu erreichen. Wahrscheinlich habe sie ihr Mobiltelefon abgeschaltet, überlegte er. »Das macht sie häufig, wenn sie mit ihrem Freund zusammen ist. Damit wir sie nicht in der trauten Zweisamkeit stören können.«

»Ja, dann fürchte ich, dass Sie mitkommen und Ihren Großvater identifizieren müssen. Mit viel Glück schaffen wir es, dass Sie noch die letzte Fähre zurück auf die Insel bekommen. Zur Not bringen wir Sie mit dem Polizeiboot zurück. Machen Sie sich bitte fertig«, forderte Peters. »Wir fahren erst zur Polizeistation und setzen meine Kollegin ab. Die nächste Fähre«, Peters sah auf die Uhr, »können wir noch erreichen.«

Ina war enttäuscht. Sie wäre gern dabei gewesen. Vielleicht auch, um diesen richtig gut aussehenden jungen Mann noch etwas näher in Augenschein nehmen zu können.

Apfelgarten

Renata hatte Carl herumgekriegt, doch noch im Apfelgarten in Oldsum einzukehren, ihrem (Zweit-) Lieblingscafé und Restaurant. Er hatte ein wenig gemurrt. Seine Schulter tue ihm weh, er habe keine Lust, noch mal mit dem Fahrrad wegzufahren. »Mit dem Auto!«, hatte sie ihm angeboten. Da war er wieder dabei gewesen. Er tat nämlich nichts lieber, als seinen makellos gepflegten Oldtimer bei schönem Wetter offen durch schöne Landschaften zu bewegen. Außer in seiner karg bemessenen Freizeit den Wagen in der beheizten Garage zu polieren und zu streicheln oder sich auf Oldtimertreffen herumzutreiben. Renata musste zugeben, dass das silbergraue Mercedes 280 SE Cabrio, Baujahr 1968, wirklich ein elegantes Schmuckstück war. So etwas einzigartig Schönes müsse erhalten werden, hatte Carl schon oft gesagt. Nach dieser Baureihe habe Mercedes ja kein schönes Design mehr hingekriegt. Er verstehe ohnehin nicht, dass überhaupt noch Mercedescabrios verkauft würden. Nur der ganz neue SL fand wenigstens einigermaßen Gnade vor seinen Augen. Aber zu teuer, viel zu teuer!

Sie fuhren offen, wie immer mit gemessener Geschwindigkeit. Der Motor - erste Maschine! - durfte nicht überstrapaziert werden. Vor dem »Apfelgarten« in Oldsum, dem liebevoll restaurierten, umgebauten Bauernhaus, war noch ein Parkplatz frei. Gott sei Dank. So kann Carl sein kostbares Stück besser im Auge behalten, dachte Renata bei sich. Obwohl, wenn das einer klaute, würde er nicht weit kommen. Es sei denn, er hätte eine eigene Fähre und einen eigenen Anleger. Föhr - kein Paradies für Autodiebe. Höchstens für Autoknacker. Am begehrtesten waren jetzt Navi-Systeme, hatte sie gelesen. Damit konnten sie allerdings nicht aufwarten, nicht einmal mit einem mobilen Gerät. Carl schwor bis jetzt auf seinen Hintern, sein eingebautes Naturnavigationssystem - den bewährten männlichen Orientierungssinn. Dieser Hintern habe ihn immer an alle gewünschten Ziele geführt. Sonst säße er ja nicht hier, pflegte er triumphierend zu sagen. Also kein Navi.

Renata bedauerte das. Sie könnte schon eines brauchen. Vielleicht zu Weihnachten. Das Autoradio, immerhin das Original-Becker-Radio von 1968, könnte vielleicht einen Liebhaberpreis erzielen.

Sie gingen an der offenen Tür des kleinen, gut sortierten und liebevoll dekorierten Modeladens vorbei in den Garten. Renata blickte kurz hinein. Nachher würde sie doch noch mal nach diesen wunderbaren Sommerpullovern schauen. Auch wenn Carl wie üblich demonstrativ unauffällig im Laden herum- und den interessierten Damen im Weg stehen würde.

An diesem herrlichen frühen Sommerabend waren draußen natürlich alle Plätze besetzt, sogar die alte Gartenbank unter dem Fenster. Sie warteten eine Weile. Aber niemand von den Gästen machte Anstalten, von den altmodischen Eisen- und Holz-Tischen aufzustehen und ihre altmodischen Eisen- und Holz-Gartenstühle für sie frei zu machen. »Gehen wir rein?«, fragte Carl seine Frau. »Das Leben ist zu kurz, um ständig darauf zu warten, bis andere ihr drittes Stück Butterkuchen in sich reingestopft haben!« Sie quittierte das mit einem triumphierenden Lächeln. Genau diese Äußerung hatte sie erwartet – Nr. 98b aus der Sprüchekiste. Das wiederum verstand er nicht, sie sah es an seinem Gesichtsausdruck. Männer und Frauen konnten sich eben nicht wirklich verstehen ... und wenn Männer sich gegenüber Frauen den Anschein gaben, waren sie entweder in der Balzphase oder andersherum – halt!, politisch korrekt denken: sexuell gleichgeschlechtlich orientiert!

Auch drinnen in der gemütlichen, niedrigen Stube war fast alles besetzt. Am großen Tisch im Restaurant fanden sie aber noch Platz. Zwei junge blonde Mädchen, vermutlich Studentinnen, bedienten. Ein schlanker Mann im mittleren Alter, der Inhaber, stand hinter dem Tresen. Am anderen Ende des Tisches saßen ein junges, dunkelhaariges Mädchen und sein Freund. »Ach, wie kann Liebe schön sein!«, gab Carl seiner Frau mit seinem Blick zu verstehen. Sie – ebenso wortlos – machte ihm klar, dass auch sie einmal eine solche Zeit glühender, die Welt um sie herum ausschließender Liebe hatten ... Oh, oh. Aber diese unbedingten großen Gefühle, im Positiven wie im Negativen, ließen sich nicht über mehr als zwanzig Jahre retten. »Eine solche Dramatik kann ich auf Dauer nicht durchhalten«, hatte er Renata einmal gesagt. Obwohl sie es wirklich verstehen konnte, fragte sie sich bis heute, ob es wirklich klug gewesen war, das so direkt zu sagen. Denn eigentlich wollte sie schon, dass ihre Beziehung nicht in ruhiger Routine erstarrte. Sie wollte mehr Gefühl, aber natürlich keine Dramen nach dem Motto »Nicht mit dir, aber auch nicht ohne dich!«

Beide betrachteten unauffällig das junge Paar. Ja, so waren sie auch einmal gewesen. Damals, in Hamburg ... Die beiden in ihrer unbedingten Aufeinanderbezogenheit merkten nicht, dass sie beobachtet wurden. Sie mussten eher Anfang als Mitte zwanzig sein. Junge, schöne Menschen, dachte Renata ein wenig neidisch. Sie war sich ihrer heutigen, mit dem Alter zunehmenden Unzulänglichkeiten nur allzu bewusst. Die Haare, die Fältchen, das Bindegewebe ... Carl ging über die seinen mit einem Achselzucken hinweg. »Wer mich nicht liebt, wie ich bin, der hat mich nicht verdient«, pflegte er zu bemerken. Aber sie hatte ihn in Momenten, in denen er sich unbeobachtet glaubte, auch schon sein Äußeres kritisch betrachten sehen.

Ja, sie hatte auch einmal so glänzendes langes schwarzes Haar und so wundervoll glatte Haut gehabt wie die junge Frau, die sich eng an den jungen Mann schmiegte, seine beiden Hände in den ihren hielt und ihm liebevoll etwas ins Ohr flüsterte. Das reine Glück. Unberührt von langem Ehealltag, noch nicht abgeschliffen von der Erosion einer langjährigen Beziehung mit der permanenten Notwendigkeit von Kompromissen.

Sie nahmen etwas von dem Apfelkuchen, der in mächtigen Stücken mit frischer Sahne serviert wurde. Die Auswahl war nicht sehr groß, aber exquisit. Dazu gönnten sie sich den inzwischen unvermeidlichen Latte Macchiato. Natürlich im Glas ohne Henkel. Man wollte sich schließlich mal wieder die Finger verbrennen.

Eine blonde Frau im eleganten Kostüm, perfekt frisiert, vielleicht Mitte dreißig, trat an den Tisch und sagte: »Tamara?« Renata wurde aufmerksam. Was für ein eisiger Tonfall. Wenn nicht ein Unterton von Hass! Die beiden Liebenden fuhren schlagartig auseinander. Aha, diese Liebenden wollen oder dürfen sich wohl nicht in der Öffentlichkeit zeigen, stellte Renata fest. Vom Anschein her waren das keine armen Leute. Man erkannte es an der Kleidung, der Frisur, dem Schmuck, den Händen. Die Frau war definitiv reich. Und widerlich.

»Ich war noch bei Marco, den Sand aus den Haaren entfernen.« Sie schüttelte ihr Haar, aber nichts bewegte sich. Fünfzehnuhrdreißig, Apfelgarten auf Föhr, die Frisur sitzt, lästerte Renata innerlich.

»Weißt du eigentlich, wo dein Vater ist?« Die Frau kannte also Tamaras Vater, aber sie konnte doch unmöglich ihre Mutter sein!

Das junge Mädchen schüttelte den Kopf. »Vati ist mit Opa mit dem Boot raus, gestern, das weißt du doch. Die müssten eigentlich längst zurück in Wyk sein. Ruf sie doch an.«

»Dein Vater hat wie immer sein Handy ausgeschaltet. Das macht ihn wichtiger, denkt er. Dein Großvater genauso. Jedenfalls sind sie weder zu Hause noch im Hafen. Du weißt also nichts?«

Wieder Kopfschütteln. Man unterhielt sich in dieser Familie (?) offenbar knapp bis nonverbal. Den jungen Mann ignorierte die Frau vollständig.

»Ich dachte, du tust endlich mal was für dich. Stattdessen sitzt du hier mal wieder rum. In deinem Alter habe ich schon für die nächste Meisterschaft trainiert. Leih dir doch endlich mal ein Brett aus! Wir können auch gern zusammen aufs Wasser gehen. In Utersum trainieren die Surfer für die Meisterschaften, da könntest du vielleicht mal neue Kontakte knüpfen.«

»Du weißt genau, dass ich mir aus dem Surfen nicht viel mache. So gut wie du werde ich sowieso nicht. Will ich auch gar nicht. Und wie du siehst, bin ich verabredet.« Renata betrachtete unauffällig Tamaras Verabredung. Dem jungen Mann war die ganze Situation sichtlich nicht angenehm.

Und da kam auch schon der Abgang. »Wie auch immer. Ich fahre jetzt nach Hause, komm bitte bald nach. Wir erwarten dich zum Essen heute Abend mit dem Bürgermeister und den Reedereileuten – allein. Tut mir leid, junger Mann, wir wussten ja nicht, dass Sie auch auf der Insel sind. Sei bitte pünktlich, Tamara!«

»Ja, Mutter«, erwiderte die junge Frau lahm. Aha, doch die Mutter. Renata tippte auf angeheiratete Zweitfrau, also Stiefmutter. Die Konstellation war sichtlich kein großer Erfolg, herzliche gegenseitige Abneigung.

Renata dachte mit Wärme an Anne-Lise, ihre eigene Tochter, jetzt zwanzig Jahre alt. Sie war vor einem Jahr ausgezogen, um in München zu studieren. In ihrer Kleinfamilie war doch alles in Ordnung, auch wenn sie die Launen und Macken ihrer beiden Männer, Carl und Alexander, in Rechnung stellte. Alex, sechzehn Jahre alt, hing definitiv zu viel mit seinen Freunden oder, wenn ausnahmsweise mal nicht, stundenlang am Computer herum. Das ging leider zu Lasten der Schulleistungen. Sie kam sich manchmal vor wie eine Fußtrittmaschine mit dem ständig notwendigen »Mach dies, mach das, mach jenes!« Von allein kam leider fast gar nichts.

Und dennoch – im Vergleich zur Familie der jungen Frau lebten sie vermutlich in purer Harmonie und Eintracht zusammen. Sie lehnte sich liebevoll an Carl, der, völlig unvorbereitet, fast sein Glas umstieß.

Die Ehefrau weiß nicht viel

Klaus-Henning Asmussen klingelte an der Haustür der Familie Siewering. Eine recht junge, gut aussehende und elegant gekleidete Frau mit halblangem blonden Haar öffnete. »Ich bin Helen Siewering, guten Tag!«, sagte sie, nachdem er sich vorgestellt hatte. Dann bat sie ihn herein.

»Haben Sie etwas Neues? Was ist mit meinem Schwiegervater geschehen? Wo ist mein Mann? Wissen Sie etwas? Bitte sagen Sie es mir!« drängte sie, als sie im Wohnzimmer Platz genommen hatten.

»Ich darf Ihnen zunächst mein herzliches Beileid zum Tod Ihres Schwiegervaters ausdrücken«, sagte Asmussen. »Bedauerlicherweise stehen wir vor einem Rätsel. Bis jetzt haben wir nur ihn gefunden. Ihr Sohn ist mit einem Kollegen nach Husum gefahren, um ihn zu identifizieren.«

»Ja, ich weiß«, unterbrach sie ihn ungeduldig, »er hat mir einen Zettel geschrieben. Leider war mein Handyakku leer. So konnte er mich natürlich nicht erreichen. Sonst wäre selbstverständlich ich selbst mitgefahren. Ich finde das jedenfalls überhaupt nicht angebracht, dass Sie einen Jugendlichen das machen lassen. Er kriegt doch einen Schock. War das so eilig? Ist mein Schwiegervater denn nicht tot? Hätten Sie nicht wenigstens die paar Stunden warten können?«

»Es tut mir leid, Frau Siewering«, sagte Asmussen förmlich, »wir müssen davon ausgehen, dass Ihr Schwiegervater Opfer eines Verbrechens wurde. Er wurde tot im Watt gefunden. Die Todesursache wissen wir noch nicht, die Obduktion wird vorgenommen, sobald er identifiziert ist. Sehr merkwürdig ist, dass ihm jemand das Wort MÖRDER in die Brust geschnitten hat.« Helen Siewering keuchte leise und starrte ihn an. »Von Ihrem Sohn wissen wir, dass Ihr Schwiegervater zusammen mit Ihrem Mann auf See war. Die Wasserschutzpolizei ist auf der Suche nach dem Boot. Es ist absolut unklar, was passiert ist. Es besteht auf jeden Fall Hoffnung, dass wir Ihren Mann lebend finden können.«

Helen Siewering schwieg, starrte vor sich hin. »Ich verstehe das alles nicht«, sagte sie dann tonlos. »Gestern sind sie noch fröhlich und guter Dinge zu ihrem traditionellen Bootsabend aufgebrochen. Und heute ... ist mein Schwiegervater tot, und mein Mann vielleicht auch!«

Asmussen bat sie um weitere Informationen. »Den Bootsabend machen sie fast jedes Jahr, meistens mit Gästen, Geschäftspartnern oder Freunden. Die Kinder und ich waren auch manchmal dabei, aber ehrlich gesagt war es immer das gleiche Ritual. Sie sind um die halbe Insel herumgefahren, haben abends irgendwo zwischen Föhr und Sylt den Anker geworfen und es sich gut gehen lassen. Am nächsten Tag ging es dann wieder zurück.«

»Sie und die Kinder sind also auf Föhr geblieben. Wann haben Sie denn Ihren Mann und Ihren Schwiegervater zuletzt gesehen oder gesprochen?« fragte Asmussen.

»Warten Sie, das war am Nachmittag. Wir haben noch zusammen Kaffee getrunken. Gegen vier Uhr vielleicht sind sie von hier losgefahren zum Hafen. Ich habe nicht auf die Uhr gesehen.«

»Danach hatten Sie keinen Kontakt mehr?«

»Nein, leider nicht. Mein Mann hat auch nicht angerufen. Er hätte es aber auf jeden Fall durchgegeben, wenn er seine Pläne irgendwie geändert hätte. Wir hatten für heute Abend ein Essen mit dem Wyker Bürgermeister, dem Aufsichtsratsvorsitzenden der Feringer Inselreederei und dem Chef der Friesenreederei geplant. Das musste ich jetzt natürlich kurzfristig absagen.«

»Und wie haben Sie den gestrigen Abend verbracht?«

»Was meinen Sie damit?«, fuhr sie auf. »Bin ich jetzt verdächtig?«

»Ich muss mir ein Gesamtbild machen«, beschwichtigte Asmussen, »haben Sie bitte Verständnis. Diese Frage ist unumgänglich und hat mit irgendeiner Form von Verdacht nicht das Geringste zu tun.«

»Also gut, aber weiterbringen wird Sie das bestimmt nicht«, fuhr Helen Siewering fort, sichtlich gereizt. »Ich war den ganzen Abend zu Hause, die Kinder ausnahmsweise auch, und Frau Iversen war auch da. Die Haushälterin. Wir sind relativ früh ins Bett gegangen, und das war's. Mit mehr kann ich leider nicht dienen.«

»Sie werden Verständnis dafür haben, dass wir Ihre Angaben noch überprüfen müssen. Aber das kann zu einem späteren Zeitpunkt erfolgen. Mich würde interessieren, ob Ihr Schwiegervater und Ihr Mann Feinde hatten, ob es Menschen gibt, die Grund für einen Mord haben könnten. Denken Sie bitte nach!«

»Ausgeschlossen!« wehrte Helen Siewering ab. »Ich weiß zwar nicht viel von den Geschäften der Reederei, aber so etwas ... nein, das kann doch nicht sein. Mir fällt jetzt wirklich niemand ein, der dazu fähig sein könnte. Geschäftskonkurrenten vielleicht, aber nein. Unvorstellbar!«

Asmussen beendete das Gespräch. »Ich danke Ihnen sehr und hoffe, dass Sie Ihren Mann bald gesund wiederhaben werden. Wir werden alles tun, ihn schnell zu finden.«

Auf der Rückfahrt dachte er über die Frau nach. Sie hatte beunruhigt gewirkt, leicht schockiert, war auch ein wenig aggressiv gewesen. Alles nicht ungewöhnlich für Menschen, die eine solche Nachricht erhalten.

Bericht im Inselkurier

Um 8.30 Uhr klappte Carl ein Auge auf, dann das andere. Ein Sonnenstrahl fiel durch die nur halb zugezogenen Vorhänge des Schlafzimmers unter dem Dach der ehemaligen Scheune. Er blieb noch ein wenig liegen. Seine Gedanken wanderten zu der gestrigen Begegnung mit der schönen Deutsch-Engländerin. Carl und Caroline. In einem anderen Leben ... Renata hatte er nur berichtet, dass er sie am Strand kurz getroffen und ihr beim Suchen nach einem Ohrring geholfen hatte. Sie hatte ihn wie üblich kritisch angesehen. Wenn sie sich wohl ihr Teil gedacht hatte, hatte sie doch nichts weiter gesagt. War es jetzt soweit? Midlife crisis, man wird zum Objekt des Mitleids und bekommt nicht einmal mehr eine Eifersuchtsszene geliefert?

Schließlich schwang, nun ja, wälzte er sich mühsam über die Bettkante. Da war gestern noch die Flasche Prosecco gewesen, mit der sie auf dem Utersumer Deich den herrlichen Sonnenuntergang begossen hatten. Renata hatte sich wie üblich mit eineinhalb Gläsern begnügt, er hatte – ordnungsliebend – natürlich den Rest trinken müssen. Immerhin: Keine Kopfschmerzen.

Es hatte natürlich wieder etwas länger gedauert als geplant. Mit dieser Idee waren sie auch nicht allein gewesen, Scharen von Urlaubern hatten hinter dem »Haus des Gastes« alle Bänke besetzt, den Deich und etliche Strandkörbe bevölkert. Eine Gruppe junger Leute hatte ausgelassen in den Prielen herumgeplantscht und sich mit Schlick beworfen. Ach ja ...

Danach waren sie auf dem schmalen Pfad durchs Feld, an der Pferdekoppel mit dem zutraulichen braunen Wallach vorbei, zum Quartier zurückgegangen. Das gewohnte Abendessen in der von Frauke Harksen und ihrem Mario betriebenen »Ual Skinne«, der Alten Scheune, war ausgefallen. Zu viel Kuchen mit Schlagsahne im »Apfelgarten«. Carl drückte den »Rettungsring« an der Hüfte zusammen. Hmm. Er dachte eine Weile über mögliche Gegenmaßnahmen nach, die allerdings, das war das Problem, nicht zu viel Schweiß kosten sollten. Die letztlich unfruchtbaren Überlegungen beendete er mit dem Entschluss, endgültig aufzustehen.

Renata war noch nicht ausgehfertig mit ihrer kurzen Jeans, dem labbrigen Volksbund-T-Shirt (»Arbeit für den Frieden« in sieben Sprachen) und nackten Füßen in ihren altmodischen Klapperlatschen. Für den Gang zu »Swantje's Inselbäckerei« hatte es aber gereicht. Da kam morgens schließlich jeder Urlauber, wie es ihm gerade passte. Bei Gelegenheit würde er die wirklich ausnehmend nette Frau Swantje unauffällig bitten, möglichst ihr Ladenschild zu ändern. Sie wollte doch sicher nicht mit dem Deppen-Apostroph im Namen ihres beliebten Geschäfts negativ auffallen.

Unten in der Küche drückte er Renata einen Kus's auf die S'telle de's Nacken's (nein, Schluss mit dieser Alberei), deren Reizung sie meist mit einem Quietschen zwischen Entzücken und Belästigung quittierte. Jaa! Auch heute funktionierte es wieder zuverlässig. »Ist das der Dank, dass ich für den gnädigen Herren schon alles fürs Frühstück vorbereitet habe und auch den hochwohlgeschätzten Inselkurier apportiert habe?«, lachte sie. Natürlich nicht. Er bedankte sich artig für die Dienstleistung und nahm am gedeckten Tisch Platz. Tasse, Holzbrett, Messer, Brötchen, Butter, Marmelade, Käse, Kaffee, Milch, Zeitung - alles da. Draußen schien die Sonne. Das Leben war doch schön!

»Hast du schon gesehen?«, fragte er Renata. Wie hätte sie es übersehen können? Auf Seite 1 der recht dünnen Zeitung war unter der blutroten Headline »Mord im Watt« ein riesiges Foto der Wattwanderergruppe zu sehen, wie sie sich um den Toten geschart hatte. Kleinere Bilder zeigten dessen Gesicht halb von der Seite, die mit dem Wort MÖRDER verletzte Brust, den Wattführer mit ärgerlichem Gesichtsausdruck sowie eine Szene aus der Feststellung der Personalien am Deich. Da war einer schnell gewesen und hatte seine Bilder noch gestern dem Inselkurier verkauft. Sicherlich für gutes, eher sehr gutes Geld. Wahrscheinlich machte auch BILD heute damit auf. Ein toter, von Möwen verstümmelter bekannter Reeder, High Society, im Watt gefunden, das war doch was fürs Sommerloch! Ein fetter roter Balken verwies auf weitere Informationen im Innenteil der Zeitung.

Renata und Carl waren sich einig: Geschmacklos! Die Bilder verletzten nicht nur die Würde des Toten, sondern auch die seiner Familie, die womöglich bisher gar nicht informiert war. Vielleicht war er noch nicht einmal zweifelsfrei identifiziert!

Man sollte einen Leserbrief schreiben. Das hatten beide am Frühstückstisch schon oft beschlossen – Leserbriefe zu schreiben, sachlich, bissig oder ironisch, je nachdem. Es gab immer wieder Anlässe, Stellung zu nehmen zu inhaltlichen und grammatischen Fehlern oder stilistischen Grausamkeiten in ihrer mitteldeutschen Regionalzeitung. Aber dann hatten sie es fast immer gelassen. Was brachte es schon? Viele Zeitungen hatten, bedingt durch den zunehmenden Kostendruck bei abnehmenden Abonnentenzahlen, ihr Korrektorat auf ein Minimum reduziert. Selbst in angesehenen überregionalen Tages- und Wochenzeitungen entdeckten sie zunehmend solche Laxheiten – bis hin zu dem unerträglichen Deppen-Apostroph. Oder fand doch ein Korrekturdurchlauf statt, und die eingesetzten Kräfte bekamen nicht genug Zeit, um solide arbeiten zu können?

»Nun lies vor!«, drängte Renata ihren Mann. Er begann mit dem recht kurzen Text auf der Titelseite (die Bilder dominierten). Unter der Überschrift stand »Ermordeter Hamburger Reeder von Wattwanderern entdeckt! Ein Bericht von Ekke Knudsen.« Der Redakteur hatte den Hergang des Fundes etwas dramatisiert, aber an sich zutreffend wiedergegeben.

Interessant waren die weiteren Informationen, die er in der kurzen Zeit zusammengetragen hatte. Es deckte sich weitgehend mit dem, was auch Franz Branntwein schon verkündet hatte. Die Presse lenkte aber die Spekulationen jetzt schon in eine bestimmte Richtung. Eine große Überschrift auf Seite 2 lautete: »Sohn des Toten vermisst – Familiendrama auf See?« Martin Siewering sei seit zehn Jahren der eigentliche Reedereichef. Es habe häufiger – auch unter Zeugen – heftige Auseinandersetzungen zwischen Sohn und Vater über die Geschäftspolitik gegeben. Hatte also der Sohn den Vater umgebracht? Oder war es der ominöse Dritte gewesen, den ein Zeuge im Yachthafen an Bord des »luxuriösen Kabinenkreuzers« gesehen haben wollte? Unklar sei, warum das Wort

MÖRDER auf der Brust des Toten stand. Ein bisher ungeklärtes dunkles Geheimnis, eine Abrechnung? Die Polizei tappe noch im Dunkeln. Die Presse würde dran bleiben und weiter berichten.

Es folgten Informationen über die offenbar gut gehende Hamburger Reederei und deren internationale Geschäftsbeziehungen. Das kontinuierliche Wachstum der Firma sei nicht immer in Harmonie vonstattengegangen. Das überschlug Carl beim Vorlesen weitestgehend. Halt, eines war doch interessant: »Hier steht, dass die mit der Feringer Inselreederei in Verkaufsgesprächen standen. Die Reederei unserer Fähren.«

Das wusste Renata natürlich, solche Selbstverständlichkeiten brauchte er ihr nicht als Neuheiten anzudrehen.

Carl ließ sich nicht beirren: »Die Siewerings haben in der Vergangenheit eine kleine Reederei nach der anderen geschluckt. Sie sind inzwischen die unangefochtene Nummer eins bei Ausflugs- und Fährlinien und wollen jetzt auch in Kreuzfahrtschiffe investieren.«

Renata fand das nicht übermäßig spannend, sondern fragte ihn, ob denn da mehr über die Familie stünde.

»Warte, ich geb dir gleich den Teil. Hier steht nur, dass die Frau von dem Hermann Siewering vor Jahren gestorben sei. Ach, und die erste Frau von dem Sohn auch. Vor ein paar Jahren habe er wieder geheiratet. Zwei Kinder, dreiundzwanzig und neunzehn, also von der ersten Frau. Die seien oft auf der Insel. Die zweite Frau – ah, da ist auch ein Bild.«

Renata streckte verlangend die Hand nach der Zeitung aus.

Nein, jetzt las ER diesen Teil! »Sieh mal einer an. Die kennen wir! Das ist doch die unsympathische feine Dame von gestern im Apfelgarten, die am Tisch! Vierunddreißig Jahre, fast zwanzig Jahre jünger als ihr Mann. Sieht ziemlich gut aus. Ihm zuliebe habe sie eine Karriere als Leistungssportlerin aufgegeben. Triathlon und Surfen. Stell dir vor, die war sogar mal Hamburger Landesmeisterin.« Er wusste doch, wie man Renata ärgern konnte. Die ewige Angst der Brünetten vor der blonden und dann auch noch sportlich fitten Sirene ... Das Schwarz-Weiß-Foto zeigte eine recht junge, attraktive Frau mit hellen Haaren, Typ nordische

Schönheit, etwas herb. »Die erinnert mich an die süße Luise. Du weißt doch, unsere PR-Chefin, als ich noch im Hamburger Verlag war«, sagte er unbedacht.

Sie drängte erneut, den Hinweis auf Luise ignorierte sie diesmal. Gott sei Dank! Warum musste er das auch immer machen? Also überschlug er einen Teil des Textes. »Hier steht, das Haus, das sie auf der Insel haben, soll weit über eine Million gekostet haben! Da ist auch ein Foto. Das Haus würde ich mir gern mal ansehen. Wir könnten doch nachher mal da vorbeifahren.«

Renata lehnte ab. Sie fand das offenbar voyeuristisch. Wozu sollte das dienen? Männer! Vielleicht wollte er es auch noch fotografieren? Carl von Brandes, der geistige Bruder von Sherlock Holmes!

Er überließ ihr die Zeitung ganz und räumte den Tisch ab, das Geschirr gleich in die Spülmaschine. Die Wohnung war gut ausgestattet, fehlte nur noch die eigene Waschmaschine. Hatte Renata gesagt, die ungern den kleinen Waschsalon in Wyk benutzte. »Mach dich dann bitte fertig, ich will noch Klaus-Henning meine Fotos vorbeibringen, möglichst bevor die Kripo vom Festland bei ihm aufschlägt. Oder willst du nicht mit nach Wyk?«, fragte Carl. Sie hatte an sich nie etwas dagegen, dorthin zu fahren, auch nicht bei schönstem Strandwetter – frei nach dem Motto: »Einmal geshoppt – nie mehr gestoppt«. Nr. 217a aus der Sprüchekiste, über die Jahre schon etwas abgenutzt, den liebte Renata auch nicht besonders.

Carl sah seine Frau an. »Nun?« Renata zögerte, sah hinaus. Es war ein so herrlicher Morgen. Der Wetterbericht hatte für die nächsten Tage etwas unbeständigeres Wetter mit Abkühlung und gelegentlichen Regenschauern vorhergesagt. »Ich geh in den Strandkorb«, entschloss sie sich schließlich, »fahr allein. Die Boutiquen kann ich immer noch plündern. Bring aber bitte noch etwas aus dem großen Supermarkt am Hafen mit!« Sie schrieb ihm schnell einen Einkaufszettel.

Keine Anzeichen für einen gewaltsamen Tod

Asmussen starrte auf die Papiere auf dem Tisch, ohne etwas wahrzunehmen. Gestern Abend war Inger tatsächlich ausgezogen. Die Diskussion war kurz und schmerzhaft gewesen, dann hatte ein junger Mann an der Tür geklingelt, um sie abzuholen. Der Schmelz der Jugend hatte gesiegt. Er horchte in sich hinein. Es tat weh. Aber immerhin: Ein richtiges Verlustgefühl wollte sich nicht einstellen. Dann war es wohl auch besser so. Aber nun würde er abends wieder allein sein, mit seinen Fachbüchern und dem Strategiespiel auf dem Computer. Im Grunde nahm er Inger nur das wirklich übel.

Zunächst aber gab es genug zu tun. Arbeit ist immer noch die beste Ablenkung, an dem platten Spruch ist doch etwas dran, dachte Asmussen. Gestern Abend noch hatte ein Ehepaar, erfahrene Segler, die mit ihrem Boot unterwegs waren, die Yacht der Siewerings entdeckt. Es war ihnen merkwürdig vorgekommen, dass das Boot offenbar steuerlos in der offenen See trieb.

Der Mann hatte es schließlich »geentert«. An Bord hatte er niemanden angetroffen, dafür aber an und unter Deck Blutspuren entdeckt. Über Funk hatte er aufgeregt die Polizei verständigt. Die Yacht hatten die Segler an den Haken genommen. Die Kollegen auf dem in Husum stationierten Küstenschutzboot hatten das Boot übernommen. Asmussen hatte keinen Kontakt, ging aber davon aus, dass die Spurensicherung schon dran oder vielleicht bereits fertig war. Damit hatten sie zu dem Toten endgültig noch einen Vermissten.

Pünktlich um neun Uhr griff er zum Telefonhörer und rief erneut in Hamburg an. Inzwischen konnte es auch dort Neues geben. Peter van Aertsen war erfahrungsgemäß vor neun, seiner »heiligen Zeit«, nicht ansprechbar, dafür lief er meist abends zur Hochform auf. Und er hatte tatsächlich etwas für Asmussen: »Im Obduktionsbericht aus Husum steht: Hermann Siewering ist eindeutig eines natürlichen Todes gestorben. Herzinfarkt.«

»So«, meinte Asmussen. Darüber musste er erst nachdenken. »Ich hab auch was, vielleicht weißt du es ja schon: Gestern Abend haben sie das Boot der Siewerings gefunden. Niemand an Bord. Keine Spur von Martin Siewering, kein Lebenszeichen.«

Van Aertsen hatte natürlich davon erfahren, hatte aber auch noch keine Details. Man hatte jedenfalls schon gestern und auch für heute Morgen eine Suche aus der Luft organisiert. Bisher ergebnislos.

Asmussen hatte noch eine Frage. »Was mich umtreibt, das ist die Tatsache, dass dem alten Siewering jemand das Wort MÖRDER in die Brust geschnitten hat. Haben die feststellen können, ob das vor oder nach seinem Tod war?«

»Man geht stark davon aus, dass es nach seinem Tod war. Aber das steht nicht mit absoluter Sicherheit fest. Es gab allerdings keine sonstigen Anzeichen für Gewaltanwendung, keine, die wir noch hätten feststellen können. Allerdings haben die Möwen ihn ziemlich zugerichtet, sodass vielleicht Hinweise vernichtet worden sind. Auch keine Spuren von Giften, Betäubungsmitteln oder anderen verdächtigen Substanzen im Körper. Jedenfalls keine, die wir mit den üblichen Analysen feststellen können. Somit ist es mehr als unwahrscheinlich, dass Siewering noch am Leben war, als der Täter aktiv wurde.«

»Also nachher ...«, sinnierte Asmussen. »Da braucht es natürlich keinen Psychologen, um einen Racheakt anzunehmen. Da muss es doch was geben. Ihr habt doch sicher schon mal die Aktenlage geprüft. Keine Auffälligkeiten in Siewerings Umfeld? Leute mit starkem Motiv, die vielleicht nur zu spät gekommen sind, um ihn umzubringen, und sich dann wenigstens so von dem Druck befreit haben. Das mit dem MÖRDER muss doch einen Grund haben.«

»Ich weiß, was du denkst«, fiel ihm der Hamburger Kollege ins Wort. »Ungeklärte Mordfälle mit einer möglichen Verwicklung Siewerings. Wir sind da dran. Die erste Sichtung hat schon mal nichts ergeben. Aber das kann noch dauern. Wir gehen jetzt in die Vergangenheit zurück. Parallel verfolgen wir die Frage, ob es etwas mit wirtschaftlichen Dingen zu tun haben könnte. Das ist mein Spezialgebiet, wie du weißt. Aber außer einem etwas merkwürdigen Deal mit einer englischen Hochseereederei, die offenbar nur auf dem Papier existiert, habe ich in der Kürze noch nichts Brauchbares gefunden.«

Asmussen berichtete, dass nach einer bisher noch unbestätigten Aussage vor dem Auslaufen des Bootes ein unbekannter Engländer an Bord gesehen worden sei. »Ja, das könnte vielleicht zusammenpassen«, überlegte van Aertsen, »das kriegen wir bald raus.« Asmussen fasste noch einmal die Informationen über den Fall Siewering zusammen, so wie er sich bis jetzt darstellte. Dann beendeten sie das Gespräch. Gegen zwölf Uhr würden die beiden angekündigten Kripobeamten mit der Fähre eintreffen. Unterkunft und ein eigener Arbeitsraum in der Dienststelle, mit Computer, waren vorbereitet.

Zwischenstand

Jörn Peters hörte, wie Asmussen ihn rief. Der Chef informierte ihn darüber, was er gerade von dem Hamburger Kollegen gehört hatte. Dann ging er mit ihm nochmals das Gespräch mit der Frau des Vermissten durch. Schade, er war nicht dabei gewesen. So konnte er nicht viel dazu sagen. Die Frau hatte auf Asmussen wirklich erstaunlich ruhig und gefasst gewirkt.

»Kalt wie ein Fisch, wenn du mich fragst«, sagte Peters zu seinem Chef. Er liebte handfeste Vergleiche.

»Ich frag dich aber nicht«, gab Asmussen wie immer zurück. »Außerdem warst du gar nicht dabei. Natürlich müssen wir erstmal in alle Richtungen ermitteln. Falls wir denn überhaupt ermitteln.« Peters nickte. Die Rolle der Inselpolizei in diesem Stück der Hamburger und der schleswig-holsteinischen Kripo würde sich gleich nach Ankunft der Kollegen aus Kiel klarer definieren lassen – vermutlich als kleine Nebenrolle. Gestern hatte Asmussen diesen Rahmen schon überschritten. Aber es war ja auch sonst niemand da gewesen.

Peters war stolz auf seine gute Menschenkenntnis. Und in seinen Annahmen hatte er oft eine fast schon legendäre Treffsicherheit bewiesen. Deshalb traute sich auch keiner der Kollegen mehr, mit ihm um irgendetwas zu wetten. Aber erstens hatte er die Frau gar nicht gesehen, sondern nur den Sohn, und der war ziemlich aufgelöst gewesen. Und zweitens, das war natürlich klar, durften in die Ermittlungen keinerlei Bewertungen einfließen. Das verzerrte die Wahrnehmung und konnte leicht zu falschen Schlüssen und vor allem zu Zeitverlust führen – Zeit, die dem oder den wahren Tätern Gelegenheit gab, eventuell noch vorhandene Spuren zu verwischen. Sie hatten bis jetzt allerdings nur recht wenige Fakten zusammenstellen können. Selbst die Presse war ihnen etwas voraus, das war ärgerlich.

»Die Frau hat doch bestimmt ein gutes Motiv, ihren Mann und ihren Schwiegervater zu beseitigen. Oder beseitigen zu lassen – wie auch immer. Sie wird ja wohl, das müssen wir auf jeden Fall klären, zusammen mit den Kindern die Firma und das Vermögen erben. Allein das Haus hier ist schon einiges wert«, überlegte Peters. Asmussen stimmte zu. Sie kannten die Reichen-Siedlungen auf der Insel und das Preisniveau für Immobilien aller Art. Selbst für die vergleichsweise kleine Eigentumswohnung in Boldixum hatte Asmussen eine ansehnliche Summe hinlegen müssen, an der er noch viele Jahre abzuzahlen hatte.

»Das Alibi der Frau werden wir uns auf jeden Fall noch sorgfältig ansehen. Ich glaube allerdings nicht so recht daran, dass etwas Vernünftiges dabei herauskommt. Immerhin, wir können schon mal damit anfangen, uns umzuhören, ob sie jemand an dem Tag auf dem Boot und am Abend außerhalb ihres Hauses gesehen hat«, meinte Peters.

»Glauben ist nicht wissen«, entgegnete Asmussen. »Aber stellen wir das erstmal zurück.«

Gestern Abend hatte Asmussen noch Franz Branntwein einen Besuch abgestattet. Der hatte ihm einen Hinweis gegeben, wer im Hafen das Boot der Siewerings so gut im Blick hatte. Kapitän Jan-Willem Petersen, 63 Jahre alt, war Angestellter der »Feringer Inselreederei«, kurz vor dem Ruhestand. Er hatte ein eigenes kleines Motorboot im Hafen liegen, am selben Steg wie das Boot der Siewerings. Petersen war ein merkwürdiger Mensch, mit dem niemand so recht warm werden konnte. Er wohnte auf der Insel, war wohl auch von hier. Meistens verschlossen wie eine Auster, unzugänglich, manchmal aber auch cholerisch, Wutausbrüche wegen nichts und wieder nichts. Deswegen hatte Asmussen schon einmal nach einer Prügelei in einer Wyker Kneipe ein – ergebnisloses – Gespräch mit ihm geführt.

Eine Abmahnung hatte Petersen auch schon mal erhalten, weil er Fährpassagiere grob angepöbelt hatte. Wenn er nicht solch ein begnadeter Seemann wäre, hätte die Reederei ihn längst hinausgeworfen oder in den vorzeitigen Ruhestand verabschiedet. Aber Petersen war quasi das Rückgrat der Fährkapitäne und konnte sich offensichtlich allerhand erlauben. Wenn andere bei schwerem Seegang all ihr Können aufbieten mussten, legte er ohne irgendwelche Schwierigkeiten eiskalt sauberste Anlegemanöver hin. Arbeitnehmer dieses Schlages, die ständig für zwei arbeiteten, gab es nur selten. Petersen war alleinstehend und verbrachte, wenn er nicht gerade an seinen Schiffsmodellen herumbastelte, viel Freizeit auf seinen Fährschiffen, vor allem im Maschinenraum. »Der Mann ist das Schiff – das Schiff ist der Mann«, sagten andere zu dieser Art Symbiose. Peters, dem alles Seemännische abging, bewunderte das, aber das fanatische Element irritierte ihn.

Er hatte sich gewundert, dass Petersen im Fährdienst arbeitete. Mit seiner Qualifikation hätte er sicher jedes Traum- oder Containerschiff steuern können. Soweit er wusste, hatte der Kapitän auch die entsprechenden Patente. Oder er hatte sie jedenfalls gehabt. Persönliche Gründe? Aber was sollte ein Mann ohne Verpflichtungen wie Petersen für Gründe haben, hier in Nordfriesland festzukleben? Sein idyllisch dicht am Strand gelegenes Häuschen in Utersum hätte er gut einem Makler zur Vermietung übergeben und sich das ganze Jahr auf den sieben Weltmeeren herumtreiben können.

Sie hatten noch keine Zeit gehabt, ihn zu befragen. Er war heute im Dienst zwischen Föhr und Dagebüll eingesetzt. Die Kollegen von der Kripo würden sich gewiss heute Abend oder morgen um ihn kümmern, Wattführer Hansen befragen und sich die Familie Siewering vornehmen. Die Kollegen am Hafendeich konnten dann wohl zur Inselroutine zurückkehren: Absperrungen, Streifendienste, kleine Schlägereien, Taschendiebstahl, vermisste Urlauberhunde suchen und das Übliche ...

Konfrontation

Gleichzeitig mit einem kurzen scharfen Klopfen betraten zwei Männer den Raum, begleitet von Achim Lohns, der seinen Chef entschuldigend anblickte. »Sie sind Hauptkommissar Asmussen«, stellte der eine fest, offenbar der Ranghöhere der Beiden. »Ich habe schon einiges von Ihnen gehört.« Sicher nicht viel Gutes, dachte Asmussen, während er sie begrüßte. »Mein Name ist Alexander Seyfried, Kriminalhauptkommissar, für besondere Ermittlungen in diesem Fall abgestellt vom SEK Kiel. Das ist mein Mitarbeiter, Kriminaloberkommissar Kohlmann. Wir übernehmen ab sofort zusammen mit der Kripo Hamburg die Ermittlungen im Fall Siewering. Zeit ist knapp, gegessen haben wir an Bord, wir haben uns schon im Hotel einquartiert. Also bitte ich Sie, uns gleich den Dienstraum zu zeigen, damit wir sofort mit der Arbeit beginnen können.«

Ein ganz schneller Polizist. Den Typ kannte Asmussen recht gut. Jung, ehrgeizig, effizient, sehr schnell befördert. Nur Eins-A-Beurteilungen. Mit Verbindungen nach oben und ausgeprägtem Machtinstinkt. Sympathisch waren solche Leute in der Regel nicht, auch Seyfried strahlte eher Kälte aus. Ein etwa 1,80 Meter großer, schlanker Mann, durchtrainiert, aber kein »Kraftpaket«, sonnengebräunt, hohe Stirn, hellblonde Haare, Augenbrauen und kleiner Schnäuzer in der gleichen Farbe. Vielleicht wegen der hellblauen Augen wirkte das Gesicht seltsam flach, farblos. Dieser Eindruck wurde verstärkt durch eine schwache Mimik. Ein idealer Geheimdienstler, überlegte Asmussen. Die Stimme des Beamten klang relativ hoch, mit einer leicht klirrenden Note. Sollte wohl Schärfe ausdrücken. Antrainiert, eindeutig, konstatierte Asmussen, der das als Schwäche einschätzte. Mit seinem Auftreten versucht er, andere zu dominieren. Mich schafft er damit nicht. Seyfrieds Alter schätzte er auf höchstens Mitte dreißig.

Der ältere Kieler Kollege hatte sich bis jetzt völlig zurückgehalten. Ein Mittfünfziger, ebenfalls um die 1,80 Meter groß, leicht untersetzt, schütteres schwarz-graues Haar. Gepflegter, kurzer grauer

Vollbart, braune Augen, randlose Brille, fleischige Nase. Er stellte sich nun kurz vor. Kriminaloberkommissar Peter Kohlmann war abgestellt, Seyfried bei den Ermittlungen zu unterstützen. Ein jovialer, vom Äußeren eher unscheinbarer Typ mit wesentlich freundlicherer Ausstrahlung als der Ranghöhere. Da haben wir sie schon, dachte Asmussen bei sich, die Idealbesetzung für das Spiel »Guter Polizist - böser Polizist«. Nicht, dass er das ablehnte. Damit war bei Verhören immer wieder Erfolg zu erzielen.

Betont freundlich sagte er: »Willkommen auf Föhr und in unserer bescheidenen Dienststelle. Wir haben Ihnen einen Extra-Raum vorbereitet. Leider haben wir keinen eigenen Drucker und auch kein eigenes Faxgerät für Sie. Wir sind als arme Inselpolizisten«, das konnte er sich nicht verkneifen, »von der technischen Ausstattung her nicht darauf eingerichtet.« Seyfried winkte ab. Er bräuchte nur einen Netzwerkanschluss für den Laptop. Den trug offenbar Kohlmann in einer dicken schwarzen Umhängetasche bei sich. Er fungierte für Seyfried, der nur eine schmale Konferenzmappe unter den Arm geklemmt hatte, offenbar als Kofferträger.

Die beiden Kripobeamten ließen sich das Dienstgebäude zeigen und richteten sich in ihrem Raum ein, den zuvor die schwangere Kollegin Behrendt wenige Wochen benutzt hatte. Sievertsen mitsamt Unterlagen, Computer und persönlicher Ausrüstung war zu Eicken und Jahrmann ausquartiert.

Die Kieler legten gleich Tempo vor. Asmussen stellte den Sachverhalt dar, wie er sich ihnen bis jetzt erschlossen hatte. Dabei sparte er die Informationen des Hamburger Kollegen aus. Die waren »off records« gewesen und mussten Seyfried ohnehin bekannt sein. Er übergab seinen ersten kurzen Bericht, dazu eine Liste mit den Adressen und Festnetz- wie Mobiltelefonnummern der Personen, die nach dem bisherigen Stand für die Ermittlungen von Bedeutung sein würden: Neben der Familie Siewering waren dies der Wattführer Hansen, der Journalist Knudsen, der Fährkapitän Petersen und schließlich - wegen des Bootes der Siewerings - noch Omme Tadsen, der Hafenmeister des Yachthafens. Franz Branntwein hatte er außen vor gelassen, da er offenbar aus denselben Quellen schöpfte wie der Journalist. Vielleicht, gestand er sich ein, um wenigstens ein eigenes Ass im Ärmel zu behalten. Außerdem standen zahlreiche Fotos – Carl hatte vorhin noch die CD abgeliefert – und die Liste sämtlicher Teilnehmer an der besagten Wattwanderung mit deren Kontaktdaten zur Verfügung.

Seyfried hörte zu, während Kohlmann eifrig Notizen machte, nickte, überflog die Listen. Dann zog er ein Exemplar des aktuellen Inselkuriers aus der Mappe, legte es auf den Tisch und tippte zweimal nachdrücklich mit dem Nagel des Zeigefingers darauf. Gepflegt, wie poliert. »Und wie, meine Herren, erklären Sie sich das hier?«, fragte er eisig. »Wie kann das sein, dass der Inselschmierant mehr weiß als Sie? Hier sitzen sieben, acht erwachsene Leute auf der Wache und trinken Kaffee, während die Presse ihre Arbeit macht. Das nennen Sie alles?«

Ja, das war in der Tat alles. Alles bis auf das Kaffeetrinken. Sie waren beileibe nicht untätig gewesen. Aber Ekke Knudsen hatte offenbar sehr gute Quellen und war schnell in der Recherche. Eigentlich eine Talentverschwendung auf der Insel, wo im Sommer ein Badeunfall, das traditionelle Ringreiten oder die zahlreichen für die Urlauber organisierten kulturellen Veranstaltungen schon die Höhepunkte der journalistischen Herausforderung darstellten. Der Redakteur hatte sein Wissen in diesem Fall, warum auch immer, für sich behalten. Vielleicht wollte er von der Insel weg, sich für Höheres empfehlen. Dafür waren Exklusivität und der Schutz der offensichtlich brauchbaren Quellen nützlich. Nicht, dass ihm noch einer »aus ermittlungstaktischen Gründen« in die Suppe spuckte!

Asmussen beherrschte sich, aber er spürte seinen Groll vom Magen her deutlich nach oben steigen. Oben angekommen, würde er ihn ausspucken. Er bemerkte, dass Peters ihn starr, nahezu beschwörend ansah. Das half. Er hätte auf das Fax der vorgesetzten Dienststelle verweisen können, in dem man ihnen eigene Ermittlungen quasi verboten hatte. Aber das wäre zu billig, vielleicht sogar kontraproduktiv. »Gaa nich ignoriern!«, empfahl van Aertsen gern. Daran hielt er sich jetzt und sagte gezwungen: »Wir stehen uneingeschränkt zu Ihrer Verfügung. Setzen Sie die Kollegen aber bitte so ein, dass Herr Peters oder ich jeweils informiert sind. Wir müssen trotz allem unseren normalen Dienstbetrieb aufrecht erhalten und haben bereits zu wenig Personal.«

Seyfried bedauerte. »Tut mir leid, Kollege Asmussen. Ich muss und werde jederzeit vollen Zugriff auf die Mannschaft haben. Dazu habe ich, das wird Sie nicht wundern, aus Kiel die Ermächtigung. Wir könnten hier natürlich eine Zehn-Mann-SoKo auffahren. Aber davon hat man vorläufig abgesehen. Ich weiß auch noch nicht, inwieweit ich Sie tatsächlich in Anspruch nehmen muss. Aber eines stelle ich gleich klar: Wenn hier einer quertreibt, wird das unangenehm.«

»Ich verwahre mich gegen solche Unterstellungen«, wehrte sich Asmussen zornig. »Und abgesehen davon habe ich schon Fälle gelöst, als Sie noch das ABC aufgesagt haben.«

»Ja, Ihre wunderbare Karriere ist nur schnell zu Ende gegangen, wie man mir berichtet hat«, höhnte Seyfried. »Kann ja wohl nicht so toll gewesen sein, Ihr kriminalistischer Spürsinn. Und so wie das hier losgeht, kann ich nur nochmals betonen: Wenn Sie uns hier in die Quere kommen, dann stellt sich niemand mehr schützend vor Sie, dann sind Sie endgültig fällig.«

Asmussen stand langsam auf, die Hände zu Fäusten zusammengeballt, dass die Knöchel weiß hervortraten. Peters griff ein, bevor etwas passierte, was nicht wieder gutzumachen wäre. »Herr Seyfried, je eher der Fall gelöst ist, desto besser für alle! An uns hier wird der Erfolg nicht scheitern. Wir werden Ihnen helfen, wo wir nur können.«

Kohlmann fiel ein: »Ich bitte Sie, lassen Sie uns doch am selben Ende des Strickes ziehen. Wir müssen diese merkwürdige Geschichte so schnell wie möglich vom Tisch haben. Sie verstehen, dass der Druck seitens der Politik ziemlich groß ist.«

Ja, im Grunde war das allen klar. Sie einigten sich schließlich darauf, dass sie jeden Abend bei Schichtwechsel in diesem Kreis eine kurze Besprechung abhalten würden. Dann würde man sich gegenseitig über die Ermittlungsergebnisse informieren, und auch der absehbare Personaleinsatz konnte zur Sprache kommen.

Polizeiobermeister Lohns klopfte an und trat gleich darauf ein, ein Blatt Papier in der Hand. »Ein Fax für Sie, Herr Hauptkommissar, gerade eingegangen.« Er überreichte es Seyfried, der es kurz überflog und dann an Kohlmann weiterreichte. Lohns war abwartend stehen geblieben. »Gibt es noch was?« fragte ihn Seyfried unwirsch.

»Nein, ich dachte ...«

»Überlassen Sie das Denken uns, Herr Obermeister, das Papier haben Sie doch sowieso schon gelesen. Ich darf dann bitten. Und schließen Sie die Tür. Von außen.« Lohns verließ achselzuckend den Raum, nicht ohne einen Seitenblick auf seinen Chef zu werfen, der mit verbissenem Gesicht dasaß.

»Interessant, meine Herren«, wandte sich Seyfried an die kleine Besprechungsrunde, »eine Ergänzung zum Obduktionsbefund Hermann Siewering. Todesursache eindeutig Herzinfarkt. Zum Zeitpunkt seines Todes muss er unter erheblichem Alkoholeinfluss gestanden haben. Es war nicht der erste Infarkt. Das Herz war angegriffen, nach ärztlichem Befund hat er schon zwei frühere Infarkte überlebt. Vier Bypässe. Noch interessanter sind verschiedene leichte Prellungen und Blutergüsse, die sie doch noch gefunden haben. Das könnte darauf schließen lassen, dass es an Bord des Schiffes einen Kampf gegeben hat, bei dem er den Infarkt erlitt. Der Täter hat ihm dann wahrscheinlich das Wort MÖRDER in die Brust geritzt und ihn über Bord geworfen.«

Seyfried hielt einen Moment inne. »Angesichts der bislang dürftigen Informationslage«, er ließ seinen Blick kurz auf Asmussen und Peters ruhen, betrachtete nochmals das vor ihm liegende Zeitungsblatt, blickte schließlich wieder auf, »müssen wir in Betracht ziehen, dass es sich um eine Familienauseinandersetzung gehandelt haben könnte. Der Sohn des Toten könnte sich dann auf bisher ungeklärte Weise abgesetzt haben. Wurde geklärt, ob das Schiff ein Beiboot an Bord hatte und ob es gegebenenfalls noch an Bord ist?«

Asmussen teilte den Sachstand mit: »Nach unseren Informationen hatte die Yacht, die *Elisabeth*, ein kleines Schlauchboot an Bord, am Heck festgemacht. Das haben die Kollegen der Wasserschutzpolizei auch dort vorgefunden.«

»Gut, dann scheidet das aus, jedenfalls auf den ersten Blick. Allerdings könnte sich ein anderes Boot an Bord befunden haben, von dem wir nichts wissen. Gibt es hier Erkenntnisse?« Asmussen verneinte. So weit waren sie mit den Recherchen noch nicht vorgedrungen.

»Offene Frage, bleibt zu klären«, stellte Seyfried fest, »Herr Asmussen, kümmern Sie sich bitte darum!« Asmussen nickte. Kohlmann und Peters notierten mit.

»Ein Entführungsfall, gegebenenfalls Erpressung, liegt ebenfalls im Bereich des Möglichen. Verschiedene Möglichkeiten haben wir jetzt«, fasste Seyfried zusammen. »Erste Hypothese: Vater und Sohn haben einen Streit, vermutlich unter Alkoholeinfluss. Ursache ist vorläufig unbekannt. Dem muss also nachgegangen werden«, er nickte in Richtung Kohlmann, der es in seinem kleinen schwarzen Notizbuch festhielt. »Anzunehmender Tathergang: Es gibt eine Rangelei, der Vater stirbt. Der Sohn ritzt ihm das Wort MÖRDER in die Brust und wirft ihn über Bord. Dann lässt er das Boot abtreiben und flieht in Panik von Bord, mit einem weiteren Beiboot.«

Peters wandte ein: »Ich finde das nicht sehr plausibel. Wenn es eine Auseinandersetzung gab und der Sohn flieht, macht er sich wesentlich verdächtiger, als wenn er an Bord bleibt und zum Beispiel vorgibt, er habe zu viel getrunken, um sich an irgendetwas zu erinnern. Der Vater ist doch eines natürlichen Todes gestorben, er wäre damit aus dem Schneider. Natürlich wissen wir nichts über seinen emotionalen Zustand ...«

Seyfried unterbrach ihn: »Gut, sehr gut, Herr ... äh, Peters. Wir sollten jedoch nicht aus dem Auge verlieren, dass der Leiche MÖRDER in die Haut geritzt wurde. Aber wir haben hier eine dritte und vierte offene Frage: A, sind Auseinandersetzungen zwischen Vater und Sohn bekannt, bei denen der junge Siewering ein starkes Tötungs- oder Rachemotiv erkennen ließ, und B, gibt es für ihn Hinweise auf einen möglicherweise gestörten Geisteszustand? Fünfte offene Frage: Sind Dritte im Spiel, könnte es sich um eine Entführung handeln? Um all diese Fragen werden wir, Herr Kohlmann und ich, uns kümmern. Hamburg soll das soziale und geschäftliche Umfeld des Reeders abklären. Und bevor ich das vergesse: Sie, meine Herren, wahren bitte die nötige Diskretion. Schließlich geht es um eine angesehene, sehr einflussreiche Familie.«

»Daher weht der Wind.« Asmussen konnte sich nicht zügeln. »Jetzt wird mir langsam klar, warum hier solch ein Aufheben um diesen Fall gemacht wird. Da muss man Kiel bemühen und Hamburg. Das gönnt man auch nur Opfern aus einer gehobenen gesellschaftlichen Schicht.«

»Diese Bewertung, Herr Asmussen, überlassen Sie doch Ihren Vorgesetzten. Wir machen hier nur unsere Arbeit, so oder so.« Da hatte Seyfried durchaus Recht. Die Konstellation war nun einmal so, da konnte man sich ärgern oder es bleiben lassen. Es nutzte nichts, Asmussen hatte ja selbst einschlägige Erfahrungen gemacht. Durch seine Entschlossenheit, allen Dingen auf den Grund zu gehen, war er einem einflussreichen Zirkel miteinander eng verbundener »Großkopferter« sehr negativ aufgefallen.

Damit war die Besprechung zu Ende. Seyfried wollte neben dem Journalisten so schnell wie möglich den Wattführer und den Fährschiffskapitän sehen. Die Inselpolizei sollte sich außerdem um den Yachthafen kümmern und dort eventuelle Zeugen und Hinweise zur Klärung des Sachverhaltes finden. Kohlmann und er würden sich im ersten Schritt aber mit der Familie des Toten näher befassen.

Asmussen verließ den Raum. Peters ließ ihn vorbeigehen. Er vergewisserte sich, dass der Chef in seinem Zimmer verschwand und bat Seyfried dann, dass sie PMA Meyer, die Praktikantin, mitnähmen. Die müsse noch viel lernen, und das sei doch eine einzigartige Gelegenheit. Außerdem kenne sie sich auf der Insel aus.

Seyfried runzelte die Stirn, war aber doch einverstanden. »Ich möchte ausdrücklich darauf hinweisen, dass Sie keine eigenen Ermittlungen anzustellen haben. Sie handeln bei diesem Fall ausschließlich auf meine Anweisung. Es geht alles über meinen Tisch oder den von Herrn Kohlmann. Das wäre ja dann klar. Ich darf dann noch um die Schlüssel des Gebäudes und dieses Zimmers bitten«, beendete er das Gespräch.

Peters teilte Ina Meyer mit, dass sie sich bitte umgehend bei den Kollegen aus Kiel melden solle. Sie würde sie begleiten, in deren Auto. Der schwarze 5er-BMW mit Kieler Kennzeichen stand vor der Polizeistation. »Und denken Sie dran: Sie sind das Mäuschen in Gegenwart zweier hungriger Katzen! Von Ihnen darf absolut nichts zu hören oder zu sehen sein. Seien Sie ultrakorrekt. Und Vorsicht, die Kollegen haben ... nun, eine besondere Art. Die testen Sie vielleicht. Aber halten Sie Augen und Ohren offen. Jedes Detail kann wichtig sein.«

Die junge Frau nickte ernst. Ob sie den Ernst der Lage wohl verstanden hatte und in der Lage sein würde, seine Absicht zu verstehen, fragte sich Peters. Sie sollte die Kieler Kollegen ein wenig ausspionieren. Mehr konnte er ihr nun wirklich nicht sagen. Hoffentlich dachte sie mit! Auf manche wirkte sie auf den ersten Blick oberflächlich, wie ein junges Mädel halt, das nur Mode, Disco und Freunde im Kopf hat. Aber sie war schnell von Begriff, achtete bei Gesprächen auf die Zwischentöne und beobachtete scharf. Vermutlich für die Kripolaufbahn geeignet.

Begegnungen

Seyfried steuerte den Wagen selbst, neben ihm saß der zweite Beamte aus Kiel, dieser Kohlmann. Ina Meyer, auf den Rücksitz verwiesen, machte sich so ihre Gedanken. Sie war bis jetzt nicht unfreundlich behandelt worden, der Ältere schien auch zugänglich zu sein. Der andere allerdings war ihr nicht geheuer: Eine Ausstrahlung wie ein Stück Polareis! Oder ein Fisch, ja ein Fisch. Vor dem würde sie sich in Acht nehmen. Er hatte sie auch so taxierend angesehen. Aber die Augen und Ohren offen halten, so wie Kollege Peters ihr das eingeschärft hatte. Irgendwie fand sie das merkwürdig. Arbeiteten die Kollegen nicht richtig zusammen, gab es da eine Konkurrenz? Der Peters hatte das im Grunde angedeutet. Und dieses Gefühl hatte sie eigentlich auch. Man brauchte sich ja nur den Chef anzusehen, der war noch merkwürdiger als sonst, besonders dienstlich-förmlich, steif und dabei, so glaubte sie, voll unterdrückter Gefühle.

Ja, dafür hatte sie einen Blick. Diese besondere Fähigkeit hatte ihr immer sehr genützt, schon im Kindergarten. In der Schule war sie von Anfang an immer Klassensprecherin gewesen – natürlich weil sie sich selbst dazu gemeldet hatte, aber immer auch wegen ihrer Fähigkeit, Konflikte zu entschärfen, bevor sie richtig heftig zum Ausbruch kamen. Oft konnte sie Streitfälle so schlichten, dass die Parteien sich hinterher gewundert hatten, warum man überhaupt gestritten hatte. In Eutin war sie zur Jahrgangssprecherin gewählt worden, und in der GdP, der Polizeigewerkschaft, war sie auch schon als Nachwuchstalent erkannt worden. Sie hasste einfach Streit. Es gab doch immer Alternativen!

In diesem Moment wurde sie ruckartig nach rechts geschleudert, Seyfried überholte in der Kurve ein silbergraues altes Cabrio, das recht langsam unterwegs war, jedenfalls langsamer als die erlaubten 70 Stundenkilometer. Im Überholverbot! Ina beherrschte sich. Immer an Peters' Devise denken: Unsichtbar bleiben! Sie erkannte flüchtig einen Mann am Steuer, der eine schwarze, vorn bunt bedruckte Baseballkappe und eine Sonnenbrille trug. Weißes kurzärmliges Hemd, Arme und Gesicht nicht besonders braun gebrannt. Alter unklar, sicher nicht jung. Wer so ein Auto fuhr, brauchte Geld, musste Zeit gehabt haben, es zu verdienen.

Ina Meyer wurde im Gurt nach vorn geschleudert, Seyfried bremste ruckartig. Die Ampel an der großen Kreuzung. Jetzt gab er aber wieder Gas, der Wagen schoss nach vorn! Im Fahrstil zeigte sich, dass der Beamte offenbar nicht ganz so beherrscht war, wie er sich in den Gesprächen gab. Interessant, dachte die Polizeischülerin, entschlossen, das Peters zu erzählen.

Sie fuhren auf der Kreisstraße 123 am Flugplatz der Insel Föhr vorbei. Gerade rollte eine Sportmaschine zum Start, Richtung Westen. Am Golfplatz bogen sie links in die Siedlung Greveling ein, fuhren erst geradeaus, dann links. Seyfried lenkte den Wagen durch das offen stehende Tor auf eine breite Auffahrt und brachte ihn direkt vor dem Eingang der großen, reetgedeckten Siewering-Villa zum Stehen. »Auf geht's«, forderte er seine Beifahrer auf und stieg aus. »Halten Sie sich bereit! Ihr Chef will, dass Sie was lernen«, sagte er in leicht spöttischem Ton zu der Nachwuchspolizistin.

Kohlmann klingelte, und gleich darauf öffnete eine grauhaarige, mittelgroße Frau, Alter vielleicht Mitte bis Ende Sechzig. Sie trug einen hellgrauen Rock, eine weiße Bluse, flache schwarze Schuhe. »Was kann ich für Sie tun?«, fragte sie. Ihre Stimme ließ erkennen, dass sie eine Einheimische war.

»Seyfried, Kriminalpolizei«, ergriff der Hauptkommissar die Initiative, »wir sind angemeldet. Ich möchte gern mit Frau Helen Siewering sprechen.«

»Ja, kommen Sie bitte herein, Frau Siewering erwartet Sie bereits.« Mit wachen Augen musterte sie die beiden in Zivil gekleideten Männer und die junge Polizistin. Es schien, als wolle sie sagen, es werde wahrhaftig Zeit, dass die Polizei etwas wegen des toten Hermann Siewerings und seines vermissten Sohnes unternehme. Sie führte sie durch den Flur in das große Wohnzimmer, in dem sich eine sehr jung und sportlich wirkende Frau mit halblangen blonden Haaren von einem Sessel erhob und ihnen entgegenkam.

Extrem gepflegte Erscheinung, stellte Ina Meyer fest. Perfekt vom Scheitel bis zur Sohle! Die Frau musste um die dreißig, fünfunddreißig Jahre alt sein, vielleicht etwas älter, das wusste man ja nie so genau. Im Zweifelsfall immer neunundzwanzig. Das einfache, aber elegant wirkende weiße Kleid mit halbrundem, nicht zu tiefen Ausschnitt reichte bis knapp über die Knie. Die nackten Füße (Zehennägel wie die Fingernägel weiß lackiert) steckten in eleganten weißen Sandalen. Sonnengebräunt, aber nicht verknittert oder gar verbrannt. Nur die Augen wirkten glasig, das Gesicht ein ganz klein wenig geschwollen. Vielleicht hatte sie geweint. Oder getrunken. Und: Zwei Fingernägel abgebrochen. Doch nicht ultraperfekt! Das passierte auch den Reichen und Schönen, dachte die junge Polizistin schadenfroh. Unwillkürlich sah sie auf ihre eigenen, immer kurz geschnittenen, völlig unlackierten Nägel.

Seyfried stellte sich und seinen Mitarbeiter vor. Die junge Polizistin, die sich im Hintergrund hielt, erwähnte er als »unsere Unterstützung von der Inselpolizei«. Ihren Namen hatte er wohl schon vergessen oder sich nie gemerkt, der arrogante Schnösel, dachte Ina Meyer grimmig. Helen Siewering bat sie, Platz zu nehmen, setzte sich selbst aufrecht in eine Ecke des Sofas. Seyfried besetzte einen der üppigen weißledernen Sessel, Kohlmann den zweiten. Für Ina Meyer blieb die freie Sofaecke. Weißes, glattes Leder, angenehm kühl. Trotz des warmen Tages war es überhaupt in dem ganzen großen Raum, in dessen hinterem Teil sie sogar einen Flügel entdeckte, angenehm temperiert.

»Kann ich Ihnen etwas anbieten? Kaffee, Tee, etwas Erfrischendes?« Die Kriminalbeamten entschieden sich für Kaffee, Ina Meyer bat um ein Glas Wasser. »Frau Iversen, bringen Sie mir ebenfalls ein Wasser, ein stilles, bitte.« Die Haushälterin verließ den Raum. »Was ist nun? Gibt es etwas Neues von meinem Mann oder über meinen Schwiegervater?«, fragte Helen Siewering drängend, beugte sich dabei leicht nach vorn.

»Bedaure«, sagte Seyfried, »noch stehen wir ganz am Anfang der Ermittlungen. Bis jetzt wissen wir nur, dass Ihr Schwiegervater an einem Herzinfarkt gestorben ist. Ihr Mann ist nach wie vor vermisst. Die Yacht wurde treibend aufgefunden und geborgen. Sie liegt jetzt zur kriminaltechnischen Untersuchung im Husumer Hafen.« Er setzte fort: »Sie werden verstehen, Frau Siewering, dass wir in alle Richtungen ermitteln müssen. Wir haben Grund zu der Annahme, dass Ihr Mann und Ihr Schwiegervater eine heftige Auseinandersetzung gehabt haben. Ich frage Sie: Können Sie dies bestätigen, gab es in letzter Zeit Streit zwischen den beiden?«

Helen Siewering fuhr auf: »Sie unterstellen, dass mein Mann seinen Vater ... ach nein, er ist ja gar nicht ermordet worden. Ich verstehe das nicht. Jedenfalls weiß ich von keinen besonderen Streitigkeiten. Sie haben immer mal Auseinandersetzungen gehabt, aber nicht in der Art, die Sie Streit nennen. In unserer Familie ist das absolut nicht üblich.«

Ja, dachte die junge Polizistin, in diesen piekfeinen Kreisen diskutiert man immer nur gepflegt, und wenn es mal mehr zur Sache geht, dann über die Anwälte.

Seyfried insistierte: »Versuchen Sie sich zu erinnern. Gab es in letzter Zeit gravierende Meinungsverschiedenheiten zwischen den beiden?« Die Frau verneinte erneut, räumte aber ein, dass es immer wieder mal heftige Debatten um die Firmenpolitik gegeben habe: »Ich habe wenig Ahnung von den geschäftlichen Angelegenheiten meines Mannes und seines Vaters. Mein Mann hat schon vor Jahren die Mehrheit der Anteile an der Reederei von seinem Vater übernommen und er hat die alleinige Geschäftsführung. Bei den Diskussionen, die ich mitbekommen habe, ging es meistens um die Entwicklung der Reederei, um Expansion und die Neuerungen, die mein Mann inzwischen eingeführt hat. Damit war sein Vater nicht immer einverstanden. Aber zum Schluss haben sie sich immer wieder vertragen, und außerdem steht die Firma recht gut da, das weiß ich!«

»Darüber wüsste ich gern etwas mehr. Worüber haben Ihr Mann und sein Vater denn diskutiert? Gab es ein wiederkehrendes Thema?«, fragte nun Kohlmann mit seiner sanften Stimme nach.

»Ich sagte Ihnen doch schon, das hat mich nicht interessiert!«, fuhr sie ihn an.

»Versuchen Sie sich zu erinnern. Vielleicht an die letzte Zeit. Gab es da etwas Besonderes?«, bat der Kriminalbeamte, immer noch sanft. Der lässt sich nicht aus der Ruhe bringen, bewunderte ihn Ina. Wahrscheinlich war er mit seiner harmlosen Art doch ziemlich effektiv.

Widerwillig blickte die Frau ihn an, ließ sich aber schließlich doch herbei, ihre Ausführungen etwas zu präzisieren. »Sie haben im Grunde immer nur über ein Thema debattiert: Wie geht es mit der Reederei weiter! Mein Schwiegervater hat nach dem Krieg das Unternehmen gegründet und aus dem Nichts aufgebaut. Es ging mal rauf und mal runter, aber langfristig immer bergauf. Vor gut zehn Jahren hat er die Geschäftsführung an meinen Mann übergeben, hat aber immer noch Anteile in der Hand behalten, eine Sperrminorität sozusagen. Im Grunde konnte mein Mann ohne ihn nicht viel machen, und das hat ihn natürlich geärgert. Mein Mann hat befürchtet, dass das Familienunternehmen mit seiner Struktur auf längere Sicht keinen Bestand mehr haben würde. Er wollte sich mit ausländischen Partnern zusammentun, um auf einen Schlag wesentlich größere Marktanteile zu haben. Mein Schwiegervater hat das total abgelehnt. Der hat zwar auch fusioniert, aber das hieß immer, dass kleinere Reedereien geschluckt wurden. In den letzten Monaten hat mein Mann mit einer englischen Reederei verhandelt. Mein Schwiegervater wusste das erst nicht, aber als er das spitzgekriegt hatte, war er schon sehr wütend! Er hat gesagt, eher versenkt er alle seine Schiffe als mit den Engländern zusammenzugehen.«

»Und Ihr Mann?«, fragte Kohlmann.

»Ja, der hat dann die Verhandlungen abgebrochen. Blieb ihm ja nichts anderes übrig. Mein Schwiegervater kann ... konnte alles blockieren. Die übrigen Anteile sind bei einem unserer Prokuristen und einer Hamburger Privatbank. Die haben sich immer herausgehalten, dafür hatten sie auch zu wenig Anteile.«

»Der Tod Ihres Schwiegervaters bedeutet demnach, dass Ihr Mann jetzt seine Pläne durchsetzen könnte«, folgerte Seyfried.

»Das ist doch wohl nicht Ihr Ernst!«, griff sie ihn an. »Niemals, niemals würde er so etwas tun. Denken Sie sich was anderes aus!«

Ina hingegen fand diesen Gedanken plausibel. Nur, wo war er dann geblieben? Und wieso das mit dem MÖRDER auf der Brust? Ein Tarnmanöver? Seyfried deutete jetzt an, dass Martin Siewering vielleicht ein psychisches Problem haben könnte – natürlich nur rein hypothetisch, um eine Erklärung für den Vorfall auf der Yacht zu finden.

Diese These lehnte Helen Siewering kategorisch ab. »Lächerlich! Absurd! Ich empfehle Ihnen, sich möglichst schnell zu erkundigen, statt hier herumzuspekulieren. Vielleicht fangen Sie beim Hamburger Ersten Bürgermeister an? Oder bei unserem Hausarzt, Professor Köhler, Eppendorf! Die werden Ihnen erzählen, dass mein Mann alles andere als krank war!« Ihre Stimme war dabei scharf geworden.

Der Hauptkommissar blieb ruhig, betonte nochmals, dass es nur ein Erklärungsversuch sei. »Fakt ist: Ihr Mann ist verschwunden, es hat offenbar eine Auseinandersetzung an Bord des Schiffes gegeben, jemand muss Ihrem Schwiegervater vermutlich nach seinem Herztod mit dem Messer das Wort MÖRDER in die Brust geritzt ...«

»Das weiß ich inzwischen!«, fuhr sie dazwischen.

»... und ihn über Bord geworfen haben. Da wir vorläufig nicht ausschließen können, dass Ihr Mann es gewesen ist, scheint mir die Frage nach seinem Geisteszustand mehr als angebracht zu sein. Abgesehen davon: Haben Sie eine Erklärung dafür, wer Ihrem Schwiegervater einen Mord unterstellen könnte, und wenn ja, Mord an wem?«

»Ich habe absolut keine Ahnung«, betonte Helen Siewering mit Nachdruck. »So gut kenne ich die Vergangenheit meines Schwiegervaters nicht. Aber das werden Sie ja sicher bald herausgefunden haben. Vielleicht fragen Sie ja mal den Vater des Ersten Bürgermeisters, mit dem war er gut befreundet. Er hatte viele Freunde, das weiß ich, und zwar Freunde in aller Welt. Vielleicht auch Feinde, von früher, als er noch selbst die Reederei leitete. Vielleicht war das ein Racheakt eines früheren Konkurrenten, was weiß ich! Oder die Engländer, denen das Geschäft geplatzt ist! Mein Mann kann das jedenfalls nicht gewesen sein, das ist dermaßen ... absurd, das ist überhaupt unglaublich, was Sie sich hier herausnehmen! Statt hier unhaltbare Vermutungen anzustellen, sollten Sie lieber nach meinem Mann suchen!« Sie hatte sich förmlich in eine Wut hineingesteigert, saß stocksteif da, die Hände ineinander verkrampft, das Gesicht zornig verzogen.

Ina Meyer nippte an dem Glas Wasser, das die Haushälterin zwischenzeitlich serviert hatte. Sie konnte die Reaktion der Frau absolut nachvollziehen. Trotzdem: Ihr Verhalten ... kam ihr irgendwie etwas künstlich vor, etwas übertrieben vielleicht. Aber wie reagiert man in einer solchen Situation, in der ein Polizist unterstellt, der Ehemann habe quasi seinen eigenen Vater auf dem Gewissen?

Aber es war noch nicht vorbei. Seyfried ignorierte den Ausbruch und fragte die Frau: »Wann genau haben Sie Ihren Mann und Ihren Schwiegervater zuletzt gesehen?«

Darauf reagierte sie erneut sehr ärgerlich. »Das habe ich Ihrem Kollegen gestern alles genauestens erzählt. Wozu müssen Sie das erneut wissen?«

Ina Meyer sah, wie seine Augenbrauen hochzuckten. Ach ja, der Chef war doch gestern hier gewesen. Wusste Seyfried das nicht? »Beantworten Sie meine Frage, Frau Siewering. Also wann war das?«, insistierte er.

Sie sah ihn an, schüttelte leicht den Kopf, antwortete aber dann: »Das war vorgestern, am Nachmittag, hier im Haus. Etwa gegen vier. Ich habe Ihrem Kollegen schon gesagt, dass er gern unsere Haushälterin fragen kann! Sie ist hier, fragen Sie sie selbst! Mein Mann und mein Schwiegervater sind zu ihrer traditionellen Föhr-Umrundung mit dem Boot aufgebrochen. Mit Übernachtung an Bord.«

Seyfried fragte, warum sie nicht mitgefahren sei. »Wissen Sie, mein Mann wollte ja, dass ich mitkomme. Aber ich hatte Kopfschmerzen, und außerdem sind diese Fahrten, wenn Sie mich fragen, ziemlich langweilig. Früher war ich ja auch einige Male mit. Das war immer dasselbe. Man fährt ein bisschen, ankert, legt sich in die Sonne, trinkt, liest, redet – aber nur über Geschäftliches. Für mich war das nichts. Ich saß dann dabei wie Pik-Sieben oder konnte mich in der Kombüse nützlich machen.«

»Würden Sie uns bitte mehr über diese Fahrten erzählen? Wer fuhr mit, was waren die genauen Gesprächsthemen, und was Sie sonst noch wissen.«

»Also meistens, jedenfalls immer wenn ich dabei war, fand da so eine Art Konferenz an Bord statt. Mit Strategiebesprechung, und was weiß ich. Manchmal waren auch Mitarbeiter aus der Reederei dabei, oder Geschäftspartner. Die Yacht hat ja vier große Kabinen, genug Platz jedenfalls. Die kamen nach Föhr mit der Fähre und brauchten nur umzusteigen. Oder mein Schwiegervater hat sie direkt irgendwo an der Küste abgeholt. Einmal einen aus Büsum, einen Holländer, da war ich mit. Dann fuhren sie raus, und meistens ankerten sie abends an derselben Stelle irgendwo zwischen Föhr und Sylt. Das ist wirklich ganz schön, wenn das Wasser ruhig ist, bei sternklarem Himmel, eigentlich richtig romantisch. Leider wurde an diesen Abenden immer viel getrunken. Das war nichts für mich, ich trinke wenig Alkohol. Mal ein Glas guten Wein, aber keine harten Sachen. Mein Mann und sein Vater haben gern mal einen guten Tropfen genossen. Die Sterne auf der Flasche interessierten dann mehr als die am Himmel. Ich wundere mich noch heute, dass nicht mal irgendeiner dabei über Bord gegangen ist.«

Kohlmann warf ein: »Und in diesem Jahr waren sie ganz unter sich, keine Familienmitglieder, keine Gäste an Bord?«

Sie verneinte das zunächst. »Aber nein, warten Sie! Mein Mann hat vor ein paar Tagen erwähnt, dass vielleicht jemand dazustößt. Wieder etwas Geschäftliches, natürlich. Da ging es, glaube ich, um die Zusammenarbeit mit einer norddeutschen Reederei.«

Kohlmann fragte nach, aber um wen es sich handeln sollte, wusste sie leider nicht zu sagen. Ein Geschäftspartner halt, da gäbe es Unzählige!

Die Kommissare dankten für die Informationen. Ina Meyer fragte sich, ob das Gespräch nun schon zu Ende sei. Wollten sie die Frau nicht nach ihrem Alibi fragen? Sie räusperte sich und suchte Blickkontakt. Keiner der beiden sah sie an, aber im selben Moment kam Seyfrieds Frage: »Sie werden verstehen, dass ich Ihnen noch diese eine Frage stellen muss. Wo waren Sie in der Nacht vom 2. auf den 3. August, wo die weiteren Familienmitglieder?«

Helen Siewering sah ihn starr an. »Sie unterstellen mir demnach, dass ich etwas damit zu tun habe. Natürlich nur eine Routinefrage, ja ja. Ich habe aber nichts damit zu tun. Ich bin nicht mitgefahren, da gibt es jede Menge Zeugen. Zum Beispiel unsere Haushälterin. Sie können sie gleich fragen, ich rufe sie!«

»Das ist vorerst nicht nötig. Ich bedauere, aber diese Frage können wir Ihnen leider wirklich nicht ersparen. Bitte erinnern Sie sich, was genau Sie an dem Nachmittag und Abend getan haben – nachdem Ihr Mann und Ihr Schwiegervater das Haus verlassen hatten.«

»Ich war den ganzen Nachmittag und Abend zu Hause. Nach dem Tee war ich eine Weile auf der Terrasse, das Wetter war ja sehr schön, nicht zu heiß. Ich habe ein Buch gelesen. Um sieben haben wir, das heißt meine Stieftochter, mein Stiefsohn und ich, einen Abendimbiss eingenommen. Danach ...«, sie überlegte kurz, »Moment ... ja, da habe ich mich eine Weile mit meiner Garderobe beschäftigt und ausgesucht, was ich zu dem festlichen Abendessen mit dem Bürgermeister und den Reedereichefs am kommenden Abend anziehen wollte.«

Seyfried fragte nach diesem Essen, und sie berichtete bereitwillig, dass sie für den 3. August, acht Uhr abends einen Tisch für zehn Personen in der »Ual Skinne« in Utersum bestellt hätten. Die zehn Personen, das seien neben ihrem Mann und ihrem Schwiegervater sie selbst und die beiden Kinder, außerdem der Wyker Bürgermeister mit Frau, der Vorstandsvorsitzende der Feringer Inselreederei mit Frau und dann noch ein ihr nicht näher bekannter Reedereivertreter.

»Zurück zu dem Abend des 2. August: Was haben Sie danach gemacht?«

»Danach habe ich eine Weile ferngesehen, die Show im ZDF. Die habe ich aber nicht ganz zu Ende gesehen. Gegen zehn Uhr habe ich mit den Kindern noch ein Glas Wein getrunken, fragen Sie sie. Danach, vielleicht halb elf, bin ich ins Bett gegangen. Ich war müde und hatte Kopfschmerzen. Ich habe nicht mal mehr gelesen.«

Wenig ergiebig, dachte die Polizeischülerin. Die weiß ja von überhaupt nichts!

»Wir würden jetzt gern Ihre Kinder kurz sprechen, außerdem Ihre Haushälterin. Mein Kollege«, Seyfried nickte Kohlmann zu,

»wird Sie nun hinausbegleiten. Bitten Sie dann die anderen zu sich in den Hausflur. Ich werde sie nacheinander hereinrufen, während Herr Kohlmann bei Ihnen bleiben wird«, schloss er ihre Befragung ab.

Helen Siewering sah ihn einen Moment an, als wollte sie etwas sagen, stand dann aber auf und verließ den Raum. Die anschließende Einzelbefragung der beiden Kinder - Tamara Siewering, 23, und ihr Bruder Leon, 19 Jahre alt - ergab nichts Abweichendes. Beide hatten mit der Stiefmutter zu Abend gegessen. Leon hatte sich dann mit seinem Computer beschäftigt, Tamara hatte sich eine Weile in der Küche mit der Haushälterin unterhalten. Gegen zehn Uhr hätten sie tatsächlich mit der Stiefmutter hier im Salon - so hochtrabend bezeichneten sie ihr Wohnzimmer, wunderte sich Ina - ein Glas Weißwein getrunken. Danach seien alle nach oben in ihre Zimmer gegangen, ihre Stiefmutter zuerst, dann sie selbst.

Ina fand das etwas merkwürdig. An einem Samstagabend so früh ins Bett? Da ging doch normalerweise die Post ab! Und dann bei dem guten Wetter! Selbst wenn man nicht in die Disco wollte, setzte man sich noch mal an den Strand, bummelte durch die Straßen oder besuchte ein nettes Lokal, am liebsten mit Terrasse oder Biergarten. Sie selbst fuhr gern nach Nieblum und setzte sich da an einen Tisch unter den Bäumen an der Straße. Da konnte man viele interessante Leute sehen. Das Verhalten der drei war jedenfalls ziemlich ungewöhnlich. Seyfried schien das allerdings nicht zu irritieren. Jedenfalls fragte er nicht nach. Und sie, Ina, traute sich nicht, eigene Fragen zu stellen.

Arfst Iversen, die Haushälterin, konnte auch nichts anderes sagen. Sie hatte an dem Abend gegen 22.45 Uhr das Haus verlassen, nachdem sie alles aufgeräumt und abgespült hatte. Alexander Seyfried bat die Haushälterin, ihm noch einmal Frau Siewering hereinzubitten.

»Das wäre für heute alles«, stellte er fest. »Wir bedauern sehr, dass wir Ihnen gerade jetzt in dieser Phase der Ungewissheit und Angst um Ihren Mann diese Fragen stellen mussten. Ich setze aber auf Ihr Verständnis. Denn wir müssen befürchten, dass ...«

Helen Siewering unterbrach den Polizeibeamten heftig: »Bitte ersparen Sie sich und uns Ihre Reden. Ich werde mir wirklich überlegen, ob ich mich bei Ihren Vorgesetzten beschweren soll. Erst machen Sie meinen Mann zum Mörder, dann mich zur Mörderin. Unsere Trauer interessiert Sie nicht. Finden Sie lieber meinen Mann, statt sich in absurden Verdächtigungen zu ergehen! Und ansonsten lassen Sie uns bitte in Ruhe. Ich muss mich jetzt um die Beerdigung meines Schwiegervaters kümmern. Wann können wir ihn überhaupt ...«, sie stockte, schluchzte fast. So von seinem Körper zu reden, fiel ihr offenbar nicht leicht.

»Die Todesursache Ihres Schwiegervaters steht zweifelsfrei fest«, entgegnete Seyfried, »wir können ihn aber leider noch nicht an die Familie übergeben. Sobald ihn die Rechtsmedizin freigegeben hat, erhalten Sie umgehend Nachricht. Das kann wirklich nicht mehr lange dauern. Ich wäre Ihnen allerdings dankbar, wenn Sie zumindest bis dahin auf der Insel blieben.«

Ina Meyer beobachtete die Frau, die Seyfrieds Ausführungen einigermaßen gefasst aufzunehmen schien. Sie schwankte vielleicht ein wenig. Ihre unnatürliche Blässe ließ sich aus der Anspannung, dem Schock und dem Ärger über diese Befragung gut erklären. Absolut normale Reaktion.

Die Beamten verabschiedeten sich, die Haushälterin öffnete ihnen die Tür zum Windfang und die Haustür. Im hinteren Bereich des großen, weiß getünchten Flures sah Ina Meyer noch die beiden jungen Leute stehen, die die Szene beobachtet hatten. Sie wirkten ebenfalls ruhig und gefasst, so starr wie bei ihrer Befragung durch Seyfried. Alle unter Schock. Ina Meyer überlegte, ob sie nicht doch irgendwie die Bekanntschaft des jungen Mannes ... jetzt oder nie! Er war eindeutig doch interessant und wirkte im Gespräch auch viel älter als er war. Aber nein, nein, das ging einfach nicht! Was denkst du nur, das ist definitiv so was von jenseits, rief sie sich innerlich zur Ordnung. Aber schade halt ... Es wären ja zwei Welten, zwei Galaxien, die aufeinander träfen. Kleine, arme Polizeischülerin und stinkreicher junger Erbe, Aschenputtel und der Prinz, dachte sie traurig, nur dass dieses Märchen kein Happy End haben würde. Der Prinz hatte sie garantiert nicht einmal wahrgenommen. Sie beeilte sich, Anschluss an die beiden Kripobeamten zu bekommen, die schon dabei waren, in den Wagen einzusteigen. Nur nicht dumm auffallen!

Lauscher an der Wand

Franz Branntwein freute sich, Carl schon wieder im Kurmittelhäuschen zu sehen. Auch seine Freundin Mareike begrüßte den Stammkunden herzlich und bot ihm einen Cappuccino aus der brandneuen Maschine an. »Nach der Massage«, bat Carl. Kaffee läuft ja so schnell durch ...

»Na klar«, meinte der Masseur, »dann bitte folgen!« Im Erdgeschoss des kleinen Friesenhauses befanden sich links mehrere kleine Räume mit diversen Wannen, Liegen und sonstigen für die entsprechenden Anwendungen notwendigen Einrichtungen. Es gab auch Kabinen, in denen die »Patienten« auf eigenen Wunsch mit Fango- und Schlickpackungen, Massagen und Drainagen traktiert wurden. Im Obergeschoss war ein großer Raum für die verschiedensten gymnastischen Übungen zur Dehnung, Mobilisierung und Kräftigung des Bewegungsapparates bürostressgeplagter Urlauber. Von diesen körperlichen Anstrengungen konnten sie sich bei Ayurveda- und Wellnessangeboten aller Art wieder entspannen. »Man geht mit der Zeit, und die Konkurrenz schläft nicht!«, hatte Franz Branntwein festgestellt.

Mit klassischen Massagen allein sei sein kleiner Betrieb schon lange eingegangen. Das Publikum verlangte ja immer mehr nach Exotik – er hatte Carl eine Reihe Begriffe heruntergerattert, von denen er sich kaum einen hatte merken können. Einem am Eingang ausliegenden Prospekt hatte Carl später entnommen, dass hier neben Krankengymnastik, Akupunktur-, Breuss-, Superwohlfühl- und Hot-Stones-Massage, Pilates, Craniosacrale und Dorntherapie sowie Lymphdrainage auch Abhyanga, Mukabyanga, Padabyanga, Lomi Lomi Nui und sonst noch was angeboten wurden. So was müsse man bringen, wenn man im Showgeschäft oben bleiben wolle, hatte Franz Branntwein festgestellt. Die Konkurrenz schlafe ja nicht. Ein neuer Masseur – sie waren inzwischen zu dritt im Team – hatte die Idee mitgebracht, das Angebot um besondere Therapien und Prophylaxetrainings für Menschen zu erweitern, die ihre Körper häufiger einseitig belasteten. Und das galt ja nicht nur für sportfaule Schreibtischtäter wie Carl, sondern auch für Tennis- und Golfspieler oder andere Sporttreibende.

Nach Exotik stand Carls Sinn jedoch nicht. Schwitzen in der Schlickpackung und dann eine gute Rückenmassage, das genügte vollauf! Man war eben doch schon mental ein wenig verkrustet und machte nicht mehr jeden Schnickschnack mit.

Franz Branntwein kannte inzwischen Carls Schwachpunkte. Sie lagen vor allem im Lendenwirbelbereich - Vorsicht, Gleitwirbel! - und im Schulter-Nackenbereich. Klassisches Schreibtischtäter-Syndrom. Einmal im Jahr sechs Behandlungen auf zwei Wochen verteilt reichten natürlich nicht aus, die angesammelten Verspannungen wirklich zu lockern. Sie hatten also das Programm auf zwölf Termine gesteigert. Als besonders treuer Kunde konnte Carl inzwischen auch den 12-für-10-Rabatt geltend machen. Er hatte auch schon weitere Kunden (genauer: eine Kundin, nämlich Renata) geworben und die dafür ausgesetzte Prämie, eine Wohlfühlmassage, eingestrichen. Gewährung materieller Vorteile in Kombination mit der Förderung persönlicher Beziehungen - Kundenbindung vom Feinsten.

Franz Branntwein packte ihn eng ein und ließ ihn erstmal schwitzen. Ahh, die Entspannung! Carl hatte im Laufe seines stressigen Daseins - Motto: Wir haben alles außer Zeit! - lernen müssen, aus solchen kleinen Momenten die maximale Erholung zu ziehen. Heute aber wollte es ihm nicht recht gelingen. Es war doch relativ unruhig, anders als sonst. In den Nebenabteilen unterhielten sich zwei Frauen über die dünne Trennwand hinweg, als ob sonst niemand anwesend wäre: Diese Behandlung, jene Behandlung, der Verlauf des Urlaubs, das unstetige Wetter in der vergangenen, das gute in dieser Woche, die jeweiligen Männer und Kinder, die Qualität der Bäckerbrötchen, die Modeboutiquen in Wyk ... und schwatz, schwatz, schwatz. Nichts von Interesse für ihn dabei. Anders als so manches andere Mal. Er erinnerte sich daran, wie einmal eine Frau Franz Branntwein ziemlich deutlich angemacht hatte. Wäre Carl nicht schon vom Schwitzen rot im Gesicht gewesen ... zumal die Frau erwähnt hatte, dass ihr Ehemann wahrscheinlich schon draußen säße, um sie abzuholen.

Mancher oder manche musste sich das bisschen sexuellen Kitzel halt auf diese Weise holen, hatte Carl sie insgeheim bedauert. Sein deutliches Räuspern aus der Nebenkabine hatte sie jäh zum Verstummen gebracht.

Er konzentrierte sich auf den Eingangsbereich. Gleich hinter »seiner« Wand lag der Empfangstresen, an dem Franz Branntwein seine Termine eintrug und die Rechnungsbeträge ermittelte. Meistens saß Mareike dort. Dann war es ruhig; Mareike redete nie viel. Anders Franz Branntwein, der »Vater allen Klatsches«, wie Renata und Carl ihn bisweilen intern titulierten. Er hatte offenbar Besuch bekommen, mit dem er sich auf Friesisch unterhielt. Carl verstärkte seine Konzentration: Friesisch-Training! Das lenkte ihn von den Gedanken an Caroline ab, deren Erscheinung ständig in seinem Kopf herumspukte, sehr gut. Er drehte ein wenig den Kopf - mit dem rechten Ohr hörte er etwas besser als mit dem linken, Erinnerung an seine aktive Zeit bei der bundesdeutschen Artillerie. Die Grundbegriffe des Friesischen hatte ihm seine erste richtige Freundin Henrike beigebracht, sie waren fast zwei Jahre zusammen gewesen. Ach Henrike! Schöne und schmerzliche Erinnerungen an die Zeit vor nun bald 30 Jahren schwappten förmlich über ihn hinweg. Er verfluchte sich, dass er nicht vergessen konnte. Es war schön gewesen, solange es dauerte, und furchtbar, als es vorbei war, noch Jahre danach. Damals konnte er immerhin einigermaßen fließend Friesisch sprechen. Diese später nicht mehr trainierte Fertigkeit war ihm im Laufe der Jahre natürlich weitgehend verloren gegangen. Aber zum Verstehen reichte es noch, wenn die Leute nicht zu schnell sprachen.

Die beiden Männer draußen sprachen zum Glück recht laut und nicht zu schnell. Ekke hieß der Mann, den Franz Branntwein offenbar sehr gut kannte und schätzte. Der Zeitungsjournalist, hoffte Carl. Vielleicht gab es etwas Neues im Fall Siewering!

Er wurde nicht enttäuscht. Ekke Knudsen hatte nämlich herausgefunden, dass die Frau des vermissten Martin Siewering wohl nicht direkt in den mysteriösen Fall verwickelt war. Sie habe den ganzen Abend in ihrem Haus, der Protzvilla, verbracht, wofür es Zeugen gäbe. Von ihrem Mann gäbe es immer noch keine Spur, nur das Boot sei treibend gefunden worden. Höchst seltsam! Das Ehepaar sei aber notorisch zerstritten. Der Frau müsse man also weiter auf die Finger sehen. Aus gut unterrichteten Kreisen hatte der Journalist vernommen, dass die Verkaufsverhandlungen über die Mehrheitsanteile an der Feringer Inselreederei an die Hamburger so gut wie abgeschlossen seien. Unterschriftsreif! Die meisten Mitarbeiterinnen und Mitarbeiter waren stark beunruhigt, besonders die in der Verwaltung und im Werftbereich, weniger das aktive Fährpersonal. Die Fusion brachte wahrscheinlich Rationalisierungsmaßnahmen mit sich, vor allem Personalverkürzung. Auch war die Reederei Siewering bekanntermaßen ein Unternehmen, das mit recht harter Hand geführt wurde. Die Stimmung würde sich also wohl auch für die Feringer-Mitarbeiter ändern. Nur würden die Karten jetzt wohl neu gemischt, wo sowohl der Chef als auch sein Vater ...

Ob wohl irgendeine Konkurrenz die Hand im Spiel hatte, dachte der in Laken und Wolldecke eingepackte, auf heißem Schlick schwitzende Carl. Oder durchgedrehte Mitarbeiter, die um ihre Jobs bangten?

Franz Branntwein und Ekke Knudsen nahmen sich ein anderes Thema vor – die teure und in den Augen einiger Insulaner überflüssige Sanierung von Sandwall und Königstraße in Wyk. Millionen wurden da eingesetzt, die sich auch gut an anderer Stelle gemacht hätten. Aber das Land schoss ja erhebliche Summen hinzu, das sollte man sich doch nicht entgehen lassen! Und die Urlauber sollten es nun mal besonders schön haben, damit sie wiederkämen und möglichst viel Geld auf der Insel ließen. Der Protest blieb also verhalten, außerdem verdienten nordfriesische Bauunternehmen.

Knudsen lauerte allerdings darauf, ob er vielleicht die Beschäftigung illegal eingesetzter ausländischer Bauarbeiter durch dubiose Subunternehmer aufdecken könnte. Jedenfalls wäre das doch mal wieder ein handfester Skandal! So wie vor etlichen Jahren, als solche Praktiken beim Ausbau einer Straße aufgeflogen waren – und zwar aufgrund von Knudsens Recherchen! Ansonsten war ja derzeit auf der Insel nicht viel los, wenn man mal von dem rätselhaften Tod des alten Siewering und dem Verschwinden seines Sohnes absah.

Auf diesem Umweg kamen sie doch noch mal auf den Fall zurück. Carl, der inzwischen halb eingenickt war, spitzte erneut seine Ohren: Der Journalist hatte sich im Wyker Sportboothafen umgehört. Dabei war ihm zu Ohren gekommen, dass der tote Hermann Siewering eine heftige Auseinandersetzung mit einem Einheimischen gehabt hatte, dessen Boot neben seinem lag. Das kleine Motorboot!, schoss es Carl durch den Kopf, was für ein Zufall! Der Besitzer hieß Petersen und war Fährkapitän, ein recht unbeliebter, unsozialer Mensch. Aber er war ein Einheimischer und ein sehr guter Seemann, das wog wohl vieles auf. Franz Branntwein war ebenfalls im Bilde. Petersen war auf Föhr bestens bekannt. Nautisches Können achtete man vor allem bei den Alteingesessenen eben mehr als gute Manieren. Er hatte vor Jahren auch mal im Reedereigebäude eine Anzahl von Schiffsmodellen - sehr erfolgreich - ausgestellt, die er alle selbst aus Holz nach alten Plänen gefertigt hatte.

Carl war jetzt endgültig hellwach. Knudsen hatte etwas ganz Interessantes herausgefunden: Es gab offenbar eine Verbindung zwischen Petersen und der Reederei Siewering! Nur war dem Journalisten noch nicht ganz klar, welche. Sollte etwas mit der Vergangenheit des Kapitäns zu tun haben. Vielleicht war er ja mal beim Siewering angestellt gewesen und im Krach gegangen? Und nun wollten die Hamburger Reeder die Feringer Inselreederei, seinen Arbeitgeber, übernehmen. Eins-A-Konfliktstoff, auf jeden Fall!

Franz Branntwein wusste auch etwas. Nach seinen Informationen war Petersen über sechzig Jahre alt, kurz vor dem Ruhestand, wohnte allein auf der Insel, hatte hier wohl keine Verwandten mehr. Im Krieg hatte er den Vater verloren, einen Seemann, dessen Boot vor Amrum versenkt wurde und der sich nicht retten konnte. So ein kleiner bewaffneter Kutter, von dessen Besatzung nur Wattführer Hansen, damals ganz jung, überlebt hatte ... Petersens Mutter war zu diesem Zeitpunkt mit ihm schwanger gewesen. Sie war nicht lange nach seiner Geburt gestorben. Der Tod ihres Mannes hatte ihr wohl einen schweren Schlag versetzt. Und dann hätte sie auch kaum was zu beißen gehabt, die Lebensbedingungen auf den nordfriesischen Inseln kurz nach dem Krieg waren wirklich sehr hart gewesen. Petersen, der seinen Vater überhaupt nicht und seine Mutter nicht bewusst kennen gelernt hatte, war in einem Heim aufgewachsen.

Eine furchtbare Geschichte, dachte Carl. Das brachte der Krieg über die Menschen, Vernichtung und Tod, Elend und Verzweiflung! Viele Angehörige der Kriegstoten, nicht zuletzt Waisenkinder wie dieser Petersen, litten ihr Leben lang unter dem Verlust. Vielleicht band ihn diese Geschichte so an die Insel, dass er trotz seiner Fähigkeiten nicht hier weg wollte. Ja, das erklärte einiges ...

Franz Branntwein kam herein und packte ihn aus. »Na, was sagt die Schulter?«, fragte er lachend und klopfte Carl auf den linken Oberarm, der inzwischen teilweise blau angelaufen war.

»Au weh, was sonst?«, gab Carl zurück. »Ich bitte um äußerste Zurückhaltung bei der Massage!«

Franz Branntwein versprach es ihm: »I will do my very best!« zitierte er recht unpassend eine immer zu Silvester im Öffentlich-Rechtlichen ausgestrahlte Fernsehkultsendung.

Kooperation – oder doch nicht?

Ina betrat nach den beiden Kommissaren die Polizeistation. Im Flur erwartete sie schon der Zeitungsredakteur. Ekke Knudsen war ein eher unscheinbarer, kleiner schlaksiger Mann um die vierzig, bebrillt, mit braunem, schon etwas lichtem Haar. Er roch unangenehm stark nach Zigarettenrauch, dazu passten auch die gelblich verfärbten Fingerspitzen. Wahrscheinlich ein Selbstdreher, dachte sie.

Seyfried machte sich und Kohlmann bekannt, sie erwähnte er natürlich nicht. Na klar, das war zu erwarten gewesen. Die lästige kleine Polizeischülerin war einer Erwähnung nicht wert. Sie beschloss, sich nichts anmerken zu lassen und weiter im Hintergrund zu »observieren«. Womöglich machten die Kieler die Befragung des Redakteurs ohne sie, das wäre ja noch schöner! So folgte sie den beiden Kommissaren in das Dienstzimmer und postierte sich unauffällig neben dem Spind an der Tür. Seyfried runzelte die Stirn, als er sie dort bemerkte, sagte aber nichts. Kohlmann zwinkerte ihr unauffällig zu. Sie atmete auf. Das war geschafft. Auch Asmussen war inzwischen hereingekommen.

Nach der Klärung der Formalitäten schoss Seyfried geradewegs auf das Ziel zu. »Ich habe die Zeitung gelesen. Sie sind bemerkenswert gut informiert, Herr Knudsen.«

»Nur mein Job«, unterbrach ihn der Redakteur trocken. Das konnte spannend werden, befand Ina. Knudsen hatte sichtlich keinen Respekt vor der Amtsgewalt.

»Da Sie ja so schnell recherchieren, wissen Sie jetzt sicher schon mehr und können uns die Arbeit ein wenig erleichtern«, setzte Seyfried fort. Die Worte klangen sachlich, der ironische Ton indes gefiel Ina nicht. So würde der Kommissar nichts erreichen, das sah man doch. Und der sollte so erfolgreich sein?

Der Journalist ließ sich sichtlich nicht beirren. Er betrachtete in aller Ruhe seine Fingernägel.

»Nun?«, insistierte Seyfried.

»Ich habe meine Quellen, Sie haben die Ihren«, stellte Knudsen fest. »Meine muss ich Ihnen nicht preisgeben. Noch sind wir nicht so weit in diesem Land! Abgesehen davon gibt es da auch nicht viel. Alles Recherche aus öffentlich zugänglichen Quellen. Hätten Sie vielleicht auch machen sollen«, ätzte er.

Seyfried schoss zurück. »Unsere Ermittlungen stehen erst am Anfang, Herr Knudsen. Und was heißt das? Das heißt, wir blasen keine Spekulationen in die Welt wie Sie mit Ihrem Halbwissen! Ich denke, Sie wissen, dass die Behinderung polizeilicher Ermittlungen unangenehm für Sie werden könnte. Ich lege Ihnen nahe, zu kooperieren.«

Knudsen zuckte gleichgültig mit den Schultern. »An mir wird das jedenfalls nicht liegen. Wenn Sie jetzt unzufrieden sind, ist das Ihr Problem. Herr Asmussen wird bezeugen, dass wir jederzeit gut zusammengearbeitet haben.« Asmussen nickte. »Bis jetzt jedenfalls. Von mir aus muss sich das ja auch nicht ändern«, setzte der Journalist fort. »Ich bin durchaus bereit, Sie an meinem Wissen zu beteiligen. Aber das setzt voraus, dass Sie ebenfalls mit Informationen rüberkommen, die ich verwerten kann. Sonst bringt mir das nichts. Als Hilfspolizisten lass ich mich jedenfalls nicht verbraten.«

Ina fragte sich gespannt, wie Seyfried das aufnehmen würde. Diese Kröte zu schlucken, fiel ihm sicher nicht leicht. Aber Seyfried war natürlich ein Profi, der konnte sicher von gezielter Provokation ganz schnell in verbindliches Gesäusel umschalten. In der Tat.

»Herr Knudsen, ich nehme das mal als ein Angebot. Wir werden Sie gern über den Stand der Ermittlungen informieren, soweit dies veröffentlichungsfähig ist.«

Asmussen ergänzte: »Herr Knudsen wird nichts schreiben, was wir nicht autorisiert haben. Ich plädiere für Offenheit.« Ina bemerkte, dass Seyfried erneut unwillig die Stirn verzog. Aber er sagte nichts.

»Das ist endlich mal ein Wort, das Journalisten lieben«, meinte Knudsen anerkennend. Ina fand ihn ja ein wenig zu selbstsicher, zu aufgeblasen nach dem Motto: »Mir kann hier keiner was.« Aber man musste mit ihm klarkommen. Hier auf der Insel war er der Pressekönig, das hatte sie bereits gelernt. Es gab ja kein lokales Konkurrenzblatt.

»Also, vielleicht hätten Sie ja doch einen Tipp für uns?«, schaltete sich Kohlmann ein, der bis jetzt geschwiegen hatte.

»Wenn Sie so drauf bestehen! Aber viel wird Ihnen das nicht bringen. Was ich über die Familie Siewering geschrieben habe, das pfeifen die Spatzen von den Dächern, teilweise ist das Archivmaterial, teilweise Inselgespräch. Im Internet steht heutzutage auch schon viel Brauchbares. Also so genial war das an sich nicht«, relativierte er seine eigene Arbeit. »Ich empfehle Ihnen jedenfalls, machen Sie doch mal einen winzig kleinen Spaziergang und sprechen mit Omme Tadsen. Der weiß eine Menge.«

»Omme Tadsen ist Hafenmeister unseres Wyker Yachthafens«, erläuterte Asmussen seinen Kollegen.

Seyfried wirkte nicht sehr zufrieden. »Also gut. Wir nehmen das mal auf. Ich setze absolut auf Ihre Kooperation, Herr Knudsen. Aber schauen Sie wirklich zu, dass Sie uns nicht in die Ermittlungen hineinpfuschen. Ich bin da äußerst allergisch.« Ina fand das überflüssig. Warum musste Seyfried den Journalisten reizen?

Aber Knudsen nahm das ruhig auf. »Herr Kommissar! Ich dachte, das hatten wir schon. Sie möchten doch bitte wirklich beherzigen, dass wir in einem Land mit Pressefreiheit leben. Was Sie von mir bekommen, gibt's absolut freiwillig, meine Herren, und nur auf der Basis *Eine Hand wäscht die andere*. In diesem und nur in diesem Rahmen sehe ich unser Verhältnis.«

Ina hatte das Gefühl, als seien beide nicht wirklich zur Zusammenarbeit bereit. Seyfried würde keine wichtigen Informationen herausrücken und der Journalist wollte seine Exklusivstory, ohne womöglich von der Polizei behindert zu werden. Das Ganze war im Patt gelandet.

Der Hafenmeister

Das kurze Stück gingen sie zu Fuß. Die Gegend war nicht allzu schön mit ihren Lagerhäusern und Gewerbebetrieben, aber aufgeräumt und sauber wie alles auf der Insel. Gegenüber einer kleinen Bootswerft, die aus zwei merkwürdigen grünlichen Wellblechgebäuden und einem großen, teilweise grasbewachsenen Platz davor bestand, lag der Yachthafen. Weiter die Straße hinunter waren zwei der großen Windrotoren zu sehen, die auf der Insel immer zahlreicher wurden.

Seyfried und Kohlmann, Ina im Schlepptau, stiegen auf der Steintreppe über den Deich, bahnten sich den Weg durch einige Schafe, die hier gerade am kargen und leicht verbrannten Gras rupften, und betraten den Steg, der auf den Eingang zuführte. Das Gittertor stand offen, darüber das mit einem Wappen und einem Föhr-Logo verzierten Schild »Sportboothafen Wyk auf Föhr«. Die Anordnung der Bootsanleger erinnerte Ina an eine vierzinkige Gabel. An der linken Schulter dieser Gabel befand sich ein kleines weißes Gebäude mit Flachdach, wohl das Domizil des Hafenmeisters. Überall lagen Boote, meistens Segelboote, aber auch etliche Motorboote. Darüber hinweg sah man auf den Fähranleger, an dem gerade ein Schiff der Feringer Inselreederei anlegte.

Omme Tadsen war informiert, dass sie kamen. Er musste, dachte Ina, auf jeden Fall ein Einheimischer sein, ein Friese. Dafür sprach schon der komische Name. Knudsen, Tadsen, Petersen, Hansen, Iversen ... das waren alles so dänisch klingende Namen.

Tadsen war ein mittelgroßer, breiter und kräftiger Mann unbestimmbaren Alters, vielleicht fünfzig Jahre alt, so richtig wettergegerbt. Ein Mann, der nicht viele Worte machte, aber das Zupacken gewohnt war. Den blauen Elbsegler nahm er nicht einmal ab, trotz der Wärme.

Der Mann war nicht sehr mitteilsam, man musste ihm förmlich alles aus der Nase ziehen. Er ließ sich absolut nicht motivieren, von sich aus etwas zu erzählen. Der Seyfried trat auch nicht gerade verbindlich auf, stellte Ina für sich fest. Das verstand sie nicht. So verprellte er die Leute erst mal ordentlich, statt sie einzuwickeln, damit sie auspackten. Ina lächelte über ihr eigenes Wortspiel. Seyfried ließ ziemlich schnell jeden um sich herum merken, dass er und nur er allein der King war. Dem Hafenmeister konnte er so allerdings nicht kommen, das spürte sie. Der hatte sicher viel Erfahrung mit reichen und prominenten Leuten - und mit solchen, die sich für besonders wichtig hielten. Dazu zählte sie vorläufig auch den Kommissar aus Kiel.

Im Gespräch mit dem Hafenmeister ging es hauptsächlich um das Boot der Siewerings, deren Gewohnheiten und um die Nachbarn an den angrenzenden Liegeplätzen. Sie ließen sich die Namen sämtlicher Yachthafenbenutzer aushändigen, die der Dauerplätze ebenso wie die der Kurzzeitgäste. Bis dahin war das Gespräch wenig ergiebig gewesen, aber nun wurde es spannend.

»Wir haben erfahren, dass es an Bord des Bootes am späten Nachmittag des 2. August einen Streit Hermann Siewerings mit einem anderen Nutzer des Sportboothafens gab. Sie wurden mir als Zeuge dieser Auseinandersetzung benannt. Bitte berichten Sie von Anfang an!«, forderte Seyfried.

»Also eigentlich kann ich mich da nicht so genau dran erinnern«, wich Tadsen zu Inas Verblüffung aus. Oder wollte er einen Bekannten schützen? Die Insulaner zankten sich zwar manchmal bis aufs Blut, aber gegenüber Festländern hielten sie wieder zusammen wie Pech und Schwefel.

»Herr Tadsen, wir wissen ganz genau, dass Sie nicht nur den Streit beobachtet haben, sondern auch jemandem davon berichtet haben. Vielleicht frischt es Ihre Erinnerung auf, wenn wir dieses Gespräch auf der Wache fortsetzen und diese Person dazuholen?«, mahnte Seyfried ungeduldig.

Tadsen war sichtlich ärgerlich. »Wenn Sie das schon wissen, warum fragen Sie mich überhaupt? Ich hab hier noch anderes zu tun, als sinnlose Gespräche zu führen«, murrte er, bequemte sich aber schließlich zu einer konkreten Aussage. »Also so ganz genau weiß ich die Uhrzeit nicht mehr. Es kann so etwa sechs Uhr gewesen sein. Ich hatte auf dem Bootssteg nahe dem Boot der Siewerings etwas an einem Liegeplatz zu richten. Das war vielleicht zwölf, dreizehn Meter von dem Boot der Siewerings entfernt. Und da habe ich eben so am Rand mitgekriegt, dass zwei Männer an Bord des Bootes einen kleinen Streit hatten.« Der Hafenmeister verstummte. Ina fand das nervig. Musste man denn immer nachhaken? Von allein kam da nichts.

»Also, wer waren nun die beiden Männer?«, insistierte Seyfried.

»Hermann Siewering, der alte Reeder, und ...« Tadsen zögerte erneut.

»Wir sind hier nicht bei Günther Jauch, verdammt noch mal!«, explodierte Seyfried. »Und wir wissen es ohnehin, also bitte!«

Tadsen blickte womöglich noch finsterer als vorher. Wenn das überhaupt möglich war, befand Ina. Aber jetzt sah er wohl ein, dass er mit seiner Verzögerungstaktik bei der Kripo nicht durchkam. »Der andere war Jan-Willem Petersen. Der ist Fährkapitän und wohnt hier auf der Insel. Sein Motorboot liegt immer neben dem Boot der Siewerings.«

Sie ließen sich die Stelle zeigen, von der aus Tadsen den Streit beobachtet hatte. Dann fuhr er fort: »Ich sah auf und sah, dass Petersen an Bord des Sieweringbootes war. Vorher hatte ich ihn nicht gesehen. Der alte Herr Siewering und er haben sich nie leiden können, und gestritten haben die auch nicht zum ersten Mal. Diesmal war es besonders schlimm. Sie standen sich gegenüber und brüllten sich an. Der Herr Siewering, der konnte sich wehren, der hat dem Petersen in nichts nachgestanden.«

»Worum ging es in dem Streit?«, fragte Kohlmann, der bisher nur mitnotiert hatte.

»Ja, worum ging es da ...«, sinnierte Tadsen.

Ina befürchtete, dass Seyfried gleich explodieren würde. Zu aufreizend war das Verhalten des Hafenmeisters.

»Ja, so ganz habe ich das nicht verstanden. Irgendwelche alten Geschichten. Petersen hat etwas geschrien von Blut, mit dem Siewering das Schiff gekauft habe. Und dass alle Zeit der Welt nicht ausreiche, das wieder abzuwaschen und das Unrecht wiedergutzumachen. Der alte Herr Siewering hat zurückgebrüllt, dass er sich von einem Versager und Nussschalenkapitän wie Petersen nicht beleidigen ließe. Dann ist sein Sohn von unten aus der Yacht dazugekommen und hat Petersen vom Schiff geworfen. Das war alles.«

»Was hat Petersen dann gemacht?«, fragte Kohlmann.

»Ja, also ich seh, wie der auf sein kleines Motorboot springt, die Leinen loswirft und den Hafen verlässt. Das Boot ist auch am nächsten Morgen nicht da gewesen. Jetzt liegt es aber wieder da.«

»Wissen Sie, wo Petersen sich danach aufgehalten hat?«, fragte Seyfried nach.

»Woher soll ich das wissen? Bin ich mit dem verheiratet? Fragen Sie ihn doch selbst!« Tadsen war immer noch gereizt.

»Jetzt zu den Siewerings. Haben Sie das Boot auslaufen sehen?«

»Nein, es muss aber zwischen halb sieben und sieben gewesen sein. Um sieben war es weg, das weiß ich noch.«

»Wir wissen, dass am Nachmittag des 2. August noch eine weitere Person an Bord des Bootes gewesen ist. Können Sie dazu etwas sagen?«, erkundigte sich Seyfried.

»Ja, da war noch der Engländer. Wenn Sie das wissen wollen ... Warten Sie mal ...«, Tadsen blickte in eine große Kladde, »der heißt Spencer-Brown, Richard Spencer-Brown. Der war hier schon öfter, immer mal für ein paar Tage mit seinem Segelboot. Also der war seit vorgestern hier. Und am späten Nachmittag habe ich den auch mal auf dem Boot der Siewerings gesehen. Vor dem Streit mit Petersen. Da saßen sie so an Deck, also der alte Herr Siewering und der Engländer, und haben sich unterhalten. Wie alte Freunde.«

»Dieser Spencer-Brown, ist der noch hier?«, fragte Seyfried.

Omme Tadsen schüttelte den Kopf. »Nee, der ist danach auch gleich mit seinem Boot ausgelaufen. Ich hab mich noch gewundert, wo der abends hin will. Aber der ist ein wirklich erfahrener Einhandsegler, der hat schon alle Weltmeere gesehen. Das Boot picobello, mit Ausrüstung vom Feinsten. Mir hat er gesagt, dass er ein wenig in den Norden hoch will, norwegische Küste und so.« Tadsen zeigte ihnen das Buch. Das Boot war ordnungsgemäß ausgetragen, der Engländer hatte bezahlt.

Obwohl er zum Schluss regelrecht gesprächig geworden war, konnten sie aus dem Hafenmeister nicht mehr herauskriegen.

Und weitere Zeugen dieser Vorfälle gab es offenbar nicht. Sie würden einen Aushang machen, dass sich mögliche weitere Zeugen der Besuche auf dem Sieweringboot bei der Polizei melden sollten. Kohlmann beauftragte Ina, das sofort an die Kollegen auf der Polizeistation weiterzugeben. Außerdem sollte sie Asmussen dazu veranlassen, sofort eine Fahndung nach Richard Spencer-Brown herauszugeben.

Solides Hintergrundwissen kann nicht schaden

Eine Stunde später stand Ina Meyer erneut vor dem Sportboothafen, diesmal allein. Den Aushang hatte sie gleich am Computer selbst erstellt, vom Chef persönlich genehmigen lassen und drei Exemplare ausgedruckt. Keine Korrektur! Asmussen hatte immerhin anerkennend genickt. Sie hatte bereits gelernt, dass sie von ihm mehr Lob nicht erwarten konnte. Der Chef war einer von den Vorgesetzten, die nach der Devise verfuhren »Wenn ich nichts sage, ist alles in Ordnung.« Das kannte sie auch von ihrem Vater, es fiel ihm einfach schwer, mal ein anerkennendes Wort zu verlieren. Asmussen hatte nur gesagt, dass sei okay und sie solle es sofort aushängen lassen. Danach könne sie Feierabend machen. Lohns kümmerte sich um die Fahndung nach dem Engländer und telefonierte bereits die umliegenden Yachthäfen ab. Über Funk und Mobiltelefon war er eigenartigerweise nicht erreichbar gewesen.

Der Hafenmeister war nicht mehr da. An seiner Stelle saß eine junge Frau im »Little Ship Store«, sie stellte sich als seine Nichte vor. Ingken Tadsen hängte ohne Zögern ein Blatt gleich in einen der beiden Schaukästen am Eingang des Hafens, eines außen an das kleine Gebäude und eines an das Schwarze Brett im Inneren.

Ina verstand sich auf Anhieb mit der jungen blonden Frau, die nicht so abgehoben wirkte wie manche andere. Eigentlich sogar total nett! Die Studentin – Geschichte und Soziologie in Hamburg – jobbte während der Semesterferien bei ihrem Onkel. Sie sprachen ein wenig über die Sitten und Gebräche im Hafen und kamen schließlich auf das Boot der Siewerings, die »Elisabeth«, zu sprechen. Ingken war ganz begeistert – das absolut schönste Schiff im Hafen, mit Eleganz und Stil! Ja, da hatte sie Recht, soweit Ina das beurteilen konnte. Sie kannte das Boot ja nur vom Bild aus der Zeitung. Neben vielen unauffälligen und etlichen ganz schönen Booten sah Ina auch einige sehr protzige Angeberkähne, Stückpreis zwo Mio und aufwärts. Kraftvoll elegant irgendwie schon. Sinnbild für Geld. Aber nichts von wirklich gutem Stil.

Ingken kannte die Siewerings flüchtig. Eher zurückhaltende Leute, aber reich. Konnte man am Boot ja schon sehen. Der alte Herr, schwärmte sie, war ein richtiger Gentleman – war gewesen, musste sie sich korrigieren. Vor Kurzem noch hätte er sich mal sehr nett mit ihr unterhalten. Seinen Tod bedauerte sie sehr. So etwas Furchtbares! Hoffentlich würde man das bald aufklären. Der Sohn, Martin Siewering, und die Frau seien ja eher zugeknöpft, die Frau habe sie selten hier gesehen. Aber der jüngere Siewering sei auch schon mit anderen Frauen auf dem Boot gewesen, das wisse sie ganz genau. Der ließ garantiert nichts anbrennen, erfolgreicher smarter Geschäftsmann finde ja immer dummes Frischfleisch. Aber seine Frau habe das anscheinend spitzgekriegt. Einmal habe sie am Abend einen heftigen Streit der beiden mitbekommen, als sie auf dem Steg an dem Boot vorbeigegangen sei.

Selbst sie habe er mal massiv angemacht. Er habe ihr das Boot zeigen wollen, dann sollte sie sich mit ihm unterhalten und ein Gläschen Champagner mittrinken. Soweit war sie mitgegangen, er war ja schließlich ein interessanter Mann. Sie hatte sich auch gedacht, ob sie nicht bei der Reederei einen Job kriegen könne. Aber dann sei er zudringlich geworden. Sie habe ihm eine geknallt und blitzschnell die Flucht ergriffen. Das sei im vergangenen Jahr gewesen. Seitdem habe er über sie hinweggesehen, als ob sie nicht existierte. Oberpeinlich. Ingken Tadsen schüttelte sich in Erinnerung an dieses unerfreuliche Ereignis. Ina pflichtete ihr bei. Gleich deutliche Grenzen setzen, nur das half.

Die Kinder der Siewerings kannte die Studentin kaum. Im Hafen seien ständig so viele Leute, und sie sei auch nicht immer hier. Sie jobbe ja nur zeitweise. Der Hafenmeister, ihr Onkel, wisse sicher mehr.

Sie zeigte Ina den Liegeplatz der »Elisabeth«, gar nicht weit von dem kleinen Gebäude an der Ecke des Steges entfernt. Rechts daneben lag ein schnittiger weißer Kabinenkreuzer, die »Asmara«, eines dieser Millionenobjekte. Links neben der verlassenen Anlegestelle dümpelte völlig unstandesgemäß ein kleines altes Motorboot mit geschlossenem Aufbau. Ein Schild am Bug zeigte den Namen »Maren«.

Hier im Hafen begegneten sich Welten, erzählte Ingken Tadsen. Die volle Bandbreite! Bescheidene Familienväter mit ihrem ganzen Stolz, dem kleinen auf Pump gebraucht gekauften Segler, trafen auf stinkreiche Snobs nebst gelangweilten Gattinnen, deren Ego oder Einbildung proportional zur PS-Zahl ihrer Superyachten stand. Da gab es bescheidene Einheimische mit ihren kleinen alten Jollen auf von Generation zu Generation vererbten Liegeplätzen. Englische Einhandsegler, die jedes Jahr nur für wenige Tage hier Station machten, Holländer, Dänen. Sogar ein Amerikaner hatte sich mal hierher verirrt. Die meisten seien aber Deutsche. Nicht selten kämen auch Gruppen junger Leute, die sich für einen kleinen Abenteuerurlaub auf See gemeinsam ein kleines Segelschiff gemietet hätten. Sie selbst nutze ihren Onkel, der sogar zwei eigene Boote hier liegen hatte, weidlich aus und mache öfter kleine Seeausflüge mit Freunden. Ob Ina nicht auch einmal Lust habe? Ina freute sich. Das machte ihr Föhr gleich noch liebenswerter!

Die »Asmara« gehörte irgendeinem erfolgreichen Manager aus dem Niedersächsischen. Der kam wohl in wechselnder Damenbegleitung immer wieder mal auf sein Schiff, lief damit aber eher selten aus. Das kleine Motorboot auf der anderen Seite, die »Maren«, gehörte einem Fährkapitän, der damit öfter allein zwischen den Inseln herumtuckerte. Das wusste Ina schon, schwieg aber, um den Redefluss der jungen Frau nicht zu unterbrechen. Der Kapitän, das sei so ein Eigenbrötler, der nur das Allernötigste rede. Die meisten, die Segler vor allem, seien ja sehr kommunikativ, der halt nicht. Der wirke immer so – abweisend, ja förmlich gestört. Ihr Onkel kenne den gut, der meine allerdings, das sei der beste Seemann, den er in seinem ganzen Leben kennengelernt habe.

Leider wusste die junge Frau nichts über die Auseinandersetzung zwischen dem Fährkapitän und dem alten Siewering. Sie sei an dem Nachmittag bis in den Abend hinein mit Freundinnen aus ihrer alten Schulclique am Südstrand gewesen. Ihr Onkel habe ihr von sich aus natürlich nichts erzählt.

Ina dankte ihr und verabschiedete sich. Am nächsten Wochenende würden sie tatsächlich mal einen kleinen »Törn« zusammen machen, wie Ingken Tadsen es genannt hatte.

Sie war nicht unzufrieden, auch wenn sie nichts wirklich Neues – Zielführendes, würde der Chef sagen – erfahren hatte. Aber ein solides Hintergrundwissen kann auch nicht schaden, das empfahl Peters immer.

Auf dem Weg zur Gästepension in Hafennähe, in der sie und Jörg Wachter für die Zeit ihres Dienstes auf Föhr untergebracht waren, schlug ihr das schlechte Gewissen. Sie hatte Peters gar nicht über den Nachmittag mit den Kielern informiert! Denn so hatte sie seine Worte verstanden – dass sie Augen und Ohren offen halten und die Kollegen von der Insel auf dem Laufenden halten solle. Dass die Kripoleute und der Chef nicht zusammen konnten, das hatte sie sofort gesehen – und an der Tür, natürlich »rein zufällig, im Vorbeigehen« erlauscht. Asmussen sollte sie vielleicht besser nicht ansprechen. Wahrscheinlich wusste der gar nichts und würde diesen Auftrag umgehend zurücknehmen. Das aber wollte sie nicht!

Auf ihrem Zimmer angekommen, rief sie also Peters an. Er hörte ihr aufmerksam zu, lobte sie schließlich für ihre gute Beobachtungsgabe. Das ermutigte sie, nach Asmussen zu fragen, ob er denn einverstanden sei ... Den Chef solle sie ihm überlassen, meinte er nur. Das sei alles so in Ordnung. Am nächsten Tag solle sie sich wieder zur Verfügung halten. Na gut! Damit war auch das erledigt. Zeit für den Feierabend!

Spekulationen über Spekulationen

Kurz vor halb neun abends trafen Renata und Carl bei Klaus-Henning Asmussen in Boldixum ein. Renata war erleichtert. Der vierte Gang des Cabrios ließ sich wider Erwarten einlegen, so war die Fahrt doch etwas schneller gegangen als erwartet. Und Carls Laune war entsprechend positiv. Hatte das Auto aber irgendein schwerwiegendes Problem, dann ging man Carl besser aus dem Weg ...

An der Tür begrüßte sie der Freund und bat sie herein. Er bewohnte eine der beiden Wohnungen im Erdgeschoss eines neuen Hauses mit insgesamt vier Parteien. Vier Eigentumswohnungen zu je drei Zimmern, Küche, Bad, Flur, Wohnfläche 90 Quadratmeter, gemeinsamer Wäschekeller und Dachboden, erklärte Asmussen, gerade erst im vergangenen Jahr fertiggestellt und sofort verkauft. Er hatte die Erdgeschosswohnung genommen wegen des Rasens und der Bäume hinter dem Haus.

Sie gingen durch den Flur und das Wohnzimmer. Renata sah sich neugierig um. Junggesellenwohnungen waren nach ihrer Theorie entweder völlig verrumpelt oder sparsam-steril eingerichtet. Asmussen tendierte offenbar zum zweiten Typ.

Dann traten sie auf eine kleine, fliesenbelegte Terrasse. Der Blick ging - unverbaut - zwischen den Bäumen durch in die Felder. Noch. Die Gemeinde hatte nach längerem Hin und Her auch das angrenzende Stück Land als Baugebiet ausgewiesen. Man brauchte weitere Ferienwohnungen!

»Es tut mir wirklich leid«, sagte Asmussen, »aber ich bin doch noch nicht so ganz auf euch eingestellt. Ich bin gerade erst vor einer Stunde vom Dienst gekommen. Der Tote im Watt, ihr wisst ja. Wir haben da jetzt zwei tüchtige Kripokollegen am Hals, die alles wissen und alles können und uns wie die Deppen behandeln. Na ja, vergessen wir das. Viel schlimmer ist ... wie soll ich sagen ... also Inger ist nicht dabei. Ich wollte sie euch vorstellen. Gestern Abend hat sie aus heiterem Himmel angedeutet, dass irgendwas nicht in Ordnung sei mit unserer Beziehung. Also wollte sie eine Auszeit, wie das so schön heißt. Jetzt ist sie weg, und zwar mit allen ihren

Sachen, einschließlich Zahnbürste. Ich weiß nicht mal, wo sie ist«, schloss er verbittert.

Renata nickte verständnisvoll, blieb aber stumm und blickte ihn nur an. Das war Carls Einsatz. Der wand sich jetzt sicher innerlich. Wie reagiert man auch in einer solchen Situation? Mitleid? Konnte an sich nicht schaden, aber Asmussen war nicht der Typ, der wirklich empfänglich für intensive Mitleidsbekundungen war – oder vielleicht erst im Laufe einer durchzechten Nacht. Die Frau verdammen? Er kannte sie ja nicht, wusste auch nicht, was vorgefallen war – vielleicht gab es eine Vorgeschichte zu dieser Aktion, die ihr Verhalten erklären und vielleicht sogar rechtfertigen könnte. Ignorieren, das Ganze überspielen? Bequemste Lösung, wirkte aber auch leicht gequält und peinlich, kam nicht in Frage beim besten Freund. Vielleicht ein kleines Bonmot über die Unstetigkeit der von Asmussen bevorzugten Frauentypen? Garniert mit dem Vorschlag, sich vielleicht doch mal an beständigeren, nicht so jungen und exotischen Damen zu versuchen? Darüber hatten Renata und Carl häufiger geredet und auch mal freundlich gescherzt. Allerdings nur untereinander. Asmussen hatte es in den letzten Jahren einfach nicht geschafft oder nicht gewollt, eine Frau länger an sich zu binden. Die meisten seiner Freundinnen waren recht jung gewesen, er hatte halt auch so eine Ausstrahlung.

Renata blickte ihren Carl an. Er selbst als »Idealtyp Schwiegersohn« hatte früher, natürlich abgesehen von seiner Frau und den wenigen Freundinnen, die er zuvor gehabt hatte, eher die Mütter-Generation angesprochen. Je älter er allerdings wurde, desto anziehender wirkte er offenbar auf viel jüngere Frauen. Bei ihr selbst war das Gegenteil der Fall. Das fand sie ungerecht. Warum wurden Männer mit zunehmendem Alter interessanter, Frauen aber nicht? Carl selbst schien das gar nicht zu bemerken. Gott sei Dank. »Was hat er, was ich nicht habe?«, hatte er Renata einmal mit Bezug auf den Erfolg Asmussens bei jungen Frauen gefragt. Klug wie sie war, hatte Renata die einzig richtige und absolut überzeugende Antwort gegeben: »Nicht mich!«

Die junge Schwedin Inger war nun wieder so ein Fall. Klaus-Henning hatte vor drei Monaten zum ersten Mal von ihr erzählt.

Er hatte sie im »Apfelgarten« kennengelernt, wo sie in der Frühjahrssaison als Aushilfe kellnerte. Liebe auf den ersten Blick! Zusammengezogen waren sie erst vor einigen Wochen, und jetzt das. Spuren hatte sie in der Wohnung, soweit Renata sehen konnte, jedenfalls nicht hinterlassen.

Carl raffte sich endlich zu einer Reaktion auf, bevor es zu peinlich werden konnte. »Oh Gott, das tut uns leid. Wir haben uns eigentlich gefreut, deine neue Flamme endlich mal kennenzulernen. Die Blumen«, er blickte auf den mitgebrachten bunten Strauß in Renatas Hand, »können wir leider nicht umtauschen, aber heute kann man ja auch Männern Blumen schenken, ohne dass jemand aufschreit. Nimm es als billigen Trost, zusammen mit diesem Frust reduzierenden Edelchampagner, dem besten Tropfen auf ganz Föhr, eigenhändig erworben!«

»Vielen Dank, nett von euch! Schlage vor, wir lassen das Thema Inger lieber beiseite. Ich muss das erst mal selbst klären. Ist mir schon unangenehm«, meinte Asmussen. »Setzt euch raus«, forderte er sie auf und wies auf Tisch und Stühle draußen auf der Terrasse. Der Tisch war gedeckt mit Tellern, Besteck und Gläsern für vier Personen. »Ich bin gleich bei euch. Peters, mein Kollege, kommt übrigens auch noch. Seine Frau gibt ihm frei, die ist selbst wohl bei irgendeiner Veranstaltung aktiv.«

»Das kann doch gar nicht sein, dass sie ohne Warnung einfach verschwindet. Ob sie sich gestritten haben?«, spekulierte Renata.

»Ich weiß auch nicht«, überlegte Carl, »aber irgendwie überrascht mich das nicht. Du weißt doch, seit Klaus-Henning mit Frauke auseinander ist, hat er nie eine lange feste Beziehung gehabt, immer nur flüchtige Bekanntschaften.«

Asmussen brachte auf einem Servierwagen eine Flasche Wein, zwei Flaschen Wasser, eine Schüssel Kartoffelsalat, einen Teller mit Frikadellen und einen Topf mit heißen Würstchen heraus. »Zu mehr hat es nicht gereicht«, entschuldigte er sich.

»Ich bitte dich«, wiegelte Renata ab, »das ist doch unsere gute alte Tradition! Kein überflüssiger Gourmetschnickschnack, wenn man einen schönen Salat mit Frikadellen und Würstchen haben kann!«

Um die Ecke kam Jörn Peters, in leichtem Sommerzivil ein ganz ungewohnter Anblick für das Verlegerehepaar. Er setzte sich zu ihnen an den Gartentisch, der von der tief stehenden Abendsonne in ein romantisch-orangefarbenes Licht getaucht wurde. Ihr Blick ging über die weiten Felder nach Norden. Ein ganz leichter Wind wehte. Föhr war so schön!

Beim Essen erzählte Peters von seiner Frau, die ihn immer sehr vereinnahme, aber heute Abend »leider« habe ziehen lassen müssen, weil sie selbst dringend auf einem außerplanmäßigen Übungsabend ihres Singkreises gebraucht würde. Man übe intensiv für das kleine Chorfestival, das sich die unermüdlichen Touristikmanager für die Urlauber und die Einheimischen ausgedacht hätten. »Ich sollte auch mal in den Boldixumer Chor«, grinste Peters, »die brauchen ja immer Männer. Nach dem ersten Übungsabend hat man mich gebeten, den Verein doch lieber als passives Mitglied zu unterstützen!« Sie lachten herzlich. Peters hatte wirklich eine große Begabung, verkrampfte Situationen aufzulockern.

Das Gespräch drehte sich eine Weile um die zahlreichen kulturellen Aktivitäten auf der Insel. Zwangsläufig kamen sie dabei auf die Folgen für die Polizei zu sprechen, denn selbstverständlich gab es im Umfeld vieler Veranstaltungen auch jede Menge Aufgaben für die Ordnungshüter: Aufgaben von A bis Z, von der Absperrung für Straßenfeste bis zur Zivilstreife auf den diversen Märkten, die auch gern von Taschendieben besucht wurden.

Renata fragte vorsichtig, ob es etwas Neues im Fall des toten Reeders gebe. Die beiden Polizisten schauten sich kurz an. Es gab schließlich die Anweisung des Polizeibeamten aus Kiel. Aber der hatte lediglich eigene Ermittlungen verboten, nicht aber das laute Nachdenken darüber im internen Kreis. Renata und Carl waren Asmussen ja nun bestens bekannt. »Wenn ihr mir versprecht, nicht zur Presse zu laufen oder gleich Franz Branntwein alles zu erzählen!«

Carl lachte und hakte sofort ein: Vertraulichkeit sei zugesichert – aber sie einzuhalten, vielleicht unnötig. Denn er würde jetzt erst mal erzählen, was Franz Branntwein und die Inselpresse inzwischen schon wieder alles wussten!

Die beiden Polizisten waren beeindruckt. »Sieh mal einer an«, meinte Peters anerkennend. »Die Jungs sind ziemlich fit, die haben wohl gute Quellen! Wir müssen die dringend anzapfen!« Asmussen warf ein, dass sich daran zunächst die beiden Herren von der Kripo versuchen sollten. Die allerdings hätten es bis jetzt nicht geschafft, den Fährkapitän Petersen zu befragen. Obwohl die Reederei ihm auftragsgemäß übermittelt habe, dass er sich am Spätnachmittag im Gebäude der Inselpolizei melden solle, sei er nicht erschienen. Telefonisch sei er auch nicht zu erreichen gewesen. Bei ihm zu Hause nehme niemand ab, Anrufe auf das Mobiltelefon würden auf eine Mailbox umgeleitet. Bei der Reederei wisse man gar nichts. Peters hatte den Kollegen Uffe Eicken losgeschickt, sich auf der Insel umzuhören – bis jetzt ohne Resultat.

Kriminalhauptkommissar Seyfried hatte zwar nicht getobt, aber er war sichtlich unzufrieden gewesen. Entsprechend unharmonisch war die erste Abendbesprechung verlaufen. Das Gespräch mit Helen Siewering, ihren Stiefkindern und der Haushälterin Iversen sei ziemlich unergiebig gewesen. Die Ehefrau des Vermissten könne man in diesem Stadium der Ermittlungen nicht verdächtigen. Ihren Mann habe man immer noch nicht gefunden. Die schon gestern eingeleitete Fahndung sei bisher in die Leere gelaufen, sowohl auf den nordfriesischen Inseln als auch an den Fähranlegestellen auf dem Festland und seinem Wohnsitz Hamburg.

Die Befragung des Wattführers Hans-Jürgen Hansen durch Lohns und Eicken war kurz und ergebnislos verlaufen. Zum Toten hatte er immerhin einiges aussagen können. Hansen kannte den Reeder schon eine Reihe von Jahren, wenn auch eher aus der Ferne. Vor etlichen Jahren sei er allerdings einmal mit ihm äußerst heftig aneinandergeraten. Hermann Siewering habe eine exklusive Wattführung geordert, sich dann aber aus unbekannten Gründen nicht an die vereinbarten Zeiten gehalten. Mit einer kleinen Gruppe mehr oder weniger prominenter Gäste sei Siewering allein losgelaufen und prompt in Schwierigkeiten geraten. Nur weil Hansen so etwas geahnt habe, sei es nicht zum Schlimmsten gekommen, die Gruppe habe rechtzeitig gerettet werden können.

Peters erinnerte sich an den Fall. Man hatte die bereits vom auflaufenden Wasser eingeschlossene Wattwanderergruppe mit dem Hubschrauber herausholen müssen. Das hatte die Insel für kurze Zeit in Aufruhr versetzt. Auch die Wasserschutzpolizei war mit dem Boot draußen gewesen, sogar der Seenotrettungskreuzer war ausgelaufen. Hansen war damals stinksauer gewesen, weil der Reeder noch nicht einmal finanziell herangezogen worden war. Die Kosten für den teuren, leichtsinnig verschuldeten Einsatz der Rettungskräfte hatte die Staatskasse übernommen, warum auch immer. In der Zeitung war breit berichtet worden, aber Folgen hatte auch das nicht gehabt.

Interessant war allerdings der von Hafenmeister Omme Tadsen bezeugte heftige Streit zwischen dem Fährschiffkapitän und dem Reeder am Abend der betreffenden Nacht. Nur war der Mann, Jan-Willem Petersen, leider verschwunden, und die Inselpolizei - die »Kaffeetrinkerbande« - Asmussen schnaubte verächtlich - hatte ihn nicht sofort herbeischaffen können. Immerhin war das schon mal verdächtig. Zum anderen war da noch der von Helen Siewering erwähnte, ihr unbekannte Geschäftspartner, möglicherweise der Engländer, den Tadsen am Nachmittag mit Hermann Siewering an Bord des Bootes gesehen hatte.

Der Polizei war es bisher nicht gelungen, das weiter aufzuhellen. In der Reederei in Hamburg wusste niemand etwas von einer möglichen Verabredung. Auch die Terminkalender beider Sieweringс hatten keine entsprechenden Einträge enthalten. Und der Engländer war verschwunden.

Carl warf ein: »Könnte es nicht sein, dass der Engländer, ja wie soll ich sagen, ermordet wurde, dass quasi alle drei Opfer eines Verbrechens sind?« Ergab das einen Sinn? Carl spekulierte weiter. »Okay, ich spiele jetzt mal den Hobbysherlock. Meine kleinen grauen Zellen« - Renata stutzte, der mit den kleinen grauen Zellen war doch nicht Sherlock Holmes! - »sagen mir: Es könnte ja sein, dass jemand nachts das Boot der Siewerings angesteuert hat, vielleicht mit einem Segelboot. Ein Motor würde ja zu viel Lärm machen. Jemand, der wusste, wo dieser seit Jahren bekannte nächtliche Ankerplatz liegt. Nachts mit dem Boot herumzufahren und dann auch noch auf dem weiten Meer und im Dunkeln ein kleines Schiff zu finden, stelle ich mir zwar extrem schwierig vor. Vielleicht kann das aber ein erfahrener Segler mit Ortskenntnis und Radar oder womit auch immer. Auf dem Sieweringboot ist dann irgendetwas passiert. Was, weiß man ja nicht genau. Der alte Siewering starb am Herzinfarkt, vielleicht bei einem Kampf.«

Asmussen merkte an, dass man bei der Obduktion tatsächlich verschiedene blaue Flecken an der Leiche gefunden habe. Die hätten aber auch entstehen können, wenn jemand den Körper kurz nach Eintritt des Todes über den Boden gezogen habe, um ihn dann über Bord zu werfen. Die Möwen hätten leider den Körper stellenweise so stark zugerichtet, dass man andere wichtige Spuren nicht mehr habe feststellen können.

Carl setzte seinen Gedankengang fort: »Der junge Siewering wurde getötet und in die Nordsee geworfen oder an Bord des Segelbootes genommen. Oder umgekehrt. Er hat den Angreifer getötet und ist mit dessen Boot weg. Aber dann müsste er seinem eigenen Vater das Wort in die Brust geschnitten haben, nein, das kann ich mir nicht vorstellen. Also hat wohl doch der Fremde den Sohn getötet und dessen totem Vater die Brust verziert! Oder er hat ihn entführt, ist mit ihm zusammen auf seinem Boot weg. Das Motiv müsste man finden!«

Renata zuckte zusammen. Ihr guter Carl sprach mit wenig Pietät von einem tragischen Todesfall oder gleich mehreren. »Ich finde das wenig wahrscheinlich«, sagte sie nachdenklich. »Vielleicht war es ja die Ehefrau!« Sie begeisterte sich für diesen Gedanken. »Der Unbekannte ist ihr Geliebter. Gemeinsam planen sie, die Siewerings umzubringen, damit sie alles erbt. Das muss natürlich wie ein Unfall aussehen. Ihr Geliebter macht die Drecksarbeit ganz allein. Er ist jetzt natürlich erst mal untergetaucht.«

Peters warf ein: »Ich wüsste da sogar ein Motiv. Martin Siewering hat offenbar gern mal in anderen Revieren gewildert, wenn dort hübsche Rehlein grasten. Da gibt es bezeugte Vorfälle und sogar eine Aussage, dass die Ehefrau davon wusste.« Asmussen war überrascht. Peters berichtete kurz von dem Anruf der Polizeischülerin und ihrem Gespräch mit der Nichte des Hafenmeisters.

Es war ja noch keine Gelegenheit gewesen, das seinem Chef mitzuteilen.

Sie überlegten, wie das alles zusammenpasste. Die Frau brauchte natürlich keinen Geliebten zu haben, sie hätte ja auch jemanden anheuern können. Aber es blieben zu viele Fragen offen. Vor allem: Wer hatte das Wort MÖRDER in die Brust von Hermann Siewering geschnitten und warum? Oder war das vielleicht ein ganz geniales Ablenkungsmanöver? Die Polizei würde kaum annehmen, dass die eigene Ehefrau und Schwiegertochter in so einen merkwürdigen Fall verwickelt sein könnte.

Asmussen beendete schließlich das Thema. Das waren ihm zu viele Spekulationen, man brauchte jetzt schlichtweg Fakten, vor allem über die Rolle des Fährkapitäns. Auch Helen Siewering musste man sich nochmals genau ansehen. Immerhin hatten sich aus dieser ungeplanten kriminalistischen Abendrunde einige Ermittlungsansätze ergeben – ein Dank auch an das Hobbykriminologenpärchen.

Renata und Carl verabschiedeten sich von ihrem Freund und von Peters, der ebenfalls aufbrach. Der Abend war sehr anregend gewesen. Vor allem hatte man das peinliche Inger-Thema weiträumig umgehen können. Carl übergab Renata großzügig den Schlüssel des Oldtimercabrios. Sie empfand es nicht als schmeichelnden Vertrauensbeweis. Schließlich konnte sich ihr Carl nicht direkt unter den Augen der Polizeibeamten, befreundet oder nicht, ans Lenkrad setzen. Jedenfalls nicht nach Genuss mindestens einer ganzen Flasche Weißweins ...

Enttäuschung

Ina Meyer duschte und wählte aus ihrem leider nicht sehr gut bestückten Schrank die passende Kleidung für einen warmen Abend. Der Siewering-Enkel, Leon, ging ihr nicht aus dem Kopf. Was würde er jetzt wohl machen, falls ihm in seinem Zimmer die Decke auf den Kopf fiel? In die Disco gehen wohl kaum. Vielleicht in irgendein Restaurant? Geht man essen, wenn gerade der Großvater gestorben und der Vater vermisst, vermutlich tot ist? Auch nicht anzunehmen. Am wahrscheinlichsten war es, dass er zu Hause mit seiner Familie zusammensäße. Da konnte sie schlecht vor dem Fenster auf und ab laufen! Ihn anzurufen, fiel absolut aus. Nicht weil sie zu schüchtern oder weil das in so einer Situation absolut unpassend gewesen wäre. Sie könnte zur Not ja noch Fragen stellen wollen. Eher wegen der Kieler. Wenn das herauskäme, könnte sie ihre Polizeilaufbahn wahrscheinlich an den Nagel hängen. Asmussen würde sie sowieso umgehend nach Eutin zurückschicken.

Inzwischen war es halb neun, die Dämmerung hatte eingesetzt. Was sollte sie jetzt mit dem Abend anfangen? Irgendwie zog es sie in die Nähe der Siewering-Villa. Es könnte ja sein ... ja vielleicht, wenn ein kleines Wunder geschähe, dass der junge Siewering da draußen irgendwo herumlief. Vielleicht machte er einen Spaziergang oder saß einsam am Strand. Man würde sich ganz zufällig begegnen. Vielleicht könnte sie ihm ein paar tröstende Worte sagen. Darin war sie gut. Sein Vertrauen gewinnen. Das wäre schön.

Hoffen! Ina tat das, was ihr besser lag: Handeln! Sie schwang sich auf ihr Fahrrad und erreichte schließlich die Siedlung mit den Luxusvillen, an deren Rand ein schmaler Sandweg auf den Deich führte. Sie stieg ab und schloss das Rad an einem Laternenpfahl an. Auch auf Föhr wurde gestohlen.

Sie trat auf den Deich. Krone und Seeseite waren geteert, kein sehr schöner Anblick. Unten am Fuß des Deichs befand sich eine mehrere Meter breite Reihe großer Steine, sicher um die Wellen zu brechen. Auf den schmalen Sandstränden tummelten sich auch jetzt noch eine ganze Menge Leute. Sie blickte auf eine kleine Bucht. Die Nordsee war ruhig und klar. Vor sich sah sie die Kette der Warften von Langeneß, zur Rechten in der Ferne Amrum.

Sie setzte sich auf eine dunkelbraune Holzbank. In ihrem Rücken wusste sie das Haus der Siewerings. Hinter dem Grasstreifen auf der Landseite des Deiches, einem breiten Dickicht von Heckenrosen und einer von der Sonne verbrannten Wiese mit kleineren Baum- und Buschgruppen lag die große Villa, über deren Bewohner so viel Elend gekommen war. Ina fühlte Mitleid für die Familie, auch wenn sie Frau Siewering nicht wirklich sympathisch fand. Aber ihre Stiefkinder hatten sie wirklich berührt. Sie dürfe sich nicht von Gefühlen leiten lassen, hatte Asmussen ihr einmal gesagt, als sie einen sympathischen Verkehrssünder mit einer guten Begründung für sein Fehlverhalten laufen lassen wollte. Peters hingegen sagte, dass sie immer in sich hineinhorchen solle. Häufig würden Gefühl und Intuition helfen, wo Augen, Ohren und Verstand versagten. Wer kannte sich da nun aus!

Sie setzte sich ein wenig herum, sodass sie Richtung Wyk blickte, aus den Augenwinkeln aber auch die Villa beobachten konnte. Ein Mann in kurzer Hose und weißem T-Shirt näherte sich, bahnte sich einen Weg durch das Rosengestrüpp. Ina hatte gar nicht gesehen, dass da ein kleiner Pfad existierte. Natürlich, der kürzeste Weg zum Strand! Für einen Augenblick setzte ihr Herzschlag aus. Es war tatsächlich Leon Siewering!

Etwa zehn Meter vor ihr betrat er die Deichkrone und begann zu laufen. Sie sah jetzt auch, dass er Sportschuhe anhatte. Sie stand auf, fühlte den Kloß im Hals, wollte sich räuspern. Der junge Mann blickte sie an, durch sie hindurch, lief weiter. Er hatte sie nicht erkannt. Oder wollte mit ihr nichts zu tun haben.

Ina sank auf die Bank zurück, die Beine wie Pudding. Scheiße, scheiße, scheiße! Sie machte sich hier zum Affen, für nichts und wieder nichts. Sie schlug mit der geballten Faust gegen die Rückenlehne der Bank, damit der Schmerz sie auf den Boden der Tatsachen zurückholte. Klar. Er wollte nichts von ihr wissen. Oder schlimmer noch, er hatte sie nicht mal wahrgenommen. Sie. Ina-Maria Meyer, 21, nicht unattraktiv, Polizeimeister-Anwärterin aus Eckernförde, derzeit im Praktikum auf Föhr, existierte für ihn einfach nicht. Sie spürte Groll in sich aufsteigen. An sich war das ungerecht ihm gegenüber, aber sie konnte sich nicht dagegen wehren. Dann sollte der Schnösel doch sehen, wo er blieb, Trauer hin oder her!

*

Das letzte Foto vor dem Unfall war schon ganz fleckig, abgegriffen und voller Risse. Wie oft hatte er es schon in die Hand genommen, angeschaut, gestreichelt! Die Flecken kamen von den Tränen, den einzigen, die er nach seiner Kindheit geweint hatte, abgesehen von dem Tag der Geburt seiner Tochter. Einmal hatte er das Foto sogar nachts unter dem Kopfkissen gehabt, aber es war am nächsten Morgen ganz zerknittert gewesen. Nur mit Mühe hatte er es wieder einigermaßen glätten können. Die Erinnerung an die beiden Menschen auf dem Bild war das Einzige, was ihn über die Jahre am Leben gehalten hatte. Und der Gedanke an Rache.

Hat sie ein Motiv?

Acht Uhr dreißig. Ina Meyer ging mit der Kaffeekanne durch den Flur. Ihr als einziger Frau in dem Männerladen war natürlich gleich nach Dienstantritt auf der Insel die Aufgabe zugefallen, die Herren immer mit Nachschub an Kaffee und Tee zu versorgen. Föhr – Schlusslicht der Emanzipation! Nach einer Weile hatte sie diesen »Dienst« aber schätzen gelernt. Sie konnte nämlich unaufgefordert jederzeit überall auftauchen, sogar im Allerheiligsten des Chefs.

Inzwischen hatte sie auch die kleine Küche des Gebäudes auf Vordermann gebracht. Die Putzfrau sorgte zwar für Sauberkeit, da gab es keine Beanstandungen. Aber es fehlte an Liebe und Gemütlichkeit. Also hatte sie zu ihrem eigenen Erstaunen ihrer Mutter einige ältere, aber noch schöne Tischdecken abgeluchst, dazu ein paar Vasen. Einiges von dem alten, schäbigen Besteck, diverse Uraltbecher und angeschlagene Teller hatte sie entsorgt und dann die Kollegen moralisch erpresst, ihr als Dank für ihre Serviceleistungen Geld für eine gescheite Besteck- und Geschirrausstattung zu geben. Den in einer Ecke der Küche hängenden, drei Jahre alten Kalender der Polizeigewerkschaft hatte sie als Erstes weggeschmissen und dafür bei einer der Wyker Buchhandlungen für den Preis eines Lächelns einen aktuellen Föhr-Landschaftskalender abgestaubt. Vorteilsnahme war das ja nicht, Kalender des laufenden Jahres wurde die Buchhandlung sowieso nicht mehr an zahlende Kunden los. Schließlich hatte sie das Schwarze Brett auf Vordermann – eher auf Vorderfrau, dachte sie wortspielerisch – gebracht, all die überholten Mitteilungen entsorgt oder aktualisiert.

Vor dem Zimmer der Kieler Kripokollegen blieb sie kurz stehen und horchte. Alles ruhig. Wahrscheinlich keiner da. Sie klopfte, drückte die Klinke herunter. Verschlossen. Nun gut, gab es eben keinen Kaffee für die Herren. Wahrscheinlich saßen die noch im Hafenhotel am Frühstückstisch. Vielleicht waren sie auch schon unterwegs, ermitteln. Ohne sie!

Ina stand wie geistesabwesend mit der Kaffeekanne in der Hand vor dem Schwarzen Brett auf dem Flur. »Nun, was gibt es da Interessantes?«, fragte der Chef mit leicht spöttischem Unterton. Sie hatte nicht bemerkt, wie er herangekommen war! »Gibt es noch etwas auszutauschen? Oder wollen Sie doch in den Bund Deutscher Kriminalbeamter eintreten?«

Mist! Wie lange hatte der Chef schon da gestanden und sie beobachtet? »Entschuldigung«, sagte sie lahm, »ich ... mir sind die Sachen von gestern noch durch den Kopf gegangen, die ... ja, als ich mit den Kriminalkommissaren unterwegs war.«

»Aha, man beobachtet, sortiert und kombiniert«, sagte Asmussen. Machte er sich über sie lustig? Aber das klang eigentlich nicht so. »Kommen Sie herein, erzählen Sie mir, was in Ihrem Kopf herumspukt!«

Sie! In sein Dienstzimmer! Erzählen! Was im Kopf herumspukt! Schock! Ina Meyer riss sich zusammen. Keep cool and lazy, Mädel, mahnte sie sich. Sie folgte ihm, stellte die Kaffeekanne vorsichtig auf den Tisch neben die dort liegende Zeitung, nahm am Schreibtisch Asmussen gegenüber Platz. Sie wollte die Beine übereinander schlagen, überlegte es sich dann aber anders und hielt mitten in der Bewegung inne. Unwillkürlich strich sie über ihre Haare.

»Möchten Sie auch einen Kaffee?«, fragte der Hauptkommissar und nahm die Kanne auf. Ina lehnte ab. Sie trank meistens Tee, und jetzt hatte sie gar keinen Durst. »Sie werden es mir nachsehen, dass ich mich aber bediene«, sagte der Chef lächelnd, goss sich seinen blauweißen großen Pott, auf dem die Schiffe der Feringer Inselreederei abgebildet waren, halb voll und füllte aus einer kleinen blauen Kanne Milch auf. Die Becher hatte Ina im Reedereigebäude erstanden.

»Nun«, fragte Asmussen, »was ist Ihnen besonders aufgefallen?« Die Polizeischülerin berichtete von der Vernehmung der Frau Siewering und ihrer Kinder, der Haushälterin und des Hafenmeisters im Yachthafen. Auch das Gespräch mit dessen Nichte gab sie wieder, berichtete von der Anmache Siewerings und einem Streit der Eheleute. Asmussen hörte aufmerksam zu. Sie gewann beim Reden immer mehr Sicherheit. Der Chef stellte keine Fragen, sah sie nur aufmerksam an, nickte hin und wieder. Sie endete mit der Schilderung der zufälligen Begegnung mit dem jungen Siewering am Deich. Den wahren Grund ihres Interesses an dem jungen Mann verschwieg sie. Das war ja auch nicht zielführend, wie Asmussen immer sagte.

Er forderte sie auf: »Beschreiben Sie doch bitte die äußere Erscheinung von Frau Siewering, relevante körperliche Merkmale, Kleidung und Schuhe, Sprache und sonstige Verhaltensmerkmale.«

Ina Meyer wunderte sich. War das eine Prüfung? Aber diese Aufgabe fiel ihr sehr leicht. Sie gab wieder, was sie gesehen hatte und was ihr an der Frau aufgefallen war. Sogar an abgebrochene Fingernägel und ein paar kleine Schrammen an den Händen und den Unterarmen konnte sie sich noch erinnern.

»Und was ziehen Sie für Schlüsse aus Ihren Beobachtungen?«, fragte er schließlich.

Ina Meyer zögerte, dann sagte sie: »Ich habe einfach zu wenig Informationen. Die Frau wurde ja betrogen und wusste das auch. Die sollten wir auf jeden Fall noch einmal aufsuchen. Interessanter finde ich aber den Streit, von dem der Hafenmeister erzählt hat. Der Petersen muss möglichst schnell befragt und überprüft werden. Auf dem Schiff könnte er Spuren hinterlassen haben.«

Asmussen unterbrach sie: »Die kriminaltechnische Untersuchung läuft noch. Aber bald haben wir mehr in der Hand.«

Ina fuhr fort: »Bei der Frau könnte Eifersucht oder Rache das Motiv sein. Oder Habgier, sie will alles erben. Das muss natürlich erst untersucht werden. Sie hat jedenfalls kein belastbares Alibi für die Nacht. Angeblich war sie in ihrem Bett, die Haushälterin ist viertel vor elf weg, und danach? Und dann: Abgebrochene Fingernägel und Schrammen, das passt, find ich, nicht zu der ansonsten perfekten Erscheinung. Natürlich gibt's da eine Menge möglicher Erklärungen, Gartenarbeit oder so. Obwohl ... so Leute arbeiten bestimmt nicht selbst im Garten. Ich finde die Frau komisch. Ihr Gehabe wirkt irgendwie künstlich, auf mich jedenfalls. Ich sage es Ihnen, mit der ist was nicht in Ordnung. Die ganze Familie ist sowieso äußerst merkwürdig. Alle so cool.«

Sie dachte einen kurzen Moment nach. »Vielleicht findet man ja noch was auf der Yacht? Ich frag mich nur, wie jemand im Dunkeln auf das Schiff und wieder an Land zurückgekommen sein soll. Man müsste klären, ob das möglich ist. Oder ob vielleicht schon im Hafen etwas passiert ist. Denn soweit wir bis jetzt wissen, hat niemand gesehen, dass die Siewerings noch lebten, als sie mit ihrem Schiff aus dem Yachthafen fuhren.«

»Sie haben Recht, das wird untersucht werden müssen«, stellte Asmussen anerkennend fest. »Sie haben sehr gut beobachtet, ich danke Ihnen. Halten Sie sich bereit, wir werden Sie heute sicher weiter für diesen Fall einsetzen.«

Ina Meyer spürte in einer Mischung aus Stolz und Ärger, wie sie jetzt richtig errötete. Sie! Fall! Einsetzen! Die Freude überwog, wenn auch ihre Reaktion gegenüber dem Chef nicht so richtig überzeugend ausfiel: »Ja, mach ich, Herr Hauptkommissar!« Er zog leicht seine linke Augenbraue hoch und schickte sie dann aus dem Zimmer. Die Kollegen hätten sicher gern auch einen Kaffee – aber keinen kalten ...

Fahndung veranlassen!

Punkt neun Uhr betraten Alexander Seyfried und Peter Kohlmann die Polizeistation. Sie baten gleich Asmussen zu sich. Nein, in der Nacht war nichts weiter passiert. Asmussen lenkte das Gespräch auf die am gestrigen Abend mit Peters und seinen Freunden diskutierten Ansätze.

»Sie haben ja wohl die Zeitung gelesen. Die Polizei steht ziemlich schlecht da. Ich werde mich auf keinen Fall von den Insulanern zum Deppen machen lassen. Also arbeiten Sie mit uns zusammen und finden Sie mir endlich diesen Petersen!«, schnaubte Seyfried. »So groß ist die Insel ja wohl nicht!« Asmussen verwies nüchtern darauf, dass er in der Frühe bereits zwei Kollegen zur Suche losgeschickt habe, Petersen aber keineswegs auf Föhr sein müsse.

»Dann geben Sie von mir aus eine Fahndung raus! Ich will diesen Mann so schnell wie möglich hier sehen! Der scheint mir eine Schlüsselfigur für diesen ganzen Fall zu sein«, forderte Seyfried. »Und forschen Sie weiter nach, wo der Engländer ist, der am 2. August noch auf dem Boot der Sieweriings gewesen ist. Außerdem will ich, dass Ihre Leute den ganzen Yachthafen umgraben« – was für ein Bild, dachte Asmussen wider Willen belustigt – »und Zeugen ermitteln für die Auseinandersetzung von dem Petersen mit den Siewerings und für das Auslaufen der Siewering-Yacht.«

Asmussen fragte, ob weitere Ermittlungen gegen die Ehefrau geplant seien. »Wir gehen dem routinemäßig nach«, antwortete Seyfried. »Hamburg hat zugesagt, die wirtschaftlichen und privaten Verhältnisse der Familie für uns etwas transparenter zu gestalten.«

»Wir haben einen Hinweis bekommen, dass Martin Siewering fremdging und seine Frau davon wusste«, sagte Asmussen.

»Wie kommen Sie jetzt auf einmal darauf?«, fauchte Seyfried. »Sie lassen mich zu ihr hinfahren, ohne mir das vorher mitzuteilen? Arbeiten Sie eigentlich für oder gegen mich? Das wird ein Nachspiel haben, wenn Sie keine gute Erklärung parat haben!«

Asmussen blieb ruhig. »Wir haben es erst gestern am späten Abend erfahren.«

»So so. Wer hat hier wann und wem diesen Hinweis gegeben?«, wollte Seyfried wissen.

Asmussen zögerte eine Sekunde, entschied sich dann für die Wahrheit. »POM Meyer hat gestern Abend, als sie den Aushang im Sportboothafen anbringen ließ, mit der Nichte des Hafenmeisters gesprochen. Dabei hat sich herausgestellt, dass ...«

Seyfried ließ Asmussen nicht ausreden. »Ich bin hier anscheinend von lauter kriminalistischen Naturtalenten umgeben. Ich will sie sehen, und zwar sofort. Ich glaub, es geht los. Und dann holen Sie mir diese Nichte!«

Asmussen war jetzt ebenfalls wütend. »Ich verbitte mir das!«, fuhr er den Kieler an. »Wir arbeiten nicht gegen Sie, das war ein reiner Zufall, ich habe es Ihnen eben mitgeteilt, was wollen Sie? Und lassen Sie die junge Kollegin da raus, die hat nur die Fähigkeit, Augen und Ohren offen zu halten, genau das, was Ihnen offenbar fehlt! Das macht Sie wohl fertig, dass Sie schon den zweiten Tag hier sind und immer noch nicht den Fall gelöst haben!«

Die beiden Männer waren aufgestanden und standen sich gegenüber. Viel fehlte nicht mehr bis zum Handgemenge, entschied Peter Kohlmann und mischte sich ein. »Das ist doch endlich mal ein konkreter Hinweis!«, freute er sich. »Ich hol sie her, dann kann sie uns das in aller Ruhe erzählen. Ist doch schön, dass die junge Frau mal über den Tellerrand schaut!«

Seyfried blickte ihn giftig an, sagte aber nichts. Der ältere Kollege hatte Recht.

Strandvormittag

Carl sah Renata zu, wie sie vergeblich versuchte, das Vorhängeschloss an ihrem Strandkorb zu öffnen. Da half nur rohe Mannes-, nein, besser Männerkraft. Oder man müsste schon wieder in der Kurverwaltung Bescheid sagen. Der Strandkorb befand sich am Utersumer Familienstrand, nur zwanzig Meter von der Holztreppe entfernt, die auf die Deichkrone führte. Direkt dahinter lag das Haus des Gastes mit der Kurverwaltung und dem Restaurant.

»Carl, könntest du mal?«, forderte sie ihren Mann auf.

Er ließ Sonnenschirm und Wolldecke einfach in den Sand fallen und stellte die beiden Stoffbeutel mit Büchern, Zeitung, Brötchendose, Thermoskanne mit Milchkaffee, Trinkbecher, Sonnenmilch und Badehose vorsichtig ab. Mit einem leisen Knirschen drehte sich der Schlüssel. »Wo rohe Kräfte sinnvoll walten, kann kein Sand den Schlüssel halten«, dichtete er triumphierend. Eine erste - nein, die zweite gute Tat an diesem herrlichen Urlaubsmorgen! Er hatte immerhin schon die Brötchen geholt und geschmiert. Weisungsgemäß drehte er den schweren Korb in die Sonne - noch war es nicht so warm, dass man Schatten brauchte. Die dritte gute Tat.

Er nahm Renatas Lob an und beobachtete sie bei ihrem täglichen Ritual: Die Neigung des Strandkorbes um eine Stufe nach hinten einstellen, den Sand herauswischen, das große Handtuch sorgfältig darin ausbreiten, das Extra-Strandkissen in die Ecke legen, die inzwischen abgelegte Kleidung im Beutel verstauen, diesen am Gitter in Sicht- und Griffweite aufhängen. Die Sonnenmilch in Reichweite stellen. Der Picknickkorb mit Obst, gekochten Eiern und Getränken stand im Schatten, gut. Den Badeanzug hatte sie schon in der Ferienwohnung angezogen und sich dort auch schon die erste schützende Schicht Sonnenmilch aufgetragen. Carl machte das immer erst am Strand, aber seine Haut war ja auch nicht ganz so empfindlich. Als sie überprüft hatte, dass alles perfekt arrangiert war, setzte sie sich endlich und griff nach der Frauenzeitschrift, die er ihr mitgebracht hatte.

Carl bohrte die Stange des Sonnenschirms neben dem Strandkorb in den Sand, klappte ihn aber vorläufig noch nicht auf. Die alte Wolldecke breitete er zu Renatas Füßen aus und warf sein Kissen darauf. Strandkörbe fand er seit jeher unbequem. Bis jetzt hatte er auch verhindern können, dass solch ein Möbel angeschafft wurde und ihre Terrasse verstellte. Aber Renata setzte auf den steten Tropfen, und er ahnte, dass der Stein eines Tages gehöhlt sein würde ... Er zog sich um, packte die Taschen aus, stopfte seine Kleidung hinein und ließ sich mit der Zeitung im Schneidersitz auf der Decke nieder, Rücken zur Sonne.

Renata las ihr Horoskop vor: Wassermann. Carl hörte nicht genau hin – von dem zusammenerfundenen, vermutlich computergenerierten Mist hielt er wenig. »Willst du auch deins hören?«, fragte sie ihn. Jungfrau. Carl brummelte etwas Undeutliches, sollte sie entscheiden. Sicherheitshalber verwies er darauf, dass die Horoskopeschreiber grundsätzlich nur Quark von sich gäben. Ein Erkenntnisgewinn stand nicht in Aussicht. Es galt ja: Je allgemeiner, desto zutreffender, haha! Oder Selffulfilling Prophecy. Natürlich. Steht es da so, mach ich es auch so. Oder ich bewerte das Geschehen so, dass es mir genau in den angelesenen Kram passt. Immer noch besser, als zugeben zu müssen, dass ich für meine Charaktereigenschaften und mein Tun im Wesentlichen selbst verantwortlich war.

Carl griff nach der Zeitung. »Hör mal!«, sagte er zu seiner Frau. »Es gibt schon wieder was über den Toten im Watt!« Er zeigte Renata die Titelseite, auf der in großen Lettern stand: »Rätsel um den Toten im Watt ungelöst – Polizei tappt im Dunkeln!« Er las vor, was Ekke Knudsen zum Fall zusammengetragen und zusammenspekuliert hatte. Im Wesentlichen war es für sie nichts Neues. Sie verfügten ja – anders als der gemeine Zeitungskonsument – über erstklassige Quellen. Der Journalist spekulierte vor allem über eine mögliche Verwicklung des offenbar verschwundenen Fährschiffkapitäns Jan-Willem Petersen in den Fall. Die Polizei kam nicht besonders gut weg, die beiden vom Festland herübergekommenen Kripobeamten hätten bisher nichts Relevantes ermitteln können. Der Journalist forderte die Leser sogar auf, sich bei der Zeitung zu melden, falls sie etwas über die Verschwundenen oder das Boot der Siewerings zu berichten hätten. Eine Kontakttelefonnummer war groß eingedruckt.

Das fanden Carl und Renata nun nicht besonders gut. Die Presse konnte doch nicht so einfach Aufgaben der Polizei übernehmen, als ob das ein Rätselspiel für Hobbydetektive wäre! Sie diskutierten eine Weile über die Medienlandschaft, über Notwendigkeiten und Grenzüberschreitungen des Fernsehens und der Printmedien. Carl kam relativ schnell auf sein derzeitiges Lieblingsthema: Die Medien mischten sich inzwischen massiv in die Tätigkeit der sozialen Organisationen ein. Sie gruben diesen teilweise sogar das Wasser ab, indem sie eigene Organisationen gründeten und Spendenaktionen starteten. Dank ihrer Macht konnten sie das in der Regel auch erfolgreich durchziehen. Die Transparenz blieb bei aller Berichterstattung über Beispiele erfolgreich geleisteter humanitärer Arbeit häufig auf der Strecke. Wo die Millionen blieben – Fragezeichen. Rechenschaftsberichte im Internet? Fehlanzeige. Bei dem angeblichen Skandal, der vor Kurzem eine große internationale Hilfsorganisation durcheinandergewirbelt und massive Spendeneinbrüche zulasten der Notleidenden verursacht hatte, hatten Medienvertreter natürlich ständig vehement Transparenz eingefordert.

Renata wusste, warum er sich so echauffierte. In ihrer Heimatstadt war er im Vorstand einer kleinen Organisation, die in Stadt und Landkreis soziale Einzelfallhilfe leistete. Die Aktionen der Medien sogen das finanzielle Engagement vieler potentieller Spender auf. Seine Organisation kam nun leider nicht in den Genuss der Gelder, die von der örtlichen Zeitung und den einschlägigen Dudelfunksendern eingesammelt wurden. Die flossen woanders hin. Pressemitteilungen über die Arbeit ihres kleinen Vereins brauchten sie gar nicht erst rauszuschicken, jedenfalls nicht in der Zeit, wo die Medien ihre eigenen Kampagnen fuhren – das heißt in der besten Spendenzeit.

Carl raffte sich auf. Er brauchte jetzt Bewegung. »Ich geh dann mal ans Wasser!«, teilte er Renata mit.

»Gut, ich bleibe hier!« Sie war vertieft in ihr Magazin mit Ausblicken auf die kommende Herbst- und Wintermode.

Jetzt, gegen halb elf Uhr morgens, war Niedrigwasser. Auf der weiten, inzwischen trockenen Sandfläche bis zum Wasser spielten zahlreiche Kinder, einige mit ihren Vätern oder Müttern. Andere, Jugendliche und Erwachsene, waren ein Stück hinausgeschwommen und tummelten sich nun auf den Sandbänken. Carl blieb am Ufer stehen und atmete die frische Seeluft tief ein. In diesem Moment patschte etwas Nasses unten an seinen Rücken. Er fuhr zusammen – ein kleiner Scherz von Renata? Die wollte doch am Strandkorb bleiben und ihre Sachen bewachen – und drehte sich um.

Die kleine Catherine war unbemerkt herangekommen und kicherte fröhlich. »Jetzt hab ich dich aber erschreckt, Matsche-Platsche-Mann!«, freute sie sich.

Carl ging auf ihr Spiel ein, bückte sich und nahm eine Handvoll nassen Sandes auf. »Warte mal, wie ich dich jetzt erschrecke, Matsche-Platsche-Kind!« Er täuschte vor, den Schlamm nach der Kleinen werfen zu wollen. Sie quietschte entzückt und rannte weg, auf ihre Mutter zu, die nur einige Meter entfernt am Ufer stand und lächelte. Verlegen ließ Carl den feuchten Sand fallen und wischte sich die Hände so gut es ging an den Oberschenkeln ab. Männer sind Kinder. Wieder erwischt!

Sie begrüßten sich und tauschten einige Floskeln über das schöne Wetter, das Meer, die Kinder aus, die hier am Strand so schön spielen konnten. Das Mädchen sah hinaus auf die Boote, die rechts vor ihnen an einem kleinen Holzsteg dümpelten, und fragte: »Mami, wann kann ich denn mit Grandpa Schiff fahren?«

»Darling, ich weiß es nicht genau. Grandpa hat leider wenig Zeit.«

»Aber er hat es gesagt!«, trotzte die Kleine.

»Ich frage ihn, wenn er wieder da ist.«

»Aber er ist doch jetzt da, und ich will mit ihm Schiff fahren!«, beharrte Catherine.

»Ich kann es dir einfach nicht sagen, Darling. Er ist wieder weggefahren und ich weiß nicht, wann er wiederkommt. Bestimmt bald, und dann kannst du mit ihm segeln.«

»Immer bald, immer bald, bald ist nie. Ich will nicht bald, ich will jetzt!«, setzte Catherine noch eins drauf.

»Weißt du was«, sagte ihre Mutter geduldig, »ich habe eine Idee. Wir fragen Papi, ob er nicht ein Boot mieten kann, und dann segeln wir drei zusammen. Wäre das nicht schön?«

Das Mädchen überlegte. »Ja, aber dann fahre ich mit Grandpa auch noch!«

»Ja, dann fährst du auch noch mit ihm. Versprochen!« Damit schien die Kleine nun endlich zufrieden zu sein und schloss sich einer Gruppe Kinder an, die direkt am Ufer eine große Sandburg bauten.

Caroline Schweiger trug einen knappen schwarzen Bikini, darüber eine offene weiße Bluse und einen breitkrempigen Strohhut. Vorsichtig straffte sich Carl - Franz Branntweins Training! - und zog dabei so gut es ging den Bauch ein. Ganz unauffällig! Die Hitzepickel auf den Schultern und Oberarmen waren auch nicht schön anzusehen. Er hätte das Hemd anlassen sollen. Aber da musste er jetzt durch!

Die Frau blickte ihn an - belustigt? Durch die Gläser ihrer Sonnenbrille konnte er ihre Augen leider nicht erkennen. Vielleicht half Selbstironie. »Ich wollte gerade schwimmen gehen«, sagte er zu ihr, »damit der Schreibtischtäter im Urlaub nicht noch mehr verfettet.« Dabei wies er auf seinen Speckansatz um die Hüften herum und kniff leicht hinein.

»Na ja, so schlimm ist es bei Ihnen noch nicht«, tröstete sie ihn. Ein durchsichtiges Manöver. Aber doch wohltuend. Sie hätte ja auch einfach zustimmen können. Er war sich seiner körperlichen Makel voll bewusst, wenn sie ihn auch nur selten störten. Man muss halt zu dem stehen, was man hat - oder nicht hat.

»Ist Ihr Vater auch auf Föhr?«, fragte er sie, an die kleine Szene mit ihrer Tochter anknüpfend. »Ja, kurz, aber er ist wohl mal wieder mit dem Segelboot unterwegs. Leider meldet er sich nie ab, und dann ... na, Sie sehen ja.«

»Ihre Tochter weiß jedenfalls, was sie will, und gibt sich nicht mit halben, sondern nur mit doppelten Erfolgen zufrieden. Ich sehe eine große Karriere voraus!« Caroline Schweiger lachte und Carl stimmte aufrichtig ein. Dem durchtriebenen kleinen Gör musste man einfach alles verzeihen.

»Darf ich Sie auch ein bisschen ausfragen?«, fragte er. »Wenn ich mich recht erinnere, habe vorgestern nur ich geredet. Wahrscheinlich wollte ich mich wichtig machen. Männlicher Reflex. Genauer gesagt: Balzverhalten, erste Stufe. Gefieder spreizen. Gestatten, mein Name ist Pfau! Ich bitte um Nachsicht! Aber ich konnte einfach nicht anders!«

Sie lachte. Diese Art von Situation kannte sie höchstwahrscheinlich zur Genüge. »Natürlich habe ich Sie durchschaut. Aber Sie haben meinen Ohrring gefunden. Dafür hätte ich noch viel mehr ertragen.« Carl bemühte sich, schuldbewusst dreinzublicken. »Aber ich dachte mir: Lass ihn ruhig. Und so furchtbar war es ja auch nicht. Ich bin gern mit interessanten Menschen zusammen, und ich muss auch nicht so viel reden. Catherine ist anders als ich. Das Mundwerk steht nicht still, den ganzen Tag.«

Carl pflichtete ihr bei. Wo nahmen die Kleinen nur die Energie her? Er hatte auch zwei Kinder, die nicht auf den Mund gefallen waren. Aber nun waren sie schon mehr oder weniger erwachsen. In der letzten Zeit wurden Renata und er sich zunehmend bewusst, dass sie sich eigentlich doch nach den früheren Zeiten zurücksehnten, wo die Kinder immer um sie herum gewesen waren und Fröhlichkeit verbreitet hatten. Heute war es viel stiller im Haus, manchmal zu still. Aber Oma und Opa wollten sie auch noch nicht sein.

Caroline setzte fort: »Ich bin hin und wieder wirklich ganz froh, dem zu entgehen, wenn ich in der Firma sein kann, natürlich wenn ich nicht gerade im Hafengebiet unterwegs sein muss.«

Carl hakte ein: »Was machen Sie eigentlich genau in Ihrer Firma?«

Sie erzählte ihm, dass sie in einer kleinen Hamburger Im- und Exportfirma beschäftigt sei, mit Schwerpunkt auf dem deutsch-britischen, aber grundsätzlich weltweiten Handel. Sie als gebürtige Engländerin hatte einen besonders guten Zugang zu den britischen Handelspartnern.

»Und früher?«

»Ich bin in Norwich geboren und habe da gelebt, bis meine Mutter gestorben ist, da war ich vierzehn. Meine Mutter war übrigens aus Deutschland.« Das erklärte einiges. »Mit meinem Vater bin ich dann nach London gezogen. Geschwister habe ich keine. In London und Hamburg habe ich studiert, Volkswirtschaft mit Schwerpunkt internationale Handelsbeziehungen. In Hamburg konnte ich bei einer Tante wohnen, das war eine schöne Zeit. Nach dem Studium habe ich sofort einen Job gekriegt, bei der Reederei Siewering in Hamburg. Da habe ich auch meinen Mann kennengelernt. Der war Mitarbeiter mit einer halben Stelle an der Uni und hat nebenbei für die Reederei die Firmengeschichte erarbeitet.«

Carl horchte auf. Bei der Reederei Siewering! Da konnten sie und ihr Mann sicher seinen Wissensschatz ergänzen. Er vergaß, zum Balzverhalten, Stufe zwei, überzugehen und fragte sie vorsichtig aus. Aber sehr ergiebig waren ihre Antworten nicht. Erst einmal erzählte sie, wie geschockt sie von dem Tod des alten Siewering sei, obwohl sie mit ihm persönlich kaum zu tun gehabt habe. Sie war erst in der Finanzverwaltung tätig gewesen, hatte sogar für kurze Zeit als Assistentin direkt mit dem Reedereichef – dem jüngeren Siewering – zusammengearbeitet. Dann aber hatte sie wegen ihrer Schwangerschaft aufhören müssen. Bei der Reederei hatte sie danach nicht mehr angefangen. Das Betriebsklima in der Reederei, zumindest in der Verwaltung, war durchaus in Ordnung gewesen. Über Querelen auf der Führungsebene wusste sie nichts, genauso wenig über das Privatleben der Siewerings. Mehr wollte sie dazu nicht sagen.

Vor einer Weile hatte sie sich dann auf verschiedene Stellen beworben und war gleich darauf von ihrer neuen Firma – »Channel Trans« – eingestellt worden. Von diesem Unternehmen hatte Carl noch nie etwas gehört. »Kein Wunder«, lachte sie, »wir sind auch nur zwölf Leute und arbeiten im Stillen. Das allerdings weltweit! Wenn Sie mich mal suchen, finden Sie mich eher im Containerhafen als an meinem Schreibtisch.« Immerhin, der stand in einer alten Villa in einer Nebenstraße der Hamburger Rothenbaumchaussee. Sie fühlte sich dort wohl, das war ihr deutlich anzumerken.

Sie unterhielten sich eine Weile über Catherine, die eifrig mit den anderen Kindern an der Burg baute, sie mit kleinen Muscheln verzierte, hohe Wellenbrecher aus Sand auftürmte und rundherum Abzugsgräben für das zu erwartende Wasser zog. Die nächste Flut kam bestimmt, da sollte das Festungswerk standhalten!

»Ich muss jetzt zurück, wir wollen gleich wieder los«, sagte Caroline Schweiger zu seinem Bedauern.

Würde man sich wiedersehen? Carl fasste sich ein Herz. »Haben Sie Lust, mit uns gemeinsam essen zu gehen? Wir kennen da in Utersum ein nettes Lokal, die *Ual Skinne*. Da kann man gemütlich sitzen, auch draußen, und das Essen ist trotz sehr guter Qualität nicht zu teuer.«

»Ich würde mich wirklich sehr freuen«, sagte sie. »An welchem Tag denn? Ich muss natürlich noch meinen Mann fragen.«

»Und ich meine Frau.« Sie sahen sich in die Augen, vielleicht ein wenig länger als nötig.

»Heute Abend?«, fragte sie leise. Der Wind blies ihr eine Strähne des rotblonden Haares über die Augen. Sie strich sie mit einer anmutigen Bewegung zur Seite.

Carl nickte. Sein Herz schlug unangemessen schnell. »Das wäre schön. Ihr Mann ist bestimmt einverstanden. Ich kann ihm noch gute Kontakte für seine Arbeit vermitteln. Die Kleine bringen Sie mit, wir könnten schon um sieben essen, und so lange muss es ja nicht dauern.«

Caroline Schweiger rief ihre Tochter zu sich, die sich nur zögernd von der »schweren Arbeit« lösen wollte. »Come on, little sweetheart, wir wollen sehen, was Daddy macht!«

So kann es nicht weitergehen

Stumm saßen sie sich am Küchentisch gegenüber. Er rührte in seinem Tee, blickte in die Tasse. »Hör zu und sieh mich an!«, brach sie schließlich das Schweigen. »So geht das nicht weiter. Du kannst nicht ewig hier bleiben. Du solltest dich bei der Polizei melden, und zwar gleich. Die suchen dich! Stell dich und bring das aus der Welt. Was passiert ist, ist passiert. Und vor allem musst du die alten Geschichten jetzt endlich ruhen lassen. Es bringt nichts, sich ewig weiterzuquälen, das ändert nichts.«

Er nickte stumm. Ja, ändern würde sich nichts. Schlimmer konnte es auch nicht mehr werden. »Ich denke, du hast Recht«, sagte er schließlich. »Ich mach mich auf den Weg. Mit dem Asmussen kann man reden. Und dann werden wir sehen.«

Er verließ das kleine schmucke Haus und ging hinüber zu seinem eigenen. Das Rad stand im Schuppen. Dann machte er sich auf den Weg, Richtung Wyk.

Ein Kapitän taucht wieder auf

Achim Lohns seufzte. Seit die Kieler hier ein- und ausgingen, war die Stimmung in der Station auf dem Nullpunkt. Und er saß mal wieder mehr oder weniger allein hier. Der Chef hatte die Tür zu seinem Dienstzimmer verschlossen, was extrem selten vorkam, desgleichen die Kieler. Im Vorbeigehen hörte er immer wieder mal die Stimmen der Kripoleute, die miteinander sprachen oder telefonierten. Die anderen Kollegen hatten entweder schichtfrei oder waren unterwegs. Eicken hatte mit dem jungen Wachter den Auftrag erhalten, den Petersen ausfindig zu machen. Nach einigen Telefonaten waren sie aufgebrochen, um sich hier und da umzuhören. Er hatte inzwischen die Fahndung herausgegeben.

Der Polizeiobermeister beschloss, sich der liegen gebliebenen Ablage zuzuwenden und sich nochmals den Schichtplan für den kommenden Monat vorzunehmen. Etwas Spannenderes lag aktuell nicht an. Alles ruhig auf der Insel.

In diesem Moment klingelte das Telefon. Er nahm den Hörer ab und meldete sich. Eine Frauenstimme. Sie hätte auf dem Marschweg neben der Straße Boldixum – Wyk den Jan-Willem Petersen auf dem Fahrrad gesehen, den würden sie doch suchen. Lohns fragte nach ihrem Namen. Aber sie hatte schon aufgelegt. Egal, er eilte mit der Neuigkeit zum Chef.

»Danke, Lohns. Informieren Sie bitte die Herren von der Kripo. Wir holen ihn uns.«

Lohns klopfte an die Tür der »SoKo Watt«, wie er den Raum insgeheim getauft hatte, und trat ein. Der jüngere der beiden, der Blonde, sah ihn missmutig an, mit hochgezogener Augenbraue. Der Ältere beschäftigte sich mit dem Computer, den sie dann doch hatten haben wollen, nachdem sie ihn zunächst abgelehnt hatten. »Was gibt es? Haben Sie den Petersen?«, fragte der Kripokommissar unfreundlich.

»Wir haben soeben einen Anruf erhalten, dass Jan-Willem Petersen gerade ganz hier in der Nähe gesehen worden sei. Möglicherweise ist er auf dem Weg hierher«, antwortete Lohns gelassen und in dem schleppenden Ton, der schon seine Mutter vor Jahrzehnten bis zur Weißglut gereizt hatte.

»Ja, und jetzt wollen Sie gemütlich warten, bis er hier eintrifft, oder was?«, bellte der Blonde. »Schauen Sie gefälligst zu, dass Sie den Mann abfangen, nicht dass er Ihnen wieder entwischt. Dann gleich zu mir!«

»Selbstverständlich, Herr Hauptkommissar«, Lohns nickte, »wenngleich ich festhalten darf, dass er uns nicht entwischt sein kann, weil er uns nicht weggelaufen ist!« Mit dieser spezifischen Logik hatte er schon vor Jahrzehnten seine Lehrer auf die Palme gebracht. Entsprechend fiel auch jetzt die Reaktion aus. Lohns verließ schnell das Zimmer. Auf dem Flur erlaubte er sich ein kleines, nur ein ganz, ganz kleines Lächeln.

Er wollte gerade hinausgehen, da klingelte es an der Tür der Station. Lohns bat den Mann, einen nachlässig gekleideten Sechzigjährigen mit vollem, etwas wirrem grauen Haar, herein. Er kannte ihn. Auf der Insel kannte ihn so gut wie jeder.

»Guundach. Ik hiitj Jan-Willem Petersen«, knurrte er undeutlich, fuhr dann aber betont förmlich auf Hochdeutsch fort: »Ich habe gehört, dass die Polizei mit mir sprechen will.«

»Wir erwarten Sie schon. Einen Moment, bitte. Ich bringe Sie zu den Herren von der Kriminalpolizei.«

»Ich will Asmussen sprechen«, forderte Petersen.

Bevor Lohns überhaupt darauf eingehen konnte, stand schon der ältere Kieler Kollege auf dem Flur. »Mein Name ist Peter Kohlmann, Kriminaloberkommissar. Sie sind sicher Herr Petersen. Sie sprechen mit uns. Kommen Sie doch bitte.«

Kohlmann betrat mit Petersen das Zimmer, in dem Hauptkommissar Seyfried immer noch an seinem Schreibtisch saß, vertieft in irgendwelche ausgedruckten Papiere. Er erhob sich und ging ihnen ein Stück entgegen. »Alexander Seyfried, Kriminalhauptkommissar. Sie sind Herr Jan-Willem Petersen?« Dieser nickte nur. »Wir haben einige Fragen an Sie, Herr Petersen. Nehmen Sie bitte Platz.« Er wies auf einen der vier Stühle an dem kleinen runden Tisch, der ihnen zu Besprechungszwecken diente. »Holen Sie Asmussen«, wies er Lohns an, der noch an der Tür stand. Der nickte und kam gleich darauf mit seinem Chef zurück. »Bitte?!« forderte Seyfried ihn auf. Lohns verstand und schloss die Tür von außen.

Unergiebig

Sie setzten sich. Kohlmann nahm die Personalien des Kapitäns auf, dann sagte Seyfried unvermittelt: »Wir haben Grund zu der Annahme, dass Sie etwas über den Tod von Hermann Siewering wissen. Wo waren Sie am Abend des 2. August und in der Nacht vom 2. auf den 3. August?«

Petersen schaute den Beamten ruhig an, dann sagte er: »Das geht Sie eigentlich nichts an. Ich habe mit dem Tod des Mannes nichts zu tun, gar nichts.«

»Beantworten Sie meine Frage!«, forderte Seyfried erneut, in scharfem Ton.

»Das wird Ihnen nicht allzu viel nützen«, stellte Petersen fest, äußerlich immer noch gelassen. Sein Blick blieb auf den Tisch vor sich gerichtet. »Ich bin an dem Tag am frühen Abend mit meinem Motorboot rausgefahren. Das mache ich öfter. Dafür gibt es jede Menge Zeugen. In der Nacht bin ich am Anleger bei Utersum angekommen. Von da bin ich nach Hause gegangen, in Utersum. Ich nehme öfter das Boot, um nach Wyk zu kommen. Wenn die Gezeiten das gerade zulassen. Und das ist alles.«

»So, das ist also alles«, wiederholte Seyfried spöttisch. »Ich bin da ganz anderer Meinung. Erzählen Sie uns doch bitte, Herr Petersen, warum Sie am 2. August gegen achtzehn Uhr auf der Yacht der Familie Siewering waren und worum es in Ihrem Streit mit Hermann Siewering ging. Und lassen Sie nichts aus. Uhrzeit und Tatsache der Auseinandersetzung sind bekannt und bezeugt. Also bitte!«

Petersen hob den Kopf, sah den Kommissar an. »Den Streit hat's gegeben. Aber der hat mit dem Tod des Mannes nichts zu tun. Ich sag's Ihnen trotzdem. Mein Boot lag neben seinem. Er hat mich beleidigt. Der Mann war nichts anderes als ein arrogantes Arschloch, tut mir leid. Und weil Sie das ja sowieso bald wissen werden: Seine Yacht, das war mal mehr oder weniger meine. Besser gesagt, sie gehörte meinem Schwiegervater, der sie meiner Frau und mir überlassen hatte und vererben wollte. Ist allerdings schon ziemlich lange her. Siewering hat in den siebziger Jahren Reederei und Schiffbaubetrieb meines Schwiegervaters übernommen, und dazu gehörte auch die Yacht. Die hatte mein Schwiegervater noch selbst gebaut.«

Asmussen sah ihn an. Hier deutete sich ein Motiv an. Petersen musste sich seiner Sache sicher sein, wenn er das von sich aus verriet.

Seyfried hatte das natürlich erkannt. »Sieh einer an. Da hätten Sie doch ein erstklassiges Motiv, sich an dem Mann zu rächen. Wie wäre es damit: Er hat Ihnen, Ihrer Familie quasi Ihr Eigentum weggenommen, vielleicht auch noch den Stolz. Dann liegt die schöne alte Yacht direkt neben Ihrer kleinen, schäbigen Nuckelpinne. Im Grunde ist das ja Ihr Schiff, so empfinden Sie. Ein Anblick, den Sie nicht ertragen können, weil er Ihnen Ihr eigenes klägliches Dasein ständig vor Augen führt. Der erfolgreiche Reeder ist Ihnen entsprechend verhasst. Sie streiten miteinander, ziemlich heftig, und wahrscheinlich nicht zum ersten Mal. Das werden wir überprüfen, verlassen Sie sich darauf! Vielleicht werden Sie provoziert, immer wieder. Irgendwann muss Ihnen der Kragen platzen. Und irgendwann, das ist der 2. August! Der Sohn mischt sich auch noch ein. Sie werden von der Yacht geworfen, gedemütigt, lächerlich gemacht. Und noch eines. Sie wissen, dass die Reederei Siewering in Übernahmeverhandlungen mit Ihrem Arbeitgeber steht. Das heißt, Sie werden demnächst Angestellter der Siewerings sein und wahrscheinlich als Erster entlassen, so wie Sie sich ihnen gegenüber verhalten haben. Also handeln Sie! Es gibt schlechtere Motive als Ihres, dem Mann und vielleicht auch noch seinem Sohn den Tod zu wünschen oder ihn selbst herbeizuführen.«

Asmussen stimmte innerlich zu. Zumal Petersen als notorischer, unbeherrschter Streithansel galt.

»Quatsch, totaler Blödsinn«, fuhr Petersen auf. »Glauben Sie, dass ich mich ernsthaft über diesen Freizeitskipper aufregen könnte? Der kriegt ... der kriegte nicht mal ein sauberes Anlegemanöver hin, vielleicht schauen Sie sich mal die Yacht an. Reparaturstellen die Menge, wo der feine Herr oder sein Sohn, auch nicht besser, mal wieder am Kai entlanggeschrammt sind. Darüber könnte ich mich aufregen. Darüber würde sich jeder Seemann aufregen. Und darum ging es auch in dem Streit. Und Ihr wunderbares Motiv, das können Sie gleich vergessen. Bevor ein Siewering mein Chef wird, schmeiß ich den Bettel hin. Die brauchen mir nicht zu kündigen. Ich bin schneller weg, als Sie *Papp* sagen können. Ich hab genug gespart, um in den Ruhestand zu gehen. Wenn das nicht reicht, fahr ich eben noch Container oder mach den Wattführer.«

Kohlmann mischte sich ein, mit geübter sanfter Stimme. »Erklären Sie uns doch bitte, worum genau es in der Auseinandersetzung ging. Damit wir es besser verstehen.«

Petersen beruhigte sich, fuhr fort: »Also, Siewering war an Deck. Der hat wohl gesehen, dass ich auf meinem Boot zugange war. Er hat rübergerufen und sich über mein Boot lustig gemacht. Nun, es ist ein kleines Boot, nichts Besonderes. Aber es tut seinen Dienst, genauso wie all die Luxuskähne, die da sonst noch liegen. Ich habe ihn nur aufgefordert, erst mal zu lernen, wie man ohne Schaden für sich und die Umwelt sauber anlegt. Dann ergab ein Wort das andere. Ich kann mich nicht erinnern, worum es im Einzelnen ging. Fragen Sie doch Ihren Zeugen, vielleicht weiß der das besser! Um Seemannschaft ging's. Irgendwann hatte ich die Nase voll und bin zu ihm rüber. Man muss sich nicht alles gefallen lassen, nur weil einer mehr Geld hat. Ich muss zugeben, dass ich nicht übel Lust hatte, ihm eine Lektion im Hafenschwimmen zu erteilen. Aber natürlich hätte ich das nie gemacht. Das war ja nur ein alter Mann. Hätt ich vielleicht doch tun sollen. Vielleicht wär er dann im Hafen geblieben und hätt sich den Ausflug erspart, von dem er nicht wiedergekommen ist.«

»Bevor wir darüber sprechen«, sagte Seyfried, »würde ich gern wissen, wie Sie die Familie Siewering wahrgenommen haben.«

Petersen ließ sich nicht lange bitten. »Hermann Siewering? Das war ein alter verbitterter Mann, der nicht ertragen konnte, dass er in der Firma nicht mehr die Nummer eins war. Das pfeifen die Spatzen von den Dächern! Dem Sohn hat er die Geschäftsführung übergeben, und seitdem hatte er wohl Langeweile. Nichts mehr zu sagen hatte er, der alte Siewering, der große Reeder und Mann von Welt! Die Frau war ja auch tot. Das war übrigens eine ganz feine Dame, wirklich. Also vom Charakter her, meine ich. Nicht so überspönsch, wie die Hamburger sagen. Langeweile, Frust und Hochmut hat er an anderen abreagiert. Übrigens auch an seinem Sohn, ich hab mehr als einmal mitgekriegt, wie die sich gestritten haben. Nehmen Sie sich den Sohn vor, der wird Ihnen vielleicht mehr erzählen. Der Sohn kam zu unserem Streit dazu und das war's dann. Mit dem Sohn hatte ich nie was zu schaffen, man kannte sich ja kaum. Ich bin auf mein Boot zurück und bin rausgefahren. Mehr weiß ich dazu nicht.«

Asmussen mischte sich ein. »Martin Siewering, der Sohn von Hermann Siewering, ist seit dem Abend des 2. August vermisst. Sie sind derjenige, der allem Anschein nach diese beiden Männer zuletzt gesehen hat. Was haben Sie dazu zu sagen?«

»Als ich den Hafen verlassen habe, waren beide noch am Leben. Mehr kann ich dazu nicht sagen. Haben Sie denn überhaupt schon mal daran gedacht, wie viele Feinde die sich gemacht haben in all den Jahren? Der Vater hat nach dem Krieg mit nichts in der Tasche angefangen. Aber er hatte mächtige Freunde im Ausland, die haben ihm den Start erleichtert. Dann hat er expandiert, immer auf Kosten anderer. So ist er groß geworden. Der Sohn war auch nicht besser. Schauen Sie doch, was der mit den kleineren Reedereien hier macht. Schluckt eine nach der anderen, Arbeitsplätze gehen hops, den feinen Herren ist das egal. Hauptsache, die Kasse stimmt. Für die könnte ich jedenfalls nicht arbeiten. Nur die Kollegen tun mir leid.«

»Hermann Siewering ist eines natürlichen Todes gestorben«, intervenierte Asmussen. »Wir fragen uns allerdings, warum jemand ihm das Wort MÖRDER in die Brust geschnitten hat und ...«

Seyfried unterbrach ihn: »Haben Sie eigentlich ein Messer, Herr Petersen?«

Petersen lachte verächtlich. »Ich habe nicht ein Messer, Herr Kommissar ...«

»Hauptkommissar, bitte!«, unterbrach ihn Seyfried.

»Hauptkommissar, wenn es denn sein muss, bitte sehr«, fuhr Petersen genauso verächtlich fort. »Ich habe nicht ein Messer, sondern Dutzende. Hier ist auch eines. Können Sie gleich untersuchen lassen.« Er zog ein Taschenmesser mit abgewetztem Griff heraus und knallte es auf den Tisch. »Vielleicht darf ich Sie noch in meine Werkstatt und in meine Küche einladen? Vielleicht finden Sie da, was Sie brauchen?«

Seyfried fuhr ihn an: »Da Sie darauf bestehen, werden wir uns gern alles ansehen! Mit dem Ding hier fangen wir an! Glauben Sie mir: Wenn es das oder ein anderes Ihrer Messer war, dann werden wir das auch feststellen.« Er blickte zu Kohlmann hinüber, der nickte und das Messer an sich nahm. »Ansonsten verbitte ich mir das! Wir ermitteln in einer sehr ernsten Angelegenheit. Ein Mann stirbt einen rätselhaften, vielleicht doch nicht so natürlichen Tod. Ein anderer ist vermisst, möglicherweise ebenfalls tot. Wir wissen, dass Sie da irgendwie drinstecken, das muss Ihnen doch klar sein. Wie, das finden wir heraus, das verspreche ich Ihnen! Am liebsten würde ich Sie gleich hierbehalten, vielleicht sehen Sie Ihre Situation dann ein wenig realistischer.«

Petersen zuckte spöttisch mit den Achseln. »Bitte sehr. Aber Sie haben nichts, gar nichts in der Hand, außer einem kleinen harmlosen Streit, einer uralten Geschichte und jeder Menge willkürlicher Spekulationen.« Seine Stimme wurde immer lauter. »Behalten Sie mich hier, rufen Sie am besten auch die Reederei an, dass ich bis auf Weiteres leider nicht kommen kann. Sie werden dann den Schaden durch meinen Ausfall zu übernehmen haben. Mir ist das doch gleich.«

Kohlmann räusperte sich. »Herr Petersen, regen Sie sich bitte nicht auf. Wir haben keineswegs die Absicht, Sie hierzubehalten. Aber beantworten Sie bitte sachlich unsere Fragen.« Petersen nickte ihm stumm zu. »Ich komme noch mal zurück auf den Nachmittag beziehungsweise den frühen Abend des 2. im Yachthafen. Bevor Sie den Streit mit Hermann Siewering hatten, ist Ihnen da etwas aufgefallen? Haben Sie vielleicht noch andere Personen an Bord der Yacht gesehen?«

Der Fährkapitän schien nachzudenken. Dann sagte er: »Also, ich war gegen fünf auf meinem Boot und hab da die Ruderanlage überprüft. Die wurde erst vor Kurzem instand gesetzt. Alles einwandfrei. Als ich ankam, war niemand auf der Yacht zu sehen. Unter Deck bekomme ich natürlich nicht mit, was auf dem Nachbarboot los ist. Ich hätte ja durchs Bullauge gucken können, aber wozu? Um die Bordwand anzustarren?« Er dachte nach. »Warten Sie. Irgendwann war da doch einer, den ich nicht kannte. So mittelalt, rote Haare, eher kräftige Figur. Wahrscheinlich einer von den Seglern, was weiß ich. Der verließ die Yacht und ist auf dem Steg an mir vorbei, Richtung Hafenbüro und Ausgang. Erst danach, vielleicht zehn Minuten später kam der alte Siewering an Deck und fing Streit an. Ja, und dann habe ich noch den Tadsen gesehen, der da irgendwo rumpütscherte. Ach, das wird wohl Ihr Zeuge sein.«

Kohlmann bat ihn, den Mann näher zu beschreiben. Doch Petersen konnte sich nur noch an eine weiße kurze Hose, weiße Sportschuhe und ein weißes T-Shirt erinnern. Mehr war aus ihm nicht herauszukriegen.

Seyfried hatte offenbar genug. »Wissen Sie, Herr Petersen, diese ganze Geschichte ist mir einfach zu glatt. Sie streiten sich ein bisschen, fahren weg und dann wissen Sie nichts mehr. Ich kann mir denken, dass das ganz anders war. Es kommt wieder einmal zu einer heftigen Auseinandersetzung, in deren Verlauf Siewering Sie zum wiederholten Mal beleidigt. Ja, und dann steht ihr Entschluss fest. Sie werden sich endgültig rächen und gleich auch noch die Übernahme der Reederei verhindern! Die Chancen stehen günstig, die Gezeiten spielen mit. Nachts fahren Sie raus zu dem Boot, um den Siewering und seinen Sohn umzubringen. Niemand ist mit den Gewässern hier besser vertraut als Sie. Sie wollen das Ganze natürlich wie einen Unfall aussehen lassen. Sie betreten das Boot, stoßen Martin Siewering bei einem Kampf von Bord. War es so, Herr Petersen? Oder was haben Sie sonst mit ihm gemacht? Ich vermute mal, er ist in der starken Strömung abgetrieben und ertrunken, wenn Sie ihn nicht schon vorher getötet haben. Bis jetzt wurde er noch nicht gefunden, aber das ist nur eine Frage der Zeit. Und dann werden wir seine Leiche sehr genau auf Kampfspuren untersuchen, das können Sie mir glauben. Der alte Siewering war entweder schon tot oder er erlitt während des Kampfes einen

Herzinfarkt. Sie schneiden ihm MÖRDER in die Brust und werfen ihn über Bord. Die Yacht lassen Sie abtreiben. War es so? Und warum das mit dem MÖRDER?« Seyfrieds Stimme war schneidend geworden.

Petersen hatte zugehört, äußerlich gleichmütig. »Sie haben eine rege Phantasie, Herr Kommissar!«

»Hauptkommissar!«

»Ja, von mir aus auch Hauptkommissar. Das ändert aber nichts an dem Quatsch, den Sie hier ausbreiten. Dazu sage ich jetzt auch nichts mehr. Sie haben alles erfahren.«

»Ich wiederhole: Wo waren Sie in der Nacht vom 2. auf den 3. August, Herr Petersen? Haben Sie Zeugen, dass Sie Ihr Haus am Abend nicht mehr verlassen haben?«

»Bedaure, Herr ... Hauptkommissar. Ich habe mir für den Abend und die Nacht keine Zeugen zurechtgelegt. Vielleicht finden Sie ja jemanden, der mich gesehen haben will, wie ich rausgefahren sein soll. Dann können Sie wiederkommen und Ihre Fragen noch mal stellen.«

»Glauben Sie mir, wir werden alle Ihre Angaben sorgfältigst überprüfen«, beendete Seyfried die Vernehmung. »Und wenn auch nur eine Kleinigkeit nicht stimmen sollte, dann haben Sie ein Problem, ein gewaltiges Problem. Zum jetzigen Zeitpunkt besteht ein Anfangsverdacht gegen Sie, mit dem Tod von Hermann Siewering und dem Verschwinden von Martin Siewering in Verbindung zu stehen. Die Untersuchung des Schiffs wird das in Kürze zu Tage fördern. Sie werden uns deshalb erstens Ihre Fingerabdrücke dalassen. Das macht der Kollege von der Station« – Asmussen nickte – »und zweitens werden Sie die Insel Föhr nicht verlassen. Sie können Ihren Fährdienst machen, aber Sie haben keine Erlaubnis, das Festland zu betreten. Haben Sie noch etwas zu ergänzen?«

Jan-Willem Petersen zögerte. Asmussen sah ihn an. In dem Mann arbeitete etwas. Aber es kam nichts. »Nein«, sagte er stattdessen. »War's das nun?«

»Bitte sehr«, antwortete Seyfried und erhob sich. »Sie können gehen.«

Petersen stand auf, begleitet von Kohlmann verließ er den Raum. Achim Lohns nahm ihm auf Anweisung des Kielers die Fingerabdrücke ab. Dann verließ der Fährkapitän die Polizeistation. Asmussen sah ihn ein Fahrrad besteigen und gemächlich davonradeln. Die Sonne schien, ein leichter Wind wehte. Es war warm, richtig angenehm, nicht zu heiß. Das große Thermometer an der Hauswand, eine Spende der örtlichen Sparkasse, zeigte 23 Grad an. Optimales Urlauberwetter. Im Hafen legte gerade ein Schiff der Feringer Inselreederei ab. Eigentlich ein sehr schöner Tag ...

Das Familiengrab

Renata blickte über das Land. Der Blick von der grasbewachsenen Wallanlage der historischen Lembecksburg war einmalig, ein großer Teil der Insel lag zu ihren Füßen. Es war doch gut, dass sie sich noch mal zu der Radtour aufgerafft hatte! Jetzt gegen vier Uhr war es nicht mehr ganz so heiß. Carl hatte jetzt gerade seinen nächsten Termin bei Franz Branntwein, so war sie halt allein losgefahren, zunächst bis Borgsum, dann weiter zur Burg. Von hier aus wollte sie zur Kirche St. Laurentii in Süderende, den Friedhof mit den historischen Grabsteinen hatte sie noch nicht gesehen. Vielleicht von da noch mal nach Oldsum, zur Kucheninspektion im Apfelgarten.

Sie setzte sich ins Gras und las in ihrem Reiseführer, was dort über die Lembecksburg stand. Erstaunlich, man hatte bei Grabungen Scherben und Gefäße gefunden, die darauf deuteten, dass die Burg von den Wikingern gegründet worden war. Ihren Namen hatte sie dann aber von dem Ritter Klaus Lembeck erhalten. Der dänische König hatte ihn zum Lehnsherrn der Insel ernannt - ja, die Insel gehörte einst zu Dänemark, Renata hatte es schon wieder vergessen. Eine grobe Fehlentscheidung im Übrigen. Der Herr Lembeck entpuppte sich als wahrer Tyrann. Nur gut, dass der König ihn wieder vertrieben hatte. Glückliches Föhr!

Renata stieg den Wall hinab - sieben Meter, sie war nun bestens informiert -, ging über die Wiese und schloss ihr Rad auf. Bis St. Laurentii im Nordwesten war es nicht sehr weit. In der Kirche war sie allein. Nachdenklich betrachtete sie den Grabstein des »glücklichen Matthias«: Matz Petersen, ein außergewöhnlich erfolgreicher Walfangkommandeur, der für den Tod von 373 Walen verantwortlich war. So hatten sich die Zeiten geändert. Früher ehrte man die Fänger der Wale, heute schützte man die Wale vor den Fängern.

Sie ging wieder hinaus, betrat den Friedhof, ging durch die Reihen. Jeder Grabstein erzählte seine Geschichte, mal mehr, mal weniger ausführlich. Von frühem Tod, von hartem Leben auf See, von gemeinsamem Altwerden. Ganz am Rand entdeckte Renata schließlich einen großen grauen Stein mit goldfarbener Inschrift. Das Grab war mustergültig gepflegt, ein großer frischer Blumenstrauß stand in einer schweren Vase - keiner der üblichen, billigen grünen Friedhofsvasen - neben dem Stein. Auf dem Grabstein stand:

Helma Petersen
meine über alles geliebte Frau
** 10.7.1948 † 27.12.1977*

Maren Petersen
mein kleiner süßer Schatz
** 3.8.1973 † 27.12.1977*

Ruhet in Frieden

Renata schluckte und blinzelte die aufkommenden Tränen weg. Eine junge Mutter und ihr kleines Mädchen waren am selben Tag gestorben. Sicher ein tragischer Unfall. Petersen ... war das nicht der Name des Fährkapitäns, der gesucht wurde?

Sie haben ihn gefunden!

Er legte den Hörer auf und drehte sich zu ihr um. »Das war Menno. Auf Hooge haben sie gerade den Siewering gefunden. Martin Siewering. Den Sohn. Tot. Wahrscheinlich ertrunken. Die Polizei wird es bald wissen.«

Sie wandte sich ab, ging zum Fenster, starrte blicklos hinaus. »Das wird es jetzt sehr schwer machen«, sagte sie schließlich. »Wir müssen irgendwas tun. Sonst gibt es ein Unglück. Rufst du ihn an?«

Der Mann wählte eine Nummer, berichtete von dem Fund der Leiche auf Hooge. Nach ein paar Tagen angeschwemmt, genau wie damals. Schließlich legte er auf. »Hoffnungslos«, stellte er fest. »Er lässt nicht mit sich reden. Ich frage mich, wie er da wieder rauskommen will. Ob er uns überhaupt alles gesagt hat?«

»Spinnst du?«, fuhr sie ihn an. »Er hat es nicht getan. Niemals hat er das getan. Du kennst ihn doch!«

»Ja, ich kenne ihn, genauso lange wie du übrigens. Und du hättest feststellen können, so wie ich, dass er sich in der letzten Zeit verändert hat. Er war immer abwesender. Irgendwas ist in ihm vorgegangen. Und vielleicht war es ja wirklich nicht ganz so, wie er uns erzählt hat.«

Das reichte ihr. Wütend verließ sie den Raum, knallte die Tür hinter sich zu. Im Garten gab es immer etwas zu tun.

Erneut die Ehefrau

Asmussen und Seyfried stiegen aus. In der Nachmittagssonne bot die reetgedeckte Villa der Siewerings einen schönen Anblick. Glücklich konnte sich der schätzen, der hier wohnen durfte. Aber sie waren gekommen, um eine Botschaft zu überbringen, die das Glück dieser Familie endgültig zerstören würde.

Oberkommissar Kohlmann war in der Polizeistation geblieben, um weitere Computerrecherchen anzustellen. Außerdem warteten sie auf einen Anruf der SoKo-Leitung, die regelmäßig den Stand der Ermittlungen abfragte. So hatte Seyfried sichtlich widerstrebend Asmussen mitgenommen.

Die Haushälterin öffnete ihnen die Tür. Der Anblick der beiden Polizisten mit ihren ernsten Mienen genügte. Sie schlug die Hände vor das Gesicht und begann zu weinen. »Es tut uns leid, Frau Iversen«, versuchte Asmussen zu beruhigen. »Auch Martin Siewering wurde tot aufgefunden. Wir müssen mit seiner Frau sprechen.« Die Haushälterin nickte und wischte sich die Tränen ab. Dann führte sie die beiden Beamten in das Wohnzimmer und bat sie, hier zu warten.

Wenig später erschien Helen Siewering. Sie trug ein schwarzes knielanges, hochgeschlossenes Kleid und schwarze Pumps, war ungeschminkt und sehr blass. Unter anderen Umständen hätte Asmussen sie schön gefunden, auch wenn ihre Gesichtszüge ein wenig hart wirkten.

Seyfried ergriff nach der Begrüßung sofort das Wort. »Frau Siewering, wir müssen Ihnen die traurige Mitteilung machen, dass Ihr Mann tot aufgefunden wurde. Heute Nachmittag haben ihn Bewohner der Hallig Hooge am Ufer gefunden. Seine Identität steht an sich fest, aber dennoch möchte ich Sie bitten, mich nach Husum zu begleiten, damit wir ihn zweifelsfrei identifizieren können.« Das war sachlich, ohne Schnörkel zur Sache. Völlig mitleidlos, fand Asmussen.

Aber auch Helen Siewering zeigte keine großen Emotionen, sie nickte nur leicht.

»So wie es aussieht, ist er ertrunken«, fuhr Seyfried fort. »Wir haben ihn geborgen und zur Untersuchung nach Husum gebracht. Die genaue Todesursache werden wir sehr bald feststellen beziehungsweise bestätigen können. Ich darf Ihnen mein tief empfundenes Beileid ausdrücken.«

Helen Siewering blieb reglos in ihrer Ecke der Couch sitzen, sah vor sich hin. »Was soll ich jetzt machen«, sagte sie schließlich leise, »was soll ich nur machen?«

Asmussen machte einen vorsichtigen Versuch, ihr Trost zuzusprechen. »Es werden sich auch in dieser schweren Zeit Menschen finden, die Ihnen zur Seite stehen. Sie werden sehen, dass Sie nicht allein sind. Gerade in diesen Stunden und Tagen werden Sie erkennen, wer Ihre Freunde sind und dass Sie sich auf sie fest verlassen dürfen.«

Sie reagierte anders, als sie erwartet hatten. »Freunde!«, sagte sie fast verächtlich. »In unseren Kreisen hat man nicht viele Freunde, darauf können Sie sich verlassen. Und jetzt werden die Hyänen anfangen, um unsere Firma herumzuschleichen, um zu sehen, wie sie sich die besten Stücke einverleiben können. Martin ist tot, und sein Vater auch. Die beiden wussten immer alles. Ich aber weiß nichts. Ich bin völlig hilflos, ich habe keinerlei Ahnung von dem Reedereigeschäft.«

»Wie kannst du jetzt an das Geschäft denken und darüber reden!«, kam die erregte Stimme einer jungen Frau – der Stieftochter, wie Asmussen wusste – von der Tür. Neben sie trat nun ein junger Mann, der Bruder; ihre Gesichter waren aschfahl.

Helen Siewering stand auf, ging zu der jungen Frau, wollte sie offenbar in den Arm nehmen. Aber sie wehrte sich, stieß ihre Stiefmutter heftig von sich und lief weinend fort. Der junge Mann blieb, wie versteinert, mit verschränkten Armen. Er fixierte seine Stiefmutter mit kaltem, starrem Blick. Helen Siewering sah ihm in die Augen, wandte sich schließlich ab und kam zu den Polizeibeamten zurück. Dann verließ er den Raum, ohne noch etwas zu sagen.

»Bitte entschuldigen Sie diese kleine Szene«, sagte sie zu Asmussen und Seyfried. »Sie stehen unter Schock, genau wie ich.

Wir haben zwar schon unter dieser Angst gelebt, aber nun ... aber nun ist es Realität geworden.« Sie setzte sich wieder und sah auf ihre Hände.

»Darauf kann man sich nicht vorbereiten«, sagte Asmussen, »so eine Reaktion ist völlig natürlich.«

»Ja, sicher.« Ihre Stimme klang schwach.

Seyfried ergriff wieder das Wort. »Frau Siewering, wir begreifen Ihren Schmerz. Aber wir müssen die Todesumstände zügig klären. Und wir haben jetzt einige Fragen, die zur Lösung beider Fälle beitragen können. Das lässt sich leider nicht verschieben.«

»Bitte, fragen Sie. Ob nun heute oder morgen oder in einem Jahr, was macht das für einen Unterschied? Meinen Mann bringt mir das nicht zurück.«

Seyfried stellte einige Fragen zu den Besitzverhältnissen der Reederei und zur Regelung der Firmennachfolge im Testament. Sie konnte das nur unzureichend beantworten und verwies auf den Anwalt der Familie, einen bekannten Hamburger Notar. Sie ging davon aus, dass sie und die Kinder gleiche Anteile erben, aber zunächst mit Sicherheit keinen Einfluss auf die Geschäftsführung erhalten würden. »Mein Mann hätte das nie gemacht«, schloss sie, anscheinend ein wenig bitter, »seine Firma ausgerechnet mir anzuvertrauen. Ich hatte ja keine Ahnung. Und die Kinder sind viel zu jung.«

»Haben Sie Ihren Mann geliebt?«, wollte Asmussen nun endlich wissen.

Sie war nicht einmal zornig über die in diesem Moment sehr provokative Frage. »Natürlich habe ich meinen Mann geliebt. Was wollen Sie damit sagen?«

»Wir wollen damit sagen«, führte Seyfried weiter, »dass wir davon ausgehen müssen, dass Ihr Mann Sie gelegentlich betrogen hat und Sie das auch sehr genau wissen. Es gibt Zeugen für eine entsprechende Auseinandersetzung.«

»Ja, und deshalb bringe ich ihn um und seinen Vater gleich mit dazu. Das ist absolut idiotisch«, stellte sie ironisch fest. »Ich hab schon begriffen, dass das Ihre üblichen Polizeimethoden sind, wenn Sie etwas nicht nachempfinden können, wie in diesem Fall.

Dann können Sie nur die nächsten Angehörigen unter Druck setzen. Ausgerechnet.«

»Sie müssen verstehen, dass wir allen Hinweisen nachgehen müssen, die zur Aufklärung des Falles beitragen könnten.« Seyfried nahm sich zurück. Hatte er Angst, der vornehmen Dame noch mehr auf die Füße zu treten? »Aber wir müssen leider alle Möglichkeiten in Betracht ziehen. Dafür bitte ich um Entschuldigung. Nehmen Sie das bitte nicht persönlich. Sie brauchen jetzt auch nichts dazu zu sagen, wenn Sie nicht wollen. Wir unterhalten uns dann zu einem anderen Zeitpunkt noch einmal darüber.«

»Bitte, bitte«, sagte sie unwirsch. Klar, jetzt hatte sie die Oberhand, wo Seyfried sie mit Glacéhandschuhen anfasste. »Es stimmt ja auch, und dass mein Mann und ich uns gestritten haben wegen seiner Untreue, ist auch anderen bekannt. Und genau deshalb wäre es doch unklug von mir, ihn umzubringen. Jeder könnte gleich mit dem Finger auf mich zeigen. Wahrscheinlich machen sie das in Hamburg auch, egal was Sie herausbekommen - wenn Sie überhaupt etwas herausbekommen, was ich doch sehr hoffe. Bis jetzt habe ich jedenfalls nicht den Eindruck. Was meinen Mann und mich betrifft: Ich habe ihn zur Rede gestellt. Wir haben uns versöhnt und arrangiert. Ich habe sogar von ihm die Erlaubnis erhalten, auch meinerseits ... Es gibt darüber eine Abmachung. Ja, da staunen Sie! Nicht schriftlich, aber Sie können unseren Anwalt dazu befragen. Und natürlich nur, wenn das nicht in der feinen Gesellschaft ruchbar wird. Natürlich habe ich das nicht in Anspruch genommen. Ich liebe Martin. Ich ... liebte ihn, trotzdem. Kurzum, Ihre Geschichte taugt nichts.«

Asmussen und Seyfried waren bemüht, sich ihre Überraschung nicht anmerken zu lassen. Die notarielle »Beglaubigung« nahm der Eifersuchtsthese einiges an Schärfe. Seyfried entschuldigte sich erneut für die leider indiskreten, aber notwendigen Fragen in diesem schweren Moment. Aber sie sahen ein, dass sie hier jetzt nicht weiterkommen würden. Vielleicht könnten sie bei ihrer gemeinsamen Fahrt auf dem Polizeiboot zur Rechtsmedizin nach Husum noch etwas herausbekommen.

Spuren in die Vergangenheit

Pünktlich um sieben Uhr trafen Renata und Carl auf der Terrasse der »Ual Skinne« ein. Der Außenbereich des Restaurants lag inzwischen im Schatten – durchaus angenehm, da es immer noch recht warm war. Vor allem hatten sie schon den ganzen Tag am Strand verbracht, mit Sonne satt! Es gab erst zehn, zwölf Gäste, die meisten Pärchen. Um diese Zeit waren die Kaffeegäste schon lange gegangen, die meisten Abendgäste noch nicht eingetroffen. Später würde es sich wie an jedem der schönen Sommertage schnell füllen, und dann war es schwierig bis unmöglich, einen Platz zu bekommen. Häufig fielen auch ganze Scharen von Leuten aus der Utersumer Reha-Klinik hier ein, um sich Neuigkeiten von der Strandgymnastik, den diversen gesundheitsfördernden Anwendungen oder den Launen der Ärzte und Schwestern zu erzählen.

Wer hier einmal saß und es genoss, der war nicht so schnell zum Gehen zu bewegen. Carl hatte deshalb bei Frauke einen Tisch für fünf Personen reserviert. Ihre »Zimmerwirtin« war auch die Besitzerin des Restaurants, in dem ihr Lebensgefährte Mario Contadino die Versprechungen der mediterranen Speisekarte verwirklichte.

Sie steuerten auf den Tisch links neben dem Eingang zu, an dem bereits das Ehepaar Schweiger – ohne Catherine – saß. Die beiden waren offenbar schon eine Weile hier, denn vor dem jungen Historiker stand ein halb volles Weizenbierglas, vor seiner Frau ein fast leeres Glas, in dem sich vermutlich Apfelschorle befunden hatte. Jetzt erhoben sie sich, um Renata und Carl zu begrüßen. Ihre Tochter hatte nicht mitkommen wollen und sie hatten sie in der Obhut der Familie mit etwa gleichaltrigen Kindern zurückgelassen, die im Appartement neben ihnen wohnte. Für das Kind wären die Gespräche der Erwachsenen ohnehin sicher langweilig gewesen. Da konnten Renata und Carl aus eigener Erfahrung nur zustimmen, auch wenn die eigenen lieben Kleinen früher bei solchen Gelegenheiten meist tapfer durchgehalten und die Ehre der Familie nicht allzu sehr beeinträchtigt hatten.

Man setzte sich. Frauke selbst kam mit den Speisekarten und fragte nach ihren Getränkewünschen. Eine Flasche Wein? Schweiger wollte beim Bier bleiben, seine Frau würde das Auto fahren, wollte also allenfalls ein Glas mittrinken. Carl bestellte eine Flasche von dem sizilianischen Weißwein, den er wegen seines fruchtigen Geschmacks besonders schätzte.

Dann vertieften sie sich in die Speisekarte. Die war nicht allzu dick - Gott sei Dank, dachte Carl bei sich. Die Auswahl fiel eben leichter, wenn nur zehn oder fünfzehn statt hundert Gerichte angeboten wurden. Renata und er hatten auch schon nahezu alles durchprobiert, nur die »Tagesüberraschung« war jedes Mal neu. Mario, der grundsätzlich die Zutaten einkaufte, hütete das Geheimnis immer sehr gut. Heute wurde eine »Dorade provençale« mit verschiedenen Gemüsen und Salat angeboten. Renata entschied sich spontan dafür. Wassermänner mögen halt Fische. Matthias Schweiger wählte das Steinbuttfilet, »Wildfang«, mit Zitronenkraut. Carl lächelte, konnte sich aber noch beherrschen, eine Bemerkung über den jungen ungebärdigen Fisch zu machen, den nun doch ein saures Los ereilt habe. Seine Frau begnügte sich mit einem »Salade Niçoise«.

»Ich denke, das arme Allgäuer Berglamm soll nicht vergeblich sein hoffnungsvolles, junges Leben gelassen haben. Liegt das Allgäu eigentlich auch am Mittelmeer?«, wandte er sich an Frauke, die ihre Bestellungen aufnahm. Die lachte nur, während Renata ihm den rechten Fuß in den linken Unterschenkel rammte und ihn streng ansah. Musste er sich immer so bemühen, witzig zu sein oder die Leute mit seinen Bemerkungen in Verlegenheit zu bringen?

Das Ehepaar Schweiger hatte die kleine Szene taktvoll ignoriert, und Renata lenkte die Aufmerksamkeit schnell auf ein neues Thema, während sie auf das Essen warteten. »Wie sieht es denn aus mit Ihren Forschungen, sind Sie weitergekommen?«, fragte sie den jungen Historiker.

Das war sein Stichwort, voller Enthusiasmus legte er los. Schon im Frühjahr habe er einige Interviewtermine mit Zeitzeuginnen und Zeitzeugen festgemacht, die er jetzt abarbeite. Abgesehen von Luftangriffen, hauptsächlich auf Militäreinrichtungen und

Fährschiffe, seien die Inseln vom Krieg direkt verschont geblieben. Aber das Leben sei hart gewesen, und noch härter in der ersten Nachkriegszeit. Viele Männer und Söhne seien gefallen, vermisst oder in Kriegsgefangenschaft geraten, die Frauen hätten mehr oder weniger alleine dagestanden. Während des Krieges hätten ihnen Zwangsarbeiter helfen müssen. Wie in ganz Deutschland hätte es auch auf Föhr nicht an Unterstützung für die Nationalsozialisten gefehlt, oh nein. Aber nach dem Krieg habe man, wie überall, auf einmal nichts mehr davon wissen wollen. Selbst heute noch sei den Zeitzeugen nicht viel zu entlocken. Wo sind sie bloß alle hin, fragte sich Carl im Stillen. Ganz Deutschland verführt, ahnungslos in Geiselhaft einer kleinen Clique gewissenloser Massenmörder? Dieses Geschichtsbild ließ sich schon lange nicht mehr aufrechterhalten, auch wenn viele Menschen sich noch heute hartnäckig daran klammerten.

Inzwischen war das Essen gekommen und das Gespräch wandte sich anderen Themen zu. Das Leben in Hamburg, die Zustände früher und heute an der Uni, die letzten heute noch lehrenden Geschichtsprofessoren aus ihrer aktiven Zeit ... die Urlaubsquartiere auf Föhr, die Preise, das Wetter, die Kinder. Eine gute Unterhaltung zu einem vorzüglichen Essen. Auf Föhr war hinsichtlich der Qualität des Essens die ganze Spannbreite zu erfahren. Die reichte vom lieblos in die Pfanne gehauenen, dick panierten, flachen Schweineschnitzel oder Fisch Modell PNP (Panier – Nix – Panier) bis hin zu ausgesuchten Köstlichkeiten. Und warum sollte es auf der Insel auch anders sein als im Rest Deutschlands! Nur die Preise unterschieden sich meistens – Urlaubersaison – und Fährzuschlag! Beides war durchaus gerechtfertigt, darüber waren sie sich am Tisch einig. Anders als in den früheren Jahrzehnten lebten die meisten Insulaner von der Bereitschaft der Sommergäste, Geld auszugeben. Landwirtschaft und Fischerei spielten längst nicht mehr eine so große Rolle wie früher. Im Winter musste man von dem leben, was der Sommer eingebracht hatte. Das konnte eng werden. Viele einheimische Familien hatten deshalb einen »Verdiener« auf dem Festland, zur Freude der Feringer Inselreederei, die auch von den Berufspendlern lebte.

Die Flasche Sizilianer war inzwischen geleert. Man entschloss sich zu einer zweiten. Carl sah Renata unauffällig an. Im nüchternen Zustand meistens eher zurückhaltend, löste der Alkohol zuverlässig ihre Zunge – und häufig am nächsten Tag Kopfschmerzen und Kreislaufbeschwerden aus. Nun, sie hatten am nächsten Tag nichts vor, außer im Strandkorb – was ihn betraf, lieber davor im Sand – »abzuhängen«. Und der nächsten Behandlung bei Franz Branntwein.

Renata animierte Matthias Schweiger, das Thema der Inselgeschichte im Krieg wieder aufzunehmen. Schließlich kamen sie auf den Bombenkrieg. Darunter mussten die Nordfriesen nicht allzu sehr leiden. Die Bomberströme waren in der Regel über sie hinweg gezogen, anderen, lohnenderen Zielen entgegen. Einige wenige Feindflugzeuge waren von der Flak abgeschossen worden und dann meistens ins Meer abgestürzt, einige allerdings auch auf die Insel. Schweiger hatte herausgefunden, dass einmal ein überlebender Pilot von Einheimischen aus Rachsucht umgebracht worden war. Der Fall war nie aufgeklärt worden, und man wusste es nur vom Hörensagen. Der Tote war wohl ins Meer geworfen oder später umgebettet worden, jedenfalls gab es kein Grab auf der Insel. Kurz zuvor waren bei einem Angriff eines britischen Jagdbombers auf eine Fähre viele Passagiere ums Leben gekommen. Höchstwahrscheinlich hatte das die Menschen erregt, und die nationalsozialistische Hass- und Rachepropaganda hatte das ihrige dazu beigetragen.

In den letzten Kriegsjahren hatten dann britische Flugzeuge oft Angriffe geflogen. Jagdbomber mit hoher Reichweite beherrschten nach Belieben den Luftraum über den Inseln. Schweiger berichtete, dass selbst unbedeutende kleine Ziele immer häufiger angegriffen worden seien, selbst Fischkutter, aber natürlich auch die bewaffneten Kriegsfischkutter. Und er habe nach Jahren unablässiger Recherche entdeckt, dass sich hier nicht nur die wachsende alliierte Überlegenheit an Menschen und Material ausgewirkt habe. Es sei auch Verrat im Spiel gewesen, wie er nach Recherchen in kürzlich freigegebenen britischen Akten belegen könne! Ein deutscher Offizier auf Sylt habe dem Widerstand angehört. Die Briten seien dank seiner Unterstützung zeitweise exakt über die Einsatzpläne der auf Sylt stationierten deutschen Boote informiert gewesen. So hätten sie sie punktgenau angreifen und versenken können.

»Und jetzt halten Sie sich fest«, verkündete Schweiger. »Einen der Überlebenden eines solchen Angriffs kennen Sie!« Renata und Carl kamen nicht darauf, obwohl es auf der Hand lag. Die Zahl ihrer gemeinsamen Bekannten war schließlich äußerst begrenzt. Schließlich gab er seine Erkenntnis preis: »Der Wattführer! Hans-Jürgen Hansen war damals ein junger Bursche, Sohn eines Fischers. Mit siebzehn ging er zur Marine. Da wurde er nur kurz ausgebildet und kam sofort auf eines der Vorpostenboote. Die Seemannschaft musste man ihm ja nicht beibringen. Das Boot wurde an einem frühen Morgen kurz vor Kriegsende vor Amrum angegriffen und versenkt. Er hat als Einziger überlebt. Alle anderen sind umgekommen. Einige davon waren auch solche Jünglinge des letzten Aufgebots wie er selbst. Ein anderer, der Kapitän des Bootes, hat Frau und Kind hinterlassen.«

»Haben Sie herausbekommen, wer das war, also wer Frau und Kind waren, ob die noch leben?«, fragte Renata. Schweiger schnurrte förmlich. »Allerdings! Die Frau ist kurz nach dem Krieg gestorben. Wahrscheinlich aus Kummer. Und dann die Entbehrungen in der Nachkriegszeit. Der Wattführer hat mir das erzählt. Übrig geblieben ist das Kind, ein kleiner Junge, der kam ins Waisenhaus. Er lebt heute wieder auf der Insel und ist Fährkapitän. Petersen heißt der. Leider bin ich an den nicht rangekommen, ich hab's ein paar Mal versucht. Der hat sich geweigert, mit mir zu sprechen.«

Carls Gedanken überschlugen sich. Angriff – Verrat – Waisenkind ... Irgendwie, irgendwie könnte das zusammenpassen. Ihm kam ein Gedanke. Er unterbrach Schweiger, der gerade von einem schwierigen Gespräch mit einem Insulaner berichtete, den er nur mit Mühe habe verstehen können: »Ist der Name des Verräters auf Sylt bekannt, der Name des deutschen Offiziers?«

Schweiger bedauerte. Nein, das habe er nicht ermitteln können. In den britischen Geheimakten sei die Identität des Offiziers verschlüsselt gewesen, und an den Klarnamen habe er nicht herankommen können. Da hätten ihn die Archivmitarbeiter höflich, aber bestimmt abgewiesen. Geheim bleibt geheim, Datenschutz bleibt Datenschutz!

»Haben Sie denn in den deutschen Archiven, also vor allem im Militärarchiv Potsdam, oder über die ehemalige Wehrmacht-Auskunftsstelle in Berlin, nichts gefunden? Man müsste ja doch feststellen können, wer damals auf der Insel stationiert war«, regte Renata an.

»Nein, so tief bin ich da nicht eingedrungen. An sich lenkt das von meinem Thema ab, obwohl das natürlich eine interessante Story ist. Aber ich müsste da zu viel Zeit investieren, das kann ich im Moment nicht.«

Ja, das war verständlich. Schweiger bat aber darum, das für sich zu behalten, sah sich sogar um, ob jemand es mitgehört haben könnte. Er wolle die Geschichte weiter verfolgen, aber nicht jetzt. Später würde er wahrscheinlich einen Aufsatz dazu verfassen, gewissermaßen als »Abfallprodukt« seiner Doktorarbeit. Renata und Carl sagten es ihm zu, Carl allerdings mit innerem Vorbehalt. Die Aufklärung eines Verbrechens würde Vorrang vor dem Interesse eines Historikers haben, der aus einer menschlichen Tragödie – und doch unbedeutenden kleinen Fußnote der Kriegsgeschichte – ein Element seiner wissenschaftlichen Karriere machen wollte.

Carl stand auf, um auf die Toilette zu gehen. Caroline Schweiger ebenfalls. Sie wollte sich sicher »frisch machen«, wie die Damenwelt das so nannte. Im Korridor vor den WCs hielt sie ihn am Arm fest. Verwundert drehte er sich zu ihr um. »Ich möchte Sie gern sprechen. Allein, wenn es irgend geht. Morgen?«

Carl war mehr als verwirrt. War das ein Angebot? Aber so sah sie nicht aus, sie wirkte eher – bedrückt. Ernst und traurig. Seine Gedanken überschlugen sich. Durfte Renata das wissen? Oder verschonte er sie lieber? Hatte er überhaupt irgendwann eine Zeit allein für sich, in der er sich mit dieser Frau unbeobachtet treffen konnte? Doch, Renata hatte morgen Vormittag einen Termin bei Franz Branntwein. Vielleicht konnte man sich am Strand treffen, so wie heute Morgen, quasi ganz unauffällig? Ja, das war es. Und völlig ungefährlich, inmitten der Urlauber. »Ich bin morgen ab zehn Uhr am Strand, in unserem Strandkorb. Meine Frau kommt gegen elf Uhr dazu. Ginge das?«

»Ja, wunderbar. Ich danke Ihnen.«

Dank! Wofür? Carls Verwirrung wuchs noch weiter an.

Der Abend war schön

Der Abend war schön gewesen. Renata wunderte sich allerdings, warum Carl gegen Ende so schweigsam geworden war. Häufig, und gerade unter leichtem Alkoholeinfluss, pflegte er das Gespräch an sich zu reißen. Soweit sie ihn nicht mit Fußtritten dazu bringen konnte, den anderen Gesprächsteilnehmern Gelegenheit zu geben, mehr beizutragen, als ihm nur Stichworte zu geben! Sie hatte außerdem nicht übersehen, dass Caroline Schweiger ihn häufiger aufmerksam angeblickt hatte. Und dann war sie so auffällig gemeinsam mit ihm zum Frischmachen gegangen. Obacht! Sie würde noch schärfer hinschauen müssen.

Endlich im Bett, erzählte Carl ihr schließlich, worum ihn die junge Frau gebeten hatte. Sie entspannte sich. Er wollte offensichtlich keine Heimlichkeiten haben. Nein, sie konnten es sich beide nicht erklären, was sie von ihm wollte. Ein Treffen am Strand war jedenfalls unproblematisch, und wenn sie partout nur mit Carl allein reden wollte, dann bitte. Renata spürte gleichwohl einen Anflug von Eifersucht. Carl war trotz seiner gelegentlich dominanten Art der ideale Zuhörer, und in dieser Eigenschaft leider besonders für jüngere Frauen interessant.

Aber jetzt bemühte er sich ausschließlich um sie, Renata, und zwar in ganz besonderer Weise. Nur sie zählte, nur sie beide zählten. Sie schloss die Augen und ließ sich das Negligé über den Kopf streifen.

So könnte es gewesen sein ...

Noch im Bademantel, wählte Carl die Handynummer seines Freundes an. Er hatte am Frühstückstisch mit Renata diskutiert, und sie waren der gleichen Meinung. Die Polizei sollte es unbedingt wissen. Carl berichtete Asmussen von dem gestrigen Abend, den Erkenntnissen Schweigers über den Wattführer und den Fährkapitän.

»Ja, so neu ist das hier nicht, tut mir leid, aber das bringt uns nicht weiter.«

»Vielleicht aber doch!«, entgegnete Carl. »Zumindest, wenn man wüsste, wer 1945 der Verräter war, der im Grunde Petersens Vater und Hansens Kameraden auf dem Gewissen hat.«

Asmussen begriff. »Hermann Siewering!«

»Ja, der! Man müsste es natürlich belegen können. Stell dir vor, er war es, und einer von den beiden hat es herausgekriegt. Beide hätten ein Motiv, den Mann umzubringen, und das erklärt absolut, warum da einer MÖRDER in die Brust geritzt hat.«

»Siewering ist eines natürlichen Todes gestorben«, gab Asmussen zu bedenken.

Aber Carl war Feuer und Flamme: »Also, Hansen oder Petersen oder beide haben das Geheimnis entdeckt und wollen sich rächen. Aber es ist zu spät, er ist schon tot. Dann schneidet er oder einer von beiden ihm wenigstens noch das Wort in die Brust und wirft ihn über Bord. Das wäre wenigstens eine Art Rache.«

»Du vergisst, dass der Sohn, Martin Siewering, mit an Bord war. Er wäre zwangsläufig Zeuge. Der wurde übrigens gefunden. Ertrunken angeschwemmt auf Hooge, gestern am späten Nachmittag. Keine Zeichen äußerlicher Gewalteinwirkung.«

Das wusste Carl bereits. Auf Seite 1 des Inselkuriers, den er heute morgen selbst bei Frau Swantje erstanden hatte, prangte nämlich die Schlagzeile des Tages: »Toter Reeder auf Hooge gefunden. Fall Siewering immer rätselhafter!« Großes Bild von einem nackten Körper am Rand eines Deichs. Ekke Knudsen hatte erneut zugeschlagen und mit Spekulationen über Unfallursachen und Mordmotive nicht gespart. Als Neuigkeit präsentierte er unter anderem, dass es mit der Ehe Martin Siewerings nicht zum Besten gestanden haben sollte, die Frau aber ein Alibi hätte. Die geplante Reedereiübernahme wurde ebenfalls noch mal beleuchtet. Wirtschaftliche Motive könne man aber wohl ausschließen. Von der Übernahme der Reederei hätten vermutlich alle Beteiligten profitiert, allenfalls einige Jobs in der Verwaltung und in der Werft der Inselreederei hätten auf dem Spiel gestanden. Die Siewerings seien als harte, aber effektive Sanierer bekannt. Erwähnt wurde auch, dass Fährkapitän Petersen von der Feringer Inselreederei von der Polizei vernommen worden sei. Er habe offenbar in heftigem Streit mit den Toten gelegen und kein Alibi für die Nacht vom 2. auf den 3. August. Die Polizei habe wohl Verdachtsmomente, aber noch keine Beweise gegen ihn. So sei er noch auf freiem Fuß.

Carl fühlte sich bestens informiert und ließ jetzt nicht locker. Schließlich war er nicht nur sehr kreativ, sondern auch sehr hartnäckig. »Dann gibt es immer noch eine Erklärung. Der Vater Siewering hatte doch einen Herzinfarkt. Den hat er bekommen, als er entdeckt hat, dass sein Sohn über Bord gegangen ist und vermutlich ertrinken würde oder schon ertrunken war. Dann kam Hansen oder Petersen, wer auch immer von den beiden, und entdeckte auf dem Boot nur den einen Toten. So könnte es immerhin gewesen sein.«

Asmussen gab ihm Recht. »Dann hätten wir endgültig keinen Mordfall, allenfalls Leichenschändung.« Aber das waren vorerst nur Hypothesen, keine Fakten. »Ich danke dir, Carl. Vielleicht haben wir jetzt den Schlüssel in der Hand. Wir verfolgen aber noch eine andere Spur. Die Siewerings hatten am Nachmittag noch diesen Engländer an Bord, Spencer-Brown. Wir haben den jetzt, er war im Yachthafen von Römö, wird gerade von den Kollegen der Wasserschutzpolizei hergebracht. Trotzdem werden wir uns heute noch Hansen und Petersen vornehmen. Außerdem will ich den Historiker sprechen, wie heißt der noch gleich?« Carl gab ihm den Namen, hatte aber nicht die Urlaubsadresse der Schweigers in Wyk. »Macht nichts, wozu sind wir die Polizei! Ich dank dir noch mal. Wenn was rauskommt, erfährst du es als Erster, na sagen wir als Zweiter!« Carl schlug vor, dass Renata außerdem versuchen könne, Franz Branntwein »anzuzapfen«. Ja, warum nicht! Asmussen war einverstanden. Eine offizielle Befragung würde er bei Seyfried sowieso nicht durchbekommen.

Vernehmung des Engländers

Gegen zehn Uhr kam Polizeihauptmeister Eicken herein. Der Engländer war da! »Sagen Sie den Herren Seyfried und Kohlmann Bescheid«, beauftragte ihn Asmussen, »ich komme gleich dazu.« Er griff nach seinen Notizen. Sein Freund Peter van Aertsen hatte eben das Wenige durchgegeben, was die Hamburger in der Kürze recherchieren konnten: Richard Spencer-Brown, 56 Jahre alt, wohnhaft London, Eigentumswohnung in den Docklands; englischer Marineoffizier, Kapitänleutnant, aus dem Mannschaftsstand aufgestiegen; passionierter Einhandsegler; in Großbritannien nicht vorbestraft; auch international lag nichts gegen ihn vor.

»Blütenweiße Weste«, hatte van Aertsen gesagt. »Aber zwei Dinge irritieren. Erstens sein recht hoher Lebensstandard, so viel verdienen britische Kapitänleutnante nicht, um sich Luxuswohnungen in den Docklands und bestens ausgestattete Hochseeyachten leisten zu können. Zweitens gibt es eine Verbindung zwischen ihm und der Reederei Siewering. Er war mehr als einmal in Hamburg beim Unternehmen, außerdem auch auf Föhr. Das ist doch kein Zufall. Da müsst ihr reinstoßen.« Van Aertsen war leider nicht legitimiert, weitergehende Ermittlungen anzustellen, jedenfalls nicht ohne konkreten Tatverdacht.

Richard Spencer-Brown war ein mittelgroßer, kräftiger Mann mit krausem rötlichem, recht kurzem Haar, wasserblauen Augen und sommersprossiger, sonnenverbrannter Haut. Er sah nicht aus wie ein Mann, der vor Seyfried einknicken würde. Sein Funkgerät war ausgefallen, deshalb war er nicht erreichbar gewesen und hatte den Yachthafen Römö aufgesucht. Die Unterbrechung seines Segeltörns hatte ihn sichtlich verärgert und er schien entschlossen, das die deutsche Polizei auch spüren zu lassen. Als Asmussen hereinkam, forderte er gerade Seyfried zu einer entsprechenden Erklärung auf. Sein Deutsch war passabel.

»Mr. Spencer-Brown«, erklärte der Angesprochene, »es tut uns leid, dass wir Ihre Tour unterbrechen mussten. Aber es hat hier zwei Tote gegeben, und Sie sind möglicherweise ein wichtiger

Zeuge.« Der Engländer sah ihn aufmerksam an. Seyfried erläuterte kurz, um wen es sich handelte und wie der Reeder und sein Vater gefunden worden waren. »Sie, Mr. Spencer-Brown«, der Hauptkommissar deutete mit dem Zeigefinger auf ihn, »waren einer der Letzten, die beide kurz vor ihrem Tod gesehen und gesprochen haben. Uns interessiert, in welcher Verbindung Sie zu den beiden Reedern standen.«

»Well, Herr Kommissar«, - diesmal verzichtete Seyfried auf eine Korrektur, wunderte sich Asmussen, vielleicht begann Föhr auf ihn abzufärben? - »das ist sehr einfach. Das hätte ich Ihnen auch sagen können am Telefon. Ich kenne Mr. Siewering und seinen Vater schon lange. Es gab früher Geschäftsbeziehung zwischen britische Marine und Reeder Siewering. Daher ich kannte Mr. Siewering, den Senior. Später meine Tochter hat gearbeitet einige Zeit in Company und erzählte mir viel. Ich habe besucht sie in Hamburg bei der Arbeit. So ich kannte auch Mr. Siewering junior. Und als ich machte Station vor einigen Tagen im Hafen Wyk, ich sah, sie waren da. Also ich habe besucht sie und gesagt guten Tag. Das war alles.«

»Können Sie uns sagen, welcher Art diese Geschäftsbeziehungen waren?«, fragte Seyfried.

»Ich kann nicht sagen, sorry. You have to ... Sie müssen Royal Navy direkt fragen. Ich bin nicht ... wie Sie sagen ... im Recht, zu geben Ihnen Informationen.«

»Berechtigt, « korrigierte Seyfried.

Der Engländer sah den Hauptkommissar verwundert an. Wenn er wusste, was er meinte, warum korrigierte er ihn? »Ich bin nicht berechtigt. Also fragen Sie bitte Royal Navy, as you like«, wiederholte er.

»Nun gut«, entgegnete Seyfried, »das werden wir tun. »Wann hatten Sie zum ersten Mal Kontakt mit der Reederei?« Auch diese Auskunft könne er ihm leider nicht geben, betonte Spencer-Brown. »Wir werden es herausbekommen!« Der Engländer zuckte nur gleichgültig mit den Schultern.

Asmussen sah das Ergebnis dieser Befragung voraus. Sie würden nicht viel weiterkommen.

»Ich kann Sie zwingen«, drohte Seyfried.

»You can not«, sagte der Engländer nur.

»Ich kann Sie hierbehalten, bis eine Bestätigung eingeht«, setzte Seyfried fort.

»Well, I don't mind. Aber Sie werden bekommen Ärger.«

Seyfried gab natürlich nicht auf. »Aber über die Beschäftigung Ihrer Tochter bei der Reederei Siewering können Sie sicher etwas sagen. Oder ist das auch top secret?«

»Well, not really«, antwortete Spencer-Brown, »der Kontakt zu der Reederei hat geholfen, dass sie bekam dort einen Job. You understand? Das Sie würden tun auch für Ihr Kind.«

»Bedauere, ich habe keine Kinder«, sagte Seyfried. Der Engländer sah ihn mitleidig an. Vielleicht war das auch besser so, dachte Asmussen, die Kinder dieses Mannes hätten sicher kein leichtes Leben. »Wann war das?«

»Well, let me think ... lassen Sie mich denken. Das ist schon lange. Das war vor ... exactly sechs Jahren, da sie hat aufgehört. Dann sie hat vor ... es ist acht Jahre, sie hat angefangen zu arbeiten. She worked ... I remember, in Financial Departement und als Assistant von Siewering. Then she got pregnant ... sie bekam ihr Baby, my little Catherine, und hörte da auf.«

Seyfried fragte nach, aber viel Erhellendes kam nicht. Auch auf diesem Weg war über die früheren Geschäftsbeziehungen nichts zu erfahren. Schließlich wechselte er das Thema. »Warum waren Sie überhaupt auf Föhr?«

Auch da hatte Spencer-Brown eine plausible Antwort. Er war von Norwich gekommen, wo sein Boot lag, hatte kurz seine Tochter besucht, die hier mit ihrer Familie Urlaub machte, und wollte dann weiter nach Norden segeln ... erneut eine Sackgasse. Zum Gespräch mit Hermann Siewering im Sportboothafen hatte er ebenfalls nichts Relevantes zu sagen. Small Talk während eines kurzen Höflichkeitsbesuches, mehr nicht. Er wusste angeblich auch nicht, dass die Siewerings noch am selben Nachmittag zu einem Ausflug auslaufen wollten.

»Wissen Sie, Mr. Spencer-Brown, ich habe jetzt genug. Jetzt werde ich Ihnen mal erklären, wie das aus unserer Sicht aussieht. Was

Sie sagen, klingt mir alles viel zu simpel. Sie haben die beiden Toten gekannt. Es gibt eine äußerst rätselhafte Geschäftsbeziehung, die wir noch aufklären werden. Es gelang Ihnen sogar, Ihre Tochter in der Reederei an wichtiger Stelle zu platzieren. Kurz vor dem Tod der beiden Reeder waren Sie an Bord ihres Bootes und haben mit ihnen gesprochen. Sie sind genau wie die Siewerings noch am selben Abend mit ihrem Boot aus Wyk ausgelaufen. Dann war angeblich Ihr Funkgerät kaputt, auch das lässt sich überprüfen. Sie sind nachweislich erst am frühen Morgen in Römö eingelaufen. Wo waren Sie in der Nacht? Und warum haben Sie den Hafen wirklich angesteuert?«

Spencer-Brown antwortete trocken, dass er nachts auf hoher See gewesen sei und dann festgestellt habe, dass das Funkgerät kaputt war. Deswegen habe er gewendet und Römö angesteuert, um es in Ordnung bringen zu lassen.

Seyfried quittierte das mit einem Nicken. »Gut, sehr gut. Sie haben also für die Nacht kein Alibi. Und ob das Funkgerät wirklich defekt war oder nur manipuliert wurde, werden unsere Spezialisten herausfinden! Aber jetzt etwas anderes: Wir kennen Ihren Dienstgrad bei der Royal Navy und die Gehaltstabellen. Mit Ihrem Einkommen können Sie sich weder eine teure Wohnung noch ein so teures Segelboot leisten. Wissen Sie, was ich glaube: Sie haben die Reederei Siewering erpresst, der Grund ließe sich ermitteln. Die Reederei musste sogar Ihre Tochter einstellen und damit quasi die Laus im Pelz erdulden.« Asmussen sah, wie der Engländer finster die Brauen zusammenzog. Das war starker Tobak. »Von dem Geld können Sie Ihren luxuriösen Lebensstandard finanzieren. Erzählen Sie jetzt nicht, dass Sie das Geld geerbt haben, auch das lässt sich schnell überprüfen. Irgendwann reichte es den Siewerings und sie stellten die Zahlungen ein. Vielleicht haben sie ja etwas über Sie herausgefunden, sodass Sie die Erpressung nicht fortsetzen konnten, ohne selbst aufzufliegen. Jetzt fehlt Ihnen die regelmäßige Einnahmequelle. Sie arrangieren das zufällige Zusammentreffen mit Ihrer Tochter auf Föhr. In Wirklichkeit wollen Sie versuchen, doch wieder Geld zu erhalten. Als die Siewerings sich weigern, beschließen Sie, sie umzubringen. Sie haben das seemännische Können, nachts das Boot zu finden. Wir werden Ihre Fingerabdrücke und eine Speichelprobe nehmen und mit den Spuren auf dem Boot abgleichen. Bis das Ergebnis vorliegt, muss ich Sie leider hierbehalten.«

Spencer-Brown stritt alles ab. Die Geschichte sei sehr schön, aber eben nur eine Geschichte. Er würde eben hierbleiben. Und anschließend, deutete er an, bekämen sie ein Problem mit britischen Regierungsstellen. Asmussen stellte für sich fest, dass der Engländer aalglatt war. Dem würden sie nicht beikommen, jedenfalls nicht so. Sie brauchten mehr Fakten. Kohlmann hatte mitnotiert. Sie würden alle seine Angaben überprüfen.

Caroline erzählt

Pünktlich um zehn Uhr traf Carl am Strandkorb ein und legte die Sachen ab. Renata ging oben auf dem Deich weiter in Richtung Kurmittelhäuschen. Franz Branntwein wartete schon auf sie!

Der Strand war zu dieser Zeit schon einigermaßen bevölkert. Das Wetter sollte sich bald ändern, da musste der Urlauber doch jeden Sonnenstrahl ausnutzen! Die Sonne schien, ein leichter Wind wehte, in der Ferne türmten sich am Himmel weiße Wolken. Ein Sportflugzeug flog in niedriger Höhe parallel zum Ufer über den Strand, sicher einer der Rundflüge ab Flugplatz Föhr. Er hätte schon längst mal einen gebucht, aber Renata weigerte sich standhaft, an Bord einer so kleinen Maschine zu gehen, und sie wollte auch ihn nicht mitfliegen lassen, geschweige denn die Kinder. Carl seufzte.

Von Caroline Schweiger war noch nichts zu sehen. Er ging langsam ans Ufer, an die Stelle, an der sie gestern miteinander geredet hatten. Und da stand sie schon, er hatte sie nur nicht erkannt. Heute trug sie weiße Shorts und ein rotes knappes Top, auf dem Kopf einen breitkrempigen Strohhut. In der linken Hand trug sie ein Paar helle Stoffschuhe, Ballerinas? Carl kannte sich da nicht so aus. Die Frau sah unverschämt gut aus. Mit seiner verwaschenen kurzen Jeans, dem auch nicht mehr ganz neuen, kurzärmligen weißen Oberhemd und der schwarzen Kappe wirkte er selbst nicht gerade wie aus dem Modemagazin entstiegen. Aber er hatte sich mit Bedacht nicht so aufgeputzt.

»Guten Morgen«, sagte Carl leicht verlegen – wie kann man bei einer solchen Begegnung locker sein? »Haben Sie den gestrigen Abend gut überstanden?«

»Ich schon! Aber Matthias hat heute Morgen noch leichte Schwierigkeiten. Er ist zu Hause geblieben, mit seinen Notizen und seinem Laptop. Catherine hat sich mit ihren neuen Freunden zusammengetan. Sie ist unter guter Aufsicht. Und da bin ich nun!«, schloss sie ernst.

»Ja, da sind Sie nun«, entgegnete Carl unbeholfen. Verdammt, warum war er nur so verkrampft? Ohne dass es einer Absprache bedurft hätte, ganz selbstverständlich, begannen sie nebeneinander am Ufer entlangzugehen. Vor ihnen machte sich eine Gruppe Surfer bereit, das Meer zu erobern.

»Erzählen Sie. Was kann ich für Sie tun?« fragte Carl schließlich.

»Ich bin nicht sicher, ob Sie etwas für mich tun können, außer mir einfach nur zuzuhören. Ich muss das endlich einmal jemandem erzählen, aber ich muss ein wenig ausholen.«

Carl nickte nur.

»Sehen Sie, da ist dieser Tote, Hermann Siewering, und jetzt noch sein Sohn Martin, auch tot. Mir lässt das keine Ruhe. Ich habe beide gekannt, ganz gut sogar. Sie wissen ja, dass ich da eine Weile gearbeitet habe, bevor ich meinen Mann kennenlernte. Und das ist kein Zufall. Mein Vater wollte, dass ich in das Unternehmen gehe, und das hat auch geklappt.«

Carl fragte nach dem Grund. Sie bat ihn aber, sie nicht zu unterbrechen. Sonst würde sie die Geschichte wahrscheinlich nicht zu Ende bringen können. Dann fuhr sie fort: »Ich beherrschte mehrere Sprachen perfekt, hatte einen guten Abschluss und außerdem schon etliche Praktika in internationalen Unternehmen gemacht. So bin ich ziemlich schnell auf die Geschäftsleitungsebene gekommen. Als Assistentin von Martin Siewering wurde ich seine rechte Hand und kannte sämtliche Interna. Bald auch privat. Er war nicht glücklich, seine Frau war gestorben, zwei Kinder. Ständig Streit mit seinem Vater, der sich in alles einmischte. Mit dem Unternehmen stand es zeitweise nicht besonders gut, das kam auch noch dazu. Kurzum: Er brauchte jemanden zum Reden, und das war ich.«

Sie machte eine Pause, schaute auf das Meer hinaus, ihr Blick verlor sich am Horizont. Carl drängte sie nicht, und sie nahm schließlich ihre Erzählung wieder auf.

»Und bald war ich auch mehr für ihn. Glaubte ich jedenfalls. Irgendwann ist es einfach passiert. Und ich hatte ganz vergessen, warum mein Vater unbedingt wollte, dass ich bei Siewering arbeite. Wir hatten nur ein paar Wochen, und immer alles total geheim. Im Büro musste ich ihn siezen. Ich glaube heute, Martin wusste einfach nicht, was er wollte. Das war sein großes Problem. Als Unternehmer war er gut, recht erfolgreich, anerkannt, auch bei seinen Leuten, aber privat ein Versager ... nein, kein Versager, aber einfach irgendwie hilflos. Ich glaube, in seiner Familie hatte er nie Wärme und Liebe erfahren. Von seiner Frau hat er nicht viel erzählt, aber sie muss wohl die Richtige für ihn gewesen sein. Und als sie dann überraschend starb, warf ihn das aus der Bahn, er versteinerte. Ich wollte das zuerst nicht sehen. Dann wollte ich ihm helfen, wollte seinen Panzer aufbrechen, aber das war mir nicht möglich, aber ich begriff es nicht sofort. Schließlich stellte ich fest, dass er mich nicht liebte, dass es nie etwas mit uns werden würde. Und außerdem entdeckte ich, warum mein Vater unbedingt wollte, dass ich in genau dieser Firma arbeite.«

Sie unterbrach sich erneut für einen Moment, blickte wieder auf das Meer hinaus. Die Wolken hatten sich inzwischen höher aufgetürmt, die Bank kam langsam näher. Der Wind frischte weiter auf. Aber es war nicht unangenehm, noch nicht. Aber am Nachmittag würde es wohl aus sein mit dem guten Wetter. Carl schwieg. Noch verstand er nicht. Trauerte sie um Martin Siewering, eine unerwiderte Liebe? Und warum erzählte sie ihm das?

»Vor sechs Jahren haben wir uns getrennt, wenn man es überhaupt so nennen kann. Ich habe einfach fristlos gekündigt, bin gegangen. Aus seinem Leben, aus unserem Leben. Zumindest aus meiner Sicht hätte es ein gemeinsames Leben sein können, trotz des Altersunterschiedes. Aber er wollte mich im Grunde nicht, das habe ich irgendwann erkannt. Und dann war da Matthias, der schon länger um mich geworben hatte. Ich wurde schwanger, das war dann die endgültige Entscheidung.«

Sie waren stehen geblieben. »Ich kann das ehrlich gesagt nicht verstehen, dass irgendjemand auf dieser Welt Sie nicht mehr wollen kann«, sagte Carl.

»Danke«, sagte sie leise und legte eine Hand kurz auf seinen Arm.

Carl fühlte, wie ihm diese flüchtige Berührung einen Schauer durch den Körper jagte. »Lieben Sie ihn noch?«, fragte er schließlich.

»Nein, das ist vorbei, endgültig. Aber ich erzähle Ihnen das nicht wegen dieser Beziehung. Es ist viel komplizierter.«

Carl war gespannt, aber sie machte wieder ein kurze Pause, atmete einmal tief durch und fuhr dann entschlossen fort.

»Ich habe herausgefunden, dass mein Vater die Reederei Siewering erpresst haben muss. Er hat irgendetwas gewusst, das nicht ans Licht der Öffentlichkeit dringen sollte. Ich gehe heute davon aus, dass es eine Geschichte ist, die aus dem Krieg herrührt. Mein Vater hat mir nie gesagt, was genau er beruflich gemacht hat. Er ist Marineoffizier, aber nie auf einem Schiff gewesen. Dies und das in irgendwelchen Ämtern und Dienststellen, hieß es immer, und ich würde das sowieso nicht verstehen. Ich glaube, dass er eigentlich die meiste Zeit in einem Sonderarchiv gearbeitet hat. Aus seinen Andeutungen konnte ich mir irgendwann zusammenreimen, dass er beim Geheimdienst war oder ist. Das habe ich ihm also ins Gesicht gesagt. Er hat es nicht abgestritten, aber auch nicht bestätigt. Er war es jedenfalls auch, der Matthias geholfen hat, die Geheimakten über die alliierte Kriegführung und bestimmte Geheimdiensterkenntnisse und -operationen in Norddeutschland einzusehen. Es hat eine Weile gedauert. Nach und nach habe ich die verschiedenen Informationen in einen Zusammenhang stellen können, bis ich begriffen habe, dass mein Vater den alten Siewering erpresst haben muss. Wahrscheinlich weiß er etwas über ihn, das ihn in ein schlechtes Licht stellen konnte und das besser nicht ausgeplaudert werden sollte, irgendetwas Abgründiges.«

»Aus seiner Tätigkeit in einem Geheimdienstarchiv. Das erklärt es«, stellte Carl fest.

»Ja, und das erklärt auch, warum wir trotz seines begrenzten Einkommens immer Geld gehabt haben«, setzte Caroline fort. »Mich hat er im Unternehmen platziert, um herauszukriegen, ob er die Erpressung auch nach dem zu erwartenden Tod von Hermann Siewering würde fortsetzen können. Ich kannte ja diverse Geschäftsgeheimnisse. Meine Beziehung zu Martin muss ihm sehr gelegen gekommen sein. Und ich war so was von naiv«, schloss sie mit Bitterkeit in der Stimme.

Carl setzte an, etwas zu sagen, zügelte sich aber. Sie war noch nicht fertig. »Sie haben ja mitbekommen, dass Catherine neulich nach ihrem Großvater gefragt hat. Ja, er war auf der Insel. Er ist mit seinem Segelboot von England herübergekommen, angeblich um uns zu sehen. Wir haben uns ganz kurz getroffen und dann ist er wieder verschwunden. Ohne Abschied. Mit seinem Boot. Und er ruft nicht an, und ich weiß nicht, was mit ihm ist. Und ...«, sie schluchzte jetzt, konnte nicht weiterreden. Spontan fasste Carl sie leicht an beiden Oberarmen. Sie lehnte die Stirn an seine linke Schulter und weinte. Unbeholfen und sehr vorsichtig strich er ihr über den Rücken. Zwei junge Mädchen sahen sie verwundert an, gingen vorbei.

Carl war unbehaglich zumute. Was sollte er tun? Seine Gedanken rasten. Ihr Vater – der vermisste Engländer, den die Polizei suchte? Die schöne junge Frau war natürlich verzweifelt, weil sie befürchtete, dass ihr Vater in einen rätselhaften Todesfall verwickelt war und vielleicht sogar selbst das Leben verloren hatte. Vielleicht fühlte sie sich sogar schuldig, hatte ihm vielleicht irgendwann eine wichtige Information über die Siewerings gegeben, etwa dass sie ein Ferienhaus und eine Yacht auf Föhr besaßen? Mit ihrem Ehemann konnte sie darüber nicht reden. Verständlich. Carl hätte sie gern fest in die Arme genommen. Aber durfte er das, er, der Fremde? Und wenn jetzt Renata vorbeikäme, oder gar Matthias Schweiger mit der Kleinen? Würden sie es verstehen?

»Sie lieben Ihren Vater und Sie haben Angst um ihn«, stellte er schließlich fest. »Sie müssten zur Polizei gehen und ihn als vermisst melden.«

Sie löste sich von ihm. »Nein, verstehen Sie denn nicht«, sagte sie tonlos, »wenn die Polizei erst anfängt, Fragen zu stellen und Fragen und immer mehr Fragen, dann wird schließlich alles herauskommen. Sie werden am Ende alles herausfinden und schließlich wird auch Matthias ... ach nichts. Alles wird zerstört. Ich kann das nicht zulassen.« Erneut liefen ihr Tränen die Wangen herab, und nun nahm Carl sie doch in die Arme und wiegte sie ein wenig hin und her. Sie drückte sich fest an ihn. Ihr Strohhut fiel hinab in den Sand. Er streichelte über ihren Hinterkopf, über das schöne Haar. Was konnte er auch sonst tun? Er schämte sich dafür, dass es angenehm, sehr angenehm war, sie so im Arm zu halten.

Schließlich beruhigte sie sich und löste sich endgültig von ihm. Er zog ein Papiertaschentuch aus der Packung, die er wie immer in der rechten Gesäßtasche seiner Hose bei sich trug, und gab es ihr. »Nun sehen Sie doch nicht so schwarz. Es ist doch gar nicht sicher, dass Ihr Vater mit den Todesfällen etwas zu tun hat. Vielleicht ist einfach sein Telefon kaputt und sein Funkgerät ausgefallen, es wäre doch denkbar. Man könnte, nein, man sollte doch auf jeden Fall bei der Polizei anfragen oder eine Vermisstenanzeige aufgeben. Niemand außer mir weiß hier, dass Sie mit den Siewerings in Verbindung standen. Mein bester Freund ist auf der Insel der Polizeichef. Wir gehen einfach hin und Sie erzählen, dass Ihr Vater hier auf Besuch war, dann aber spurlos verschwunden ist. Vielleicht klärt sich alles schnell auf.«

Er hasste sich für diese oberflächlichen Sprüche, aber ihm fiel einfach nichts Besseres ein. Sie hatte Bedenken, konnte sich nicht dazu entschließen. Carl überlegte kurz, ob er ihr weiter zusetzen solle. Denn immerhin war hier eine interessante Spur in Sicht gekommen, die man nicht so ohne Weiteres außer Acht lassen durfte. Unter Umständen hätte man sogar einen weiteren rätselhaften Todesfall - oder den Mörder? Oh Gott! Er sah Caroline an und entschied sich, dem Gefühl Vortritt vor dem Verstand zu lassen. Nein, er würde vorläufig nichts sagen. Sollte die Polizei doch von allein darauf kommen. Er war schließlich niemandem verpflichtet, nicht einmal seinem Freund. Und die Ermittlungen leitete eh der Kieler Kripokommissar, laut Klaus-Henning ein karrierefixierter Unsympath. Dem schuldete er schon überhaupt nichts.

Caroline hatte inzwischen ihre Tränen getrocknet und bat ihn um Verzeihung, dass sie ihn mit ihren Angelegenheiten behelligt habe.

»Bitte entschuldigen Sie sich nicht«, bat Carl, »ich verstehe Sie sehr gut. Wahrscheinlich würde ich das Gleiche tun. Wollen wir uns irgendwo einen Augenblick hinsetzen?« An dieser Stelle war der Strand fast schon menschenleer. Sie gingen zum Deich und setzten sich an seinem Fuß nebeneinander in den Sand. Hier war es warm und windgeschützt.

»Nun sagen Sie mir, warum ich? Warum vertrauen Sie sich ausgerechnet mir an? Sie kennen mich doch gar nicht«, fragte Carl.

»Als ich Sie zum ersten Mal sah, da bekam ich fast einen Schock. Sie haben große Ähnlichkeit mit Martin. Ich dachte schon, er wäre es, als ich Sie bei der Wattwanderung am Deich bemerkte. Deshalb wurde ich auf Sie aufmerksam. Und als Catherine Sie zu Fall brachte und Sie so verständnisvoll reagierten, das fand ich sehr schön. Ja, und nun ... wie soll ich es sagen, ich habe einfach beschlossen, Ihnen zu vertrauen. Ich habe sonst niemanden, dem ich vertrauen kann.«

»Vertrauen Sie mir«, bat Carl ruhig. Sie nickte und legte erneut eine Hand auf seinen Arm. Diesmal etwas länger. Er nahm sie und streichelte sie. Caroline lehnte sich an ihn. So saßen sie eine Weile stumm im Sand und blickten über die See hinaus auf Amrum. Er hielt ihre Hand in beiden Händen. Ihr Kopf ruhte an seiner verletzten Schulter. Aber er bemerkte die Schmerzen gar nicht ...

Langsam gingen sie zurück, am Strand entlang. Die Surfer waren mittlerweile fast alle auf dem Wasser, nur zwei junge Männer waren noch mit ihren Brettern am Ufer beschäftigt. Carl und die junge Frau blieben in ihrer Nähe stehen, um dem Treiben einen kurzen Augenblick zuzusehen. Die Geschwindigkeit der Surfer war enorm, sie flogen auf ihren Brettern förmlich dahin. Sie rasten hinaus aufs Wasser, dann wieder zurück, auf das Ufer zu, immer hin und her. Einer verpatzte ein Wendemanöver und flog mit Schwung in die flachen Wellen.

»Geil, Alter«, rief ein junger Mann am Ufer einem anderen zu. »Hast du das gesehen? Die Karin hat's endlich auch mal erwischt. Wurde absolut Zeit, dass sich die Alte mal hinlegt, so wie die sonst die Landesmeisterin raushängen lässt.«

»Okay, okay«, pflichtete der andere bei, dem Tonfall nach eher pro forma. »Aber die ist einfach gut, das musst du zugeben. Nach der Inselumrundung saß die schon lange geduscht an der Theke, als der Letzte aus der Gruppe endlich ankam.«

Carl und Caroline gingen weiter. Sie hatten wahrlich andere Probleme.

Franz Branntwein packt zu

Renata, mit heißem Schlick unter dem Rücken und mit Laken und einer Decke fest eingewickelt auf der Liege, war kurz davor einzuschlafen. Erst der Alkohol, und dann war die Nacht ja auch etwas kürzer gewesen ... In diesem Moment polterte Franz Branntwein herein. »Aufgewacht, junge Frau!«, dröhnte er gut gelaunt, »jetzt geht's dem Kater ans Fell!« Franz Branntweins Spezialmassage, verkündete er, vertreibe zuverlässig jeden alkoholischen Kopfschmerz. Nun, das war zu beweisen!

Aber in der Tat: Er massierte Schultern, Nacken und Kopf so wunderbar, dass es ihr schon bald besser ging. Der dumpfe Druck wich, der Kopf wurde allmählich wieder frei. Sie entspannte sich. »Haben Sie heute Morgen die Zeitung gelesen?«, fragte sie vorsichtig. »Jetzt haben sie auch noch den Sohn des Reeders tot gefunden. Was kann das nur sein? Ob das ein tragischer Unfall ist? Oder doch Mord?«

Franz Branntwein zeigte sich bestens im Bilde. Sie besprachen eine Weile die verschiedenen Zeitungsartikel, die Ekke Knudsen über den Fall verfasst hatte. Petersen, der Kapitän, war ihm durchaus bekannt. Jeder Einheimische auf der Insel kannte ihn. Einige schätzten ihn, etliche fürchteten ihn, vor allem die Kinder, weil er meistens grob und unfreundlich war. »Petersen«, sagte Franz Branntwein, »ist absolut in der Lage, einen Mord zu begehen. Also ich glaube, dass der was von einem Psychopathen hat. Einen Knacks, wenn Sie verstehen. Und das schon seit der Kindheit! Der war auch immer ein Einzelgänger. Aber einem tüchtigen Seemann verzeihen die Feringer das. Da gibt's sowieso noch ganz andere Typen auf der Insel! Ja, und dann war da noch die Sache mit seiner Frau und dem Kind. Das hat ihm garantiert den Rest gegeben.«

Renata fragte nach. Das Grab, das sie in Süderende entdeckt hatte, barg tatsächlich die Frau des Kapitäns und seine Tochter! »Das war eine tragische Sache«, stellte der Masseur fest. »Soweit ich weiß, war das ein Autounfall. Ich weiß selber nichts davon, ich war damals ja ganz klein. Meine Mutter hat aber viel davon erzählt. Das war lange Inselgespräch. Die Story wird auch immer mal wieder aufgewärmt. In der Nebensaison haben die Leute hier viel Zeit zum Quatschen. Petersen und seine Frau kamen ja von hier, wohnten aber zu der Zeit in so'nem Kaff zwischen Hamburg und Lüneburg. Abends im Winter war das, stockdunkel natürlich. Irgendwo hinter Hamburg fährt sie auf der Landstraße, das Kind ist dabei, der Mann aber nicht. Der war vielleicht gerade auf See, keine Ahnung. Der Vater von ihr hatte ja auch ne Reederei, Ausflugsschiffe Hamburg-Helgoland, Kümos und was weiß ich.«

Renata fragte nach. Den Begriff »Kümos« kannte sie nicht.

»Ein Kümo ist ein Küsten-Motor-Schiff, gnädige Frau«, betonte Franz Branntwein. »Kümos sind nicht besonders groß, fahren immer in Küstennähe, transportieren heute dies, morgen das. Im Wyker Hafen liegen auch immer mal welche. Mein Vater hat zum Beispiel gelegentlich auf einem gearbeitet, in der Nebensaison, wenn die Praxis geschlossen war.«

Franz Branntwein musste offenbar unbedingt all sein Wissen loswerden – aber an der Bruttoregistertonnenzahl von Kümos, der schweren Arbeit an Bord für wenig Geld oder am Berufsleben des Masseurs senior war Renata nicht interessiert. Sie brachte ihn vorsichtig auf den Unfall zurück.

»Also, die Frau, die hat wohl einen mit Karacho überholt und dann festgestellt, dass die Straße nicht geradeaus weiterging, sondern eine scharfe Linkskurve machte. Auf die war sie nun gar nicht eingestellt und sowieso viel zu schnell. Sie versuchte wohl noch abzubremsen, verlor aber die Gewalt über den Wagen, schleuderte über die Straße, kam mit den Rädern auf die weiche Bankette und das war's. Das Auto hat sich überschlagen und ist an einen Alleebaum geknallt. Die Frau und das Kind waren sofort tot. Das muss ein schrecklicher Anblick gewesen sein. Meine Mutter hat mal erzählt, die war ja bei der Beerdigung in Süderende dabei, dass man sie nicht offen aufgebahrt hat. Waren wohl schlimm zugerichtet.«

Renata kämpfte gegen ihre Tränen, konnte sich aber doch nicht beherrschen. Vor ihren Augen entstand das liebevoll gepflegte und geschmückte Grab. Sie sah vor sich eine junge Frau und ein süßes kleines Mädchen, sie sah einen vor Schmerz erstarrten und verhärteten Mann, dem das Leben von diesem Augenblick an nichts mehr wert gewesen sein musste. Wenn Carl und den Kindern so etwas zustieße ... ja, dann würde sie selbst nicht mehr leben wollen.

Franz Branntwein hörte auf, sie zu massieren und schwieg betroffen, entschuldigte sich schließlich. »Ich ahnte ja nicht, dass es Ihnen so nahe gehen würde. Es tut mir leid.« Renata beruhigte sich und fragte nach der Reaktion von Petersen.

»Ich sagte ja schon, der war nicht dabei«, nahm Franz Branntwein den Faden wieder auf. »Der kam erst Tage später zurück, gerade noch rechtzeitig zur Beerdigung. Meine Mutter hat erzählt, das habe er sich immer vorgeworfen, dass er nicht da gewesen sei, als das passierte. Aber das ist doch Quatsch. Dann wär er wahrscheinlich auch tot gewesen, also was kann er sich da vorwerfen?«

»Was ist das Liebste, was Sie haben?«, wollte Renata von ihm wissen.

Franz Branntwein begriff. »Ja, okay, Sie haben Recht. Also wenn Heike was zustoßen würde, dann wäre ich auch mit der Welt fertig, dann wär ich hinterher ein anderer Mensch. So wie der Petersen vielleicht.«

Beide blieben einen Augenblick still. »Ich frage mich, was das wohl mit dem toten Reeder zu tun hat. Ob es da einen Zusammenhang geben könnte?«, bemerkte Renata schließlich.

»Sie meinen, den Unfall damals und die Sache jetzt? Dann müsste ja der Siewering irgendwas mit dem Tod der Frau zu tun haben.« Franz Branntwein überlegte. »Jaaa, warten Sie mal, da gab's doch was! Da gab's wirklich was. Und ich weiß jetzt auch, was! Das hat mein Vater mal erwähnt. Der Siewering hat nämlich die Firma von Petersens Schwiegervater übernommen. Das war damals schon so'n Hai, der die Kleinen erst kaputtgemacht hat, um die dann zu schlucken! Und der Sohn hat's von ihm abgeguckt. Der wollte sich doch jetzt sogar unsere Feringer Inselreederei einverleiben. Aber da wird jetzt wohl nichts mehr draus.«

»Vielleicht ist das damals ziemlich gleichzeitig passiert, also diese feindliche Übernahme und der Unfall«, überlegte Renata.

»Ja klar!«, nahm Franz Branntwein diesen Gedanken begeistert auf. »Die Frau war bestimmt völlig mit den Nerven fertig und ist deshalb verunglückt. Und Petersen kam zurück und hat Siewering für den Tod von seiner Frau und seinem Kind verantwortlich gemacht!«

»Und jetzt hat er sich gerächt!«, folgerte Renata. »Allerdings hat er ziemlich lange damit gewartet, das war doch schon ...«, sie versuchte sich an das Datum auf dem Grabstein zu erinnern, »... Ende der siebziger Jahre, vor dreißig Jahren!«

Franz Branntwein erinnerte an den Streit im Hafen. »Er hat sich lange beherrscht. Aber jetzt ist ihm die Galle endgültig hochgekommen. Das find ich durchaus logisch. Immer hat er den vor der Nase, der irgendwie am Tod seiner Frau schuld ist. Und nun will der, ausgerechnet der, die Reederei übernehmen, für die er fährt. Der wär ja dann sein Chef geworden. Ist doch klar, dass er austickt.«

»Das ist vielleicht der berühmte Tropfen gewesen«, sagte Renata, und Franz Branntwein ergänzte: »der das Fass zum Überlaufen bringt.« Beide schwiegen erneut.

»Wie sieht das nun aus?«, überlegte Franz Branntwein. »Erst streitet der Petersen sich bis aufs Blut mit den beiden Männern. Dann verschwindet er mit seinem Boot. Die Siewerings fahren auch raus, später findet man beide tot, die Yacht abgetrieben. Petersen ist vielleicht halb um die Insel gefahren und dabei in die Nähe der *Elisabeth* gekommen. Oder er hat irgendwo angelegt, von wo die Yacht fast noch mit bloßem Auge zu sehen ist. Und natürlich entdeckt er sie und weiß, wie man sie erreichen kann. Die Nordsee hier kennt er schließlich wie seine Westentasche. Wenn Sie mich fragen: Der könnte das wirklich gewesen sein. Die Polizei ist da ja dran, in Husum untersuchen sie die Yacht. Wenn sie da irgendwas finden, haben sie ihn. Aber ich glaub bestimmt, das hat was mit damals zu tun. Ich muss da mal mit Ekke drüber schnacken, der kriegt sicher noch mehr darüber raus. So'n Streit, das wär als Ursache doch zu wenig. Gefetzt hat er sich ja total oft, mit jedem, der ihm in die Quere kam, Männer, Frauen, Kinder, Kollegen, Touristen, egal. Nur ich hab anscheinend bisher Glück gehabt. Also wenn er jeden umgebracht hätte, mit dem er sich gestritten hat, dann wär heute halb Föhr entvölkert.«

Renata fragte vorsichtig: »Irgendjemand hat erzählt, dass an dem Tag auch noch ein anderer Mann auf der Yacht war, also als die noch im Hafen lag. Haben Sie da was gehört?«

»Ja, das war aber harmlos. Was ich weiß, und ich weiß viel«, Franz Branntwein war nun mal nicht der Bescheidenste, »ist, dass die Siewerings noch vor dem Streit mit Petersen an dem Tag Besuch von einem Engländer an Bord hatten, so'n Segler. Meine Quellen sagen, dass die ganz friedlich oben an Deck ihres Bootes gesessen und sich unterhalten haben, auf Englisch. So friedlich wie wir jetzt. Wenn Sie meinen, dass der Engländer irgendwas damit zu tun hat, dann können Sie gleich den halben Yachthafen dazuzählen. Die Leute sind sehr gesellig, da kennt fast jeder jeden, und man besucht sich häufig. Nee, nee, der Einzige, der wirklich auffällig war, ist der Petersen.«

Schon wieder verschwunden

Für die Kripo war der Fall nun klar. Die Untersuchung der Yacht hatte eindeutig ergeben, dass Petersen an Bord der Yacht gewesen war, aber nicht nur oben, wo man ihn ja auch gesehen und gehört hatte, sondern auch unter Deck. An verschiedenen Stellen hatte man seine Fingerabdrücke gefunden, die belegten, dass er offenbar alle Kabinen betreten hatte. An dem Messer, das bei Petersens Befragung sichergestellt worden war, hatte die kriminaltechnische Untersuchung tatsächlich das Blut von Hermann Siewering festgestellt. Petersen hatte ihnen gestern den Beweis, dass er dem Toten das Wort MÖRDER in die Brust geritzt hatte, quasi vor die Füße geworfen. Damit hatte er sich auf jeden Fall der Störung der Totenruhe schuldig gemacht. Nun galt es herauszufinden, ob Petersen für den Tod der beiden Reeder verantwortlich war. Er war nun intensiv zu verhören. Aber dafür müsste man ihn erst einmal haben. Seyfried war erbittert, dass sie den Mann nicht vorläufig festgenommen hatten, und machte Asmussen dafür verantwortlich.

Als der Kieler sich wieder beruhigt hatte, setzte ihn Asmussen über die Ergebnisse der Forschungen des Hamburger Historikers ins Bild. Carl hatte ihn erneut angerufen und berichtet, was Renata bei Franz Branntwein herausgefunden hatte. Damit hatten sie nicht nur ein Motiv, sondern gleich zwei: Petersen hatte Siewering für den Tod sowohl seiner Eltern als auch seiner Frau und Tochter verantwortlich gemacht. Dazu kam noch der Verdacht, dass Petersen die Übernahme der Feringer Inselreederei durch die Reederei Siewering verhindern wollte. Das Bild war komplett. Seyfried ordnete an, Petersen umgehend festzunehmen.

Asmussen setzte alle seine Leute zur Suche ein, auch die der Freischicht. Sie teilten die Insel unter sich auf. Die Wasserschutzpolizei übernahm die Suche auf See. Petersen konnte sich gut mit einem Boot abgesetzt haben. Die Kollegen auf den Inseln und auf dem Festland wurden alarmiert. Es gab allerdings nur wenig Anhaltspunkte, wohin er sich gewendet haben konnte, falls er tatsächlich auf dem Festland sein sollte. Da er ohne nahe Angehörige war, kamen seine Cousine in einem Dorf bei Eckernförde oder seine ehemaligen Wohnorte in Hamburg und Reppenstedt bei Lüneburg in Frage. Vielleicht hatte er dort noch Freunde oder zumindest Bekannte, die ihn aufnehmen würden.

Bei ihm zu Hause nahm niemand den Telefonhörer ab. Sein Mobiltelefon ließ sich nicht erreichen, war offenbar ausgeschaltet. Petersen sei heute Morgen nicht zum Dienst erschienen, teilte eine Mitarbeiterin der Reederei am Telefon mit. Er sei auch nicht an Bord eines der Fährschiffe gesehen worden.

Das hatten sie schon mal erlebt. Petersen tauchte auf und verschwand, wie es ihm beliebte, und niemand wusste, wo er war! Sie schwärmten aus. Peters nahm sich mit Wachter das Hafengebiet vor und würde anschließend die Kneipen und Restaurants in Wyk abklappern. Das Motorboot des Kapitäns lag immer noch an seinem Platz im Sportboothafen. Omme Tadsen hatte schnell festgestellt, dass auch kein anderes Boot aus dem Hafen fehlte oder vermisst wurde. In der kleinen Reparaturwerft hatte ihn niemand gesehen. Allerdings stand sein Auto, ein alter dunkelblauer Passat-Kombi, auf dem Parkplatz vor dem Bootsschuppen. Nur besagte das nichts. Petersen benutzte nach Tadsens Aussage im Sommer für seine Wege zwischen Dunsum und Wyk häufig den Seeweg oder das Fahrrad. Der Wagen stand dann mal hier, mal da, tagelang.

Niemand hatte ihn gesehen oder wusste, wo er sich aufhielt, geschweige denn dass jemand seine Absichten kannte. Selbst Ekke Knudsen und Franz Branntwein fiel nichts mehr ein. Achim Lohns wurde beauftragt, weiter auf der Insel herumzutelefonieren.

Asmussen winkte Ina Meyer zu sich. Sie würden noch mal zum Haus des Kapitäns in Utersum fahren und dort persönlich nachsehen. Wäre er nicht dort, würden sie sich Wattführer Hansen und seine Schwester intensiv vornehmen. Die einzigen wirklichen Vertrauenspersonen, die Petersen nach ihren bisherigen Recherchen auf Föhr hatte, könnten wissen, wo er sich aufhielt, und würden dies zur Not auch unter Druck preisgeben müssen.

Föhr war eben doch nicht so klein, man konnte sich mühelos tagelang verstecken, erst recht natürlich, wenn jemand half. Aber so ein Versteckspiel passte eigentlich nicht zu dem Psychogramm des Kapitäns. Jan-Willem Petersen war einer, der den Stier bei den Hörnern packte, nicht einer, der sich in einem Mauseloch verkroch. Oder ... Asmussen sprach es aus: Oder er hatte sich umgebracht, sich der Verhaftung entzogen. Vielleicht trieb seine Leiche schon irgendwo in der Nordsee, während sie hier die ganze Insel auf den Kopf stellten ...

Schreckliche Entdeckung

Sie fuhren auf der Rundföhrstraße über Nieblum, Goting, Borgsum nach Utersum. Das Zentrum von Nieblum war wie üblich an solchen Tagen sehr belebt. Vor dem beliebten »Eisdänen« hatte sich mal wieder draußen eine Schlange gebildet, kichernde Mädchen saßen mit großen Eiswaffeln in der Hand auf einer Bank an der Straße. Urlauber stöberten in den diversen kleinen Läden. Und dann die Autos, die wegen des groben Kopfsteinpflasters und der vielen Menschen, die von den schmalen Bürgersteigen auf die Straße auswichen, den Ort nur im Schritttempo durchquerten. Asmussen hupte, als ein unachtsamer Radfahrer auf Höhe der Sparkasse ohne Rücksicht auf den Verkehr und ohne Handzeichen direkt vor ihm die Straße überquerte. Der Radfahrer, ein älterer Mann in kurzen Hosen und ohne Fahrradhelm, blieb am Rand der Straße stehen. Asmussen fuhr an ihm vorbei.

»Sollen wir nicht anhalten und ihn verwarnen?«, fragte Ina.

»Er hat Glück gehabt, dass wir etwas Wichtigeres vorhaben«, antwortete Asmussen, der während der ganzen Fahrt wortkarg geblieben war. Im Übrigen war er der Meinung, dass die Polizei Vorbild sein musste und auf der Insel besonders umsichtig Auto fahren sollte. Radfahrer, darunter viele Kinder, waren auf allen Straßen unterwegs und beachteten nicht unbedingt immer die Verkehrsregeln. Das galt besonders für schöne Tage wie diesen, wo ganze Scharen von ihnen die Radwege entlang der Straßen bevölkerten. Und ganz besonders für Nieblum, wo sich der ganze Verkehr über die enge, stark belebte Straße abwickelte.

Endlich heraus aus dem Ort, beschleunigte er. Die Landstraße war frei, nur auf dem Fahrradweg waren zahlreiche Urlauber unterwegs. Zehn Minuten später hatten sie Utersum erreicht und hielten bald vor einem mit Kiefern dicht bestandenen, schmalen Grundstück.

Ina Meyer sah vom Beifahrersitz aus zwischen den Bäumen ein recht kleines rotes Backsteinhaus mit Ziegeldach. Rechts davon gab es einen Schuppen, vor dem ein altes Ruderboot kieloben auf zwei kräftigen Holzböcken lag. Sie stiegen aus und gingen über einen von Gras und Unkraut überwucherten Kiesweg auf das Haus zu. Das Gebäude, dessen Renovierung sichtlich schon viele Jahre zurücklag, war von Rasen, eher einer ungepflegten Wiese, umgeben. Blumen oder Sträucher gab es nicht, bis auf einige recht kümmerliche Rosenstöcke an der Mauer links und rechts neben dem Eingang.

Asmussen klingelte. Hinter der dunkelbraunen, rissigen Tür rührte sich nichts. Er blickte durch die kleine rautenförmige Scheibe nach innen, klingelte erneut und klopfte schließlich kräftig mehrfach mit der Faust an die Tür. »Petersen!«, rief er laut, »machen Sie auf! Hier ist die Polizei!« Immer noch nichts. Nur der Wind rauschte in den Baumwipfeln des kleinen Waldstücks zwischen dem Haus und dem Deich.

Ina sah ihren Chef an. Was nun? Er drückte die Türklinke hinunter. Die Tür war offen! »Bleiben Sie hinter mir!«, ordnete der Hauptkommissar an. Ina Meyer nickte. Nervös griff sie an ihre Pistolentasche. Die Waffe war noch da, wie es sich gehörte. Wenn Petersen ein Mörder war, könnte er gefährlich sein! Aber Asmussen war ja dabei, da konnte nicht viel passieren.

Er betrat den Korridor hinter dem kleinen Windfang und rief erneut: »Herr Petersen! Hier ist Asmussen, Polizei Wyk. Sind Sie da?« Kein Laut war zu hören.

Asmussen, Ina immer hinter ihm, öffnete nacheinander die Zimmertüren und blickte in die Räume. Die Küche, ein kleines Wohnzimmer mit unscheinbaren Möbeln, ein dunkles Arbeitszimmer mit einem großen Schreibtisch und erstaunlich vielen Büchern in umlaufenden dunkelbraunen Regalen, waren menschenleer. Genauso das Badezimmer mit den altmodischen zartgrünen Kacheln und einer abgestoßenen Wanne. Im Dachgeschoss befanden sich ein Schlafzimmer – das Bett ungemacht – und ein Abstellraum, der abgesehen von einigen verschlossenen, völlig verstaubten Kisten an der Wand und einem alten Sessel leer war.

»Bleibt noch der Keller«, meinte Asmussen. Die Tür befand sich neben der Küche im Erdgeschoss. Vorsichtig stiegen sie die Treppe nach unten. Aber auch hier war niemand. Ina Meyer war froh, als sie wieder oben waren. Der muffige Keller war vollgestopft mit allerhand alten Möbeln, Werkzeug- und Flaschenregalen, verrosteten Gartengeräten und allerhand Gerümpel, das sie nicht zuordnen konnte. Eine Tür mit einer völlig blinden Glasscheibe führte nach außen zu einer Treppe hinauf in den Garten.

»Fehlanzeige!«, konstatierte Asmussen, als sie wieder draußen vor dem Haus standen. »Wir sehen noch im Schuppen nach«, teilte er Ina mit, »ich gehe erst einmal um das Haus herum. Warten Sie solange hier. Anschließend befragen wir die Nachbarn.« Zwischen den Bäumen konnten sie auf dem Grundstück gegenüber ein etwas größeres, altes rotes Backsteinhaus sehen. Vor dessen Garage stand ein relativ neuer silberfarbener VW Golf.

Ina Meyer wandte sich nach links und ging auf den recht großen Holzschuppen zu, vor dem das Ruderboot aufgebockt stand. Petersen hatte offenbar vor Kurzem damit begonnen, das Boot zu restaurieren. Ein Teil des Rumpfes war dunkelrot neu gestrichen, der andere Teil offenbar gerade zum Streichen vorbereitet worden. Auf einer mit Farbklecksen übersäten, alten Plane unter dem Boot befanden sich mehrere Farbeimer und Pinsel.

Sie betrachtete den leicht windschiefen Schuppen. In der Seitenwand waren zwei kleine, völlig verdreckte Fenster. »Hier müsste man dringendst mal sauber machen«, dachte Ina. Asmussen war inzwischen herangekommen, er hatte wohl nichts gefunden. Sie drückte die schmale Türklinke hinunter. Die Schuppentür war ebenfalls nicht verschlossen. Sie räusperte sich, rief dann: »Herr Petersen, sind Sie hier? Wir möchten mit Ihnen sprechen! Ina Meyer, Polizei Wyk!« Kein Laut. Der Schuppen lag halb im Dunkeln, das Licht fiel nur spärlich durch die kleinen, staubigen Fenster. Sie betrat vorsichtig den Raum, in dessen Mitte zwei große Tische und eine Kreissäge standen. Der Fußboden war stellenweise mit Sägemehl bedeckt. In verschiedenen großen Regalen befanden sich zahlreiche verstaubte Schiffsmodelle in verschiedenen Größen, dann Werkzeuge, Farbeimer, Farbdosen und Pinsel. Es roch intensiv nach Holz und Farbe.

Auch hier keine Spur von dem Fährkapitän. Hinten im Schuppen entdeckte sie eine Tür und öffnete sie vorsichtig, aufmerksam sichernd und unter dem wachsamen Auge ihres Chefs. Der Raum dahinter war völlig dunkel. Sie ging einen Schritt hinein, um einen Lichtschalter zu suchen, stieß an etwas Weiches. Unwillkürlich fasste sie mit den Händen danach und tastete es vorsichtig ab. Es waren zwei Beine, die von oben herabhingen. Ina schrie auf, stieß die Beine von sich und prallte zurück, gegen Asmussen, der ebenfalls hereingekommen war.

»Er ... er hängt da, glaube ich, er hat sich aufgehängt, da sind seine Beine«, keuchte sie.

Asmussen schob sie beiseite, umfasste die Beine und hob den herabhängenden Körper nach oben. »Los, suchen Sie den Lichtschalter und irgendetwas zum Draufsteigen, wir müssen ihn abschneiden. Vielleicht ist es noch nicht zu spät!«, forderte er sie auf.

Ina fand schließlich rechts neben der Tür einen altmodischen Drehschalter und knipste das Licht an, eine alte, trübe Funzel, die den kleinen Abstellraum nur spärlich beleuchtete.

Jan-Willem Petersen hatte sich aufgehängt, es war kein Leben mehr in ihm. Ina wäre am liebsten hinausgelaufen. Sie brauchte frische Luft, fühlte Tränen aufsteigen. Aber Asmussen hatte gesagt, sie solle ihn abschneiden. Neben dem Toten lag ein umgeworfener Stuhl. Sie richtete ihn auf, stieg mit wackligen Knien darauf und schnitt mit ihrem Taschenmesser den Strick durch. Direkt neben ihrem Gesicht war das Gesicht des Toten, verfärbt, die Zunge hing heraus. Ina war froh, als der grauenvolle Moment vorbei war und Asmussen den Toten in den Hauptraum der Hütte getragen hatte. Wiederbelebungsversuche waren sinnlos. Der Körper war schon erkaltet. Sie waren zu spät gekommen.

Sie zitterte und schluchzte. Petersen war ihr erster Toter. »Frau Meyer, beherrschen Sie sich bitte!«, mahnte der Vorgesetzte. Aber das half nichts. Schließlich nahm Asmussen sie – vorsichtig – in den Arm. Ina drückte sich unwillkürlich an ihn und barg den Kopf an seinem Hals. Schließlich beruhigte sie sich. Der Chef roch eigentlich ganz gut. Die Situation begann ihr sogar ein ganz klein wenig zu gefallen – aber schnell fiel ihr der Tote zu ihren Füßen wieder ein.

Asmussen strich ihr leicht über das Haar. »Der erste Tote ist für alle schlimm. Geht es wieder?«, fragte er behutsam.

»Ja, danke. Tut mir leid«, erwiderte Ina und löste sich von ihm. »Was machen wir denn jetzt?«

»Rufen Sie in der Station an. Lohns soll das Nötige veranlassen.« Ja, das war richtig. Sollten jetzt die anderen was tun. Sie hatte erstmal genug von diesem Fall.

Petersen hatte sich ihnen entzogen. Er war dorthin gegangen, wo seine Frau und seine Tochter schon waren. Der Fall Siewering würde zu den Akten gelegt werden. Und sie würden vielleicht nie erfahren, wie es genau abgelaufen war, was dieser Mann genau getan hatte und warum.

Das Testament

Sie saßen an ihrem Küchentisch, vor sich den unfrankierten, unadressierten Briefumschlag und das Schreiben, den letzten Willen ihres alten Freundes. Sie waren schließlich die einzigen Menschen, denen er vertraut hatte. Das wussten sie, und dieses Wissen verpflichtete.

Der Tee war kalt geworden. Der Mann rührte blicklos und gedankenverloren in der halb vollen Tasse. »Hör endlich auf damit!«, herrschte die Frau ihn an. »Wir hätten ihn in dieser Situation einfach nicht allein lassen dürfen.«

»Was hätten wir denn tun sollen?«, sagte der Mann. »Glaubst du, er hätte sich bei uns auf Dauer einquartiert und wir hätten ihn wer weiß wie lange vor der Polizei verstecken können? Er hätte sich stellen müssen. Was wäre ihm schon passiert? Vielleicht hätten sie ihn nicht mal ins Gefängnis gesperrt. Er gehörte sowieso in die Psychiatrie.«

Auf dem Grundstück gegenüber rückte die Polizei ab. Nur ein Streifenwagen stand noch dort. Der Leichenwagen war schon vor einer Weile weggefahren. »Komm, lass uns das jetzt auch noch erledigen. Der Asmussen ist noch da, ich sehe ihn«, sagte die Frau.

»Also gut«, seufzte der Mann und stand auf. »Vielleicht ist es das Beste. Ich mach das.« Er trat aus dem Haus und ging auf den Polizeiwagen zu, den letzten Brief des toten Fährkapitäns in der Hand.

Ein Puzzleteil

Renata betrachtete die Kopie des Schriftstücks, die Klaus-Henning Asmussen ihr zum Lesen gegeben hatte. Sie saßen bei ihm zu Hause, diesmal im Wohnzimmer. Vorhin hatte es ein Gewitter gegeben, jetzt regnete es Bindfäden. Sehr zum Leidwesen der Urlauber, der Landwirte, die mitten in der Getreideernte steckten, und eines Oldtimercabriofahrers, der feststellen musste, dass das Stoffverdeck seines Schmuckstückes an einer Stelle mürbe geworden war und ein kleines Loch hatte.

Asmussen berichtete über den letzten Akt des Dramas. Die Kripokollegen waren heute abgereist. Hauptkommissar Seyfried hatte den Fall nach Abstimmung mit den Hamburger Kollegen für erledigt erklärt, trotz der Einwände Asmussens. Den Brief, hatte der Kieler erklärt, solle man nicht zu hoch bewerten. Der Mann, offenbar ein Psychopath, habe seiner Ansicht nach mit Martin Siewering gekämpft und ihn ins Wasser gestoßen, sodass er in der starken Strömung abtreiben und ertrinken musste. Hermann Siewering sei Zeuge dieses Dramas geworden und an einem Herzinfarkt gestorben, vielleicht auch schon vorher. Das täte nun nichts mehr zur Sache. In die Enge getrieben, habe sich Petersen schließlich selbst gerichtet. Den Brief habe er nur geschrieben, um sich doch noch irgendwie moralisch reinzuwaschen. Aber die Indizien, vor allem die Fingerabdrücke, die offenkundigen Motive, die ihn schwer belasteten, schließlich der Selbstmord sprächen eine eindeutige Sprache. Auf die Vernehmung des Wattführers hatten sie dann auch verzichtet. Das konnte ihrer Meinung nach nichts Neues mehr bringen.

Ja, theoretisch auszuschließen sei eine Verkettung unglücklicher Umstände nicht. Martin Siewering habe auch aufgrund eines Badeunfalls das Leben verlieren können, sein Vater sei vielleicht zeitgleich oder nachher einem Herzinfarkt erlegen. Petersen habe sich nur der Leichenschändung schuldig gemacht. Aber deshalb hätte sich Petersen doch nicht umbringen müssen, meinte Seyfried. Und das sei auch gar nicht mehr von Belang. Oberkommissar Kohlmann hatte den Bericht entsprechend abgefasst und noch von Wyk aus nach Kiel und Hamburg übermittelt. Die SoKo konnte ihre Arbeit abschließen. Erfolgreich abschließen, in recht kurzer Zeit, jawoll. Und er, Asmussen, solle sich besser wieder um seine Straßenabsperrungen und Geschwindigkeitskontrollen kümmern. Asmussen war, ganz gegen sein Naturell, ruhig geblieben. Eines war überdeutlich geworden: Dass dieser ehrgeizige Kripokollege nur mit Wasser kochte.

Er war mit diesem Ergebnis nicht einverstanden gewesen, trotz der überzeugenden Indizien und nachvollziehbaren Motive. Irgendetwas war da noch ... Er wusste nur noch nicht was. Aber er hatte immer auf sein Gespür vertraut. Es hatte ihn selten im Stich gelassen, wenn es um schwierige Fälle ging. Bei seinen Frauen war das leider anders.

»Lies vor, Renata«, bat Carl, als Asmussen seinen Bericht beendet hatte. Sie seufzte. Das war ein schwieriges Dokument, zum Vorlesen nicht gut geeignet. Der Text, in einer kräftigen Handschrift mit einem Kugelschreiber auf ein Blatt weißes Papier geschrieben, trug die Überschrift »Testament« und das Datum des 5. August.

Ich, Jan Wilhelm Heinrich Petersen, geboren am 16. November 1945, wohnhaft Klaf 66, 25 938 Utersum, erkläre im Vollbesitz meiner geistigen Kräfte:

Meiner Cousine Anna-Maria Marxen, wohnhaft Am Goosberg 1b, 24340 Gammelby, vermache ich meinen gesamten Besitz mit folgenden Auflagen:

Sie sorgt dafür, dass ich im Familiengrab in Süderende bei meinen Eltern und bei meiner Frau Helma und meiner Tochter Maren beigesetzt werde. Ich wünsche keinerlei Bestattungsfeierlichkeiten, keine Blumen und Kränze.

5 000 Euro erhält die Seemannsmission, die sich für ein menschenwürdiges Leben von Seeleuten einsetzt.

5 000 Euro erhält der Volksbund Deutsche Kriegsgräberfürsorge, der das Gedenken auch an die im Krieg gefallenen Seeleute pflegt.

Ich erkläre, dass ich am Tod von Hermann Siewering und von Martin Siewering keine Schuld trage. Ich bin in der Nacht des 2. auf den 3. August, dem Geburtstag meiner Tochter, mit meinem Motorboot hinaus zur Yacht der Familie Siewering gefahren, die ich am Abend zwischen Föhr und Sylt ankern sah. Gegen 1.30 Uhr betrat ich die Yacht und fand dort nur Hermann Siewering vor, der tot auf dem Bett in einer Kabine lag. Martin Siewering war nicht an Bord, ich habe alles abgesucht.

Ich räume ein, dass ich in der Absicht hinausgefahren bin, den am Vorabend begonnenen Streit fortzusetzen. Ich wollte mit dem Reeder endgültig abrechnen, und mit seinem Sohn gleich mit. Diese Familie hat mein Leben zerstört. Aber Hermann Siewering war schon tot und sein Sohn verschwunden.

Ich gebe zu, dass ich Hermann Siewering das Wort MÖRDER in die Brust geschnitten und ihn in die Nordsee geworfen habe. Denn er war ein Mörder. Er hat eine ganze Familie ausgelöscht.

Hermann Siewering hat meine Frau und mein Kind auf dem Gewissen. Sie starben 1977 bei einem Autounfall, nachdem meine Frau erfahren musste, dass die Reederei Siewering unter der Leitung von Hermann Siewering die Ausflugsreederei ihres Vaters systematisch geschädigt, dann für ein Spottgeld übernommen und ihren Vater in Verzweiflung und Selbstmord getrieben hatte.

Meine Frau und meine kleine Tochter sind gestorben. Seit diesem Tag bin auch ich nicht mehr am Leben. Hermann Siewering hat nicht nur Helma und Maren, er hat auch mich getötet. Ich gehe jetzt zu ihnen.

Jan Wilhelm Heinrich Petersen

Renata legte das Testament auf den Tisch. Für einen Moment herrschte Schweigen. Hinter der groben, unsympathischen Fassade hatte sich ein Mensch verborgen, der furchtbar gelitten hatte und unfähig gewesen war, den schweren Verlust zu überwinden.

»Versteht ihr, dass ich nicht glauben kann, dass dieser Mann einen Mord begangen hat? Es klingt ehrlich. Er hat beschlossen zu sterben. Er hat schon alles verloren. Warum soll er noch lügen?«, fragte Asmussen. Ja, das klang unwahrscheinlich.

»Also war es wohl doch ein Unfall oder eine Verkettung unglücklicher Umstände«, stellte Renata fest.

»Ja, so sieht es aus. Die Kieler Kollegen sehen zwar Petersen als Mörder, aber das wollen die auch so. Aber so war es nicht«, schloss Asmussen.

»Da gab es doch noch eine Spur, diesen Engländer«, warf Carl ein. Er war froh, dass Franz Branntwein ihn erwähnt hatte, so hatte er Caroline Schweiger heraushalten können. Denn mit Sicherheit hatte es sich um ihren Vater gehandelt. »Habt ihr den schon befragt?«

»Heute früh haben wir einen Mr. Richard Spencer-Brown aus Römö herbeigeschafft. Er hat erklärt, dass er am 2. August zu einem Törn nach Norwegen aufgebrochen sei. An diesem Abend ist er aber nur bis Römö gekommen und hat da auch übernachtet. Das ist belegt. Er gab an, dass sein Funkgerät defekt gewesen sei und er deswegen den Törn abgebrochen habe. Wir haben das überprüft. Es stimmt. Die Hafenmeisterei in Römö hat geschludert und seine Ankunft nicht eingetragen. Deshalb blieb die Suche nach ihm zunächst erfolglos.«

»Was hatte er denn eigentlich mit den Siewerings zu tun? Er muss die doch anscheinend gekannt haben?«, fragte Carl.

»Er hat ausgesagt, dass er sie kannte, weil seine Tochter früher für die Reederei gearbeitet hatte, als Assistentin von Martin Siewering. Die Begegnung im Yachthafen war reiner Zufall, und er hat quasi nur guten Tag gesagt. Das klang durchaus plausibel.«

Carl guckte ein wenig ungläubig, fand Renata, ging dem aber nicht nach. »Und weiter nichts?«, fragte sie stattdessen Asmussen.

»Einige wenige Fingerabdrücke an einem Deckstuhl des Bootes. Sonst nichts. Nichts, was da noch Licht in die Sache bringen könnte«, war das Fazit Asmussens.

Carl kam noch einmal auf den Engländer zurück - warum nur? Ob denn seine Tochter die Aussage des Vaters bestätigt habe?

»Ja, mein Junge, ich weiß schon, warum du fragst«, sagte Asmussen maliziös. »Eine bildschöne Frau, die Ehefrau eures findigen Historikers, ihr kennt sie. Habt ihr nicht zufällig über ihren Vater geredet?«

Carl schien sich zu winden, man habe nur so allgemein geredet, wie man halt redet, wenn man sich flüchtig kennenlernt.

»Pass nur gut auf deinen Mann auf«, warnte Asmussen Renata scherzhaft.

»Ich pass auf, darauf kannst du dich verlassen. Männer in der Midlife-Crisis«, Carl knurrte, »sind zum Glück ziemlich durchschaubar. Jedenfalls hat er noch kein Geld abgehoben, um eine zwanzig Jahre jüngere Geliebte zu finanzieren oder eine Schaffarm in Neuseeland aufzumachen.«

»Ja, aber nur, weil du vorher immer alles ausgibst!«, rächte sich ihr Mann.

Renata wusste genau, dass Carl ihr jetzt unendlich dankbar dafür war, dass sie sein morgendliches Treffen mit der Frau nicht erwähnt hatte. Für diese Investition würde sie jedenfalls noch Gegenleistungen in Form von Naturalien einfordern!

»Wir haben die Frau natürlich aufgesucht«, setzte Asmussen fort. »Sie hat erklärt, dass sie tatsächlich mit ihrem Vater zu einem kurzen Treffen in Wyk verabredet war. Im Prinzip hat sie sowieso alles bestätigt, was er ausgesagt hat. Sie habe sich schon Sorgen gemacht, weil er ohne Abschied wieder verschwunden sei, aber das sei andererseits nicht das erste Mal gewesen. Wir dürfen wohl davon ausgehen, dass sich diese ganze Geschichte rein zufällig zu dem Zeitpunkt ereignet hat, als die Siewerings verschwunden sind.«

»Na ja, ein wenig merkwürdig finde ich das schon«, konnte sich Renata nicht verkneifen.

»Ja, natürlich. Der Seyfried hat ihrem Vater und ihr auch entsprechend massiv zugesetzt, aber es hat sich daraus kein Anhaltspunkt für weitere Ermittlungen ergeben. So, und zur Krönung des Ganzen kam nachmittags der Anruf von meinem alten Freund van Aertsen, Kripo Hamburg, dass wir auf dringendes Ersuchen bestimmter britischer Regierungsstellen die Finger von dem Spencer-Brown lassen sollten. Der hat sich dann sehr höflich von uns verabschiedet. Aber ich gehe davon aus, dass Seyfried darauf noch angesprochen wird. Oder vielleicht gerade nicht?«

»Geheimdienst?«, fragte Carl.

»Wer weiß? Jedenfalls gibt es definitiv keine weiteren Ermittlungen mehr in diese Richtung.«

Mehr gab es nicht zu sagen. Das Gespräch wandte sich anderen Themen zu. Schließlich sprachen sie doch noch über Inger, Asmussen selbst wollte es so. Sie war noch auf der Insel und hatte ihm einen Brief geschrieben, dass es leider endgültig aus sei zwischen ihnen. Wenigstens keine SMS, dachte Renata, sagte es aber nicht. Sie sah Carl warnend an, der gern die Tiefe solcher Fettnäpfchen auslotete. Inger hatte noch mitgeteilt, dass sie jetzt in einem Restaurant in Nieblum jobbe und da jemanden kennengelernt habe.

»Es tut mir leid, das sagen zu müssen, Klaus-Henning, aber ich glaube, du kannst froh sein«, kommentierte Carl dann doch.

Der Freund verzog die Mundwinkel. Noch war er nicht so weit, das so zu akzeptieren. »Den neuen Lover habe ich natürlich ermittelt. Ein grünes Bürschchen, das hier mit ein paar anderen für die norddeutsche Surfmeisterschaft trainiert.« Ja, Asmussen hatte die Mittel, so etwas schnell festzustellen.

Carl berichtete von einem Beinahezusammenstoß mit einem Surfer und wie die jungen Leute hier über das Wasser preschten, ohne Rücksicht auf Verluste. »Kann man eigentlich mit dem Surfbrett die Insel umrunden?«, fragte er ahnungslos.

»Ja klar«, stellte Asmussen fest, »aber es ist nicht ganz ungefährlich. Für Anfänger nicht zu empfehlen.«

»Dann kann ein guter Surfer, der sich ein bisschen auskennt, doch sicher auch mit einem Brett nachts zwischen den Inseln herumfahren und zu einem vor Anker liegenden Boot gelangen.«

Sie sahen sich an. Dieser einfache Satz, einmal im Raum, eröffnete neue Möglichkeiten. Natürlich! Es war so offenkundig!

»Ich denke, ich sollte doch noch mal mit Helen Siewering sprechen«, sagte Asmussen.

Das Geständnis

Klaus-Henning Asmussen hatte ihr mitgeteilt, dass er noch einige abschließende Fragen habe. Sie hatte ihn verwundert angesehen, aber hereingelassen. Er kam schnell zur Sache und konfrontierte Helen Siewering mit seinem Verdacht, dass sie als geübte Surferin die Yacht der Siewerings in der Nacht mit ihrem Surfbrett erreicht habe.

Helen Siewering blieb scheinbar ungerührt, leugnete, blieb bei ihren früheren Aussagen. Sie schien gelassen, sich ihrer Sache ganz sicher. Asmussen begann sich damit abzufinden, dass sein dienstlich nicht gedeckter Besuch auf dem Anwesen der Siewerings zu keinem Ergebnis führen würde. Als er sich mit einem ironischen Hinweis auf ihre große Trauer schließlich zurückziehen wollte, überraschte sie ihn.

»Ich höre den Spott in Ihren Worten sehr genau, aber Sie werden es nicht glauben, ich bin traurig! Weil ich so lange warten musste, weil es jetzt erst passiert ist! Ich habe meinen Mann gehasst, meinen Schwiegervater, diese eingebildeten Snobs, die ganze ehrpusslige Familie. Die Heirat war ein Riesenfehler. Die haben mich vorgeführt und schikaniert, wo es nur ging. Tu dies nicht, mach das nicht, man benimmt sich so und so, du kannst das nicht anziehen, sei besonders nett zu dem Senator mit den grabschigen Wurstfingern, und so weiter und so weiter. Von mir wurde erwartet, dass ich fein und brav alles ertrage, was den hohen Herrschaften genehm war. Ich weiß genau, dass mein Mann mich mit diversen Mitarbeiterinnen und anderen Weibern betrogen hat. Ich war ihm nur als Kinderfrau gut genug. Mein Schwiegervater, der feine Herr, war auch nicht besser. Mehr als einmal habe ich ihm auf die Finger geklopft. Schweine, alle beide!«, sie spuckte es förmlich aus.

Asmussen erkannte, wie stark der Hass in ihr sein musste, dass sie sich so weit vergaß. Hatte sie keine Angst, dass sie damit seinen Verdacht nur schürte? War sie sich so sicher, dass ihr nichts passieren konnte?

»Mit seinen Kindern bin ich auch nicht klargekommen. Vor der Heirat ging es ja. Aber als es dann hieß, das ist meine neue Frau, da war es vorbei, da war ich ihnen nicht gut genug. Die sind doch nicht besser. Haben mich total abgelehnt, nicht ein vernünftiges Wort konnte ich mit denen reden. Wissen Sie, wie das ist, wenn man total isoliert ist, wenn man immer alles falsch macht, wenn man kaltlächelnd belogen und wieder und wieder betrogen wird? Ich habe überhaupt nicht gezählt! Nichts war ich für die, außer wenn ich ihnen unangenehme Dinge abnehmen konnte! Jetzt haben sie sich verzogen und lassen mich alles allein regeln.«

Ihre Stimme war immer lauter geworden, nun beruhigte sie sich wieder und fuhr leiser fort: »Eines Tages habe ich beschlossen, Schluss zu machen. Ich war fix und fertig. Aus meiner Triathlonzeit hatte ich noch das Dopingmittel – ja da staunen Sie. In großer Überdosis macht das einen wunderbaren Rausch, bevor man wegdämmert. Eine von meinen Kameradinnen ist damals fast draufgegangen. Der Sportarzt hat sie wieder hingekriegt. Es gab neben einer saftigen Drohung ein bisschen Kohle für ihr Studium und das war's. Das war dann der Moment für mich, aufzuhören mit diesem Scheißspiel. Von dem Zeug hatte ich noch einiges übrig, habe nie alles genommen, was ich sollte, hat keiner gemerkt.« Sie schnaubte verächtlich.

»Also, dachte ich mir, ich nehm das ein, dazu ein knackiger Abschiedsbrief an BILD, der Skandal in der feinen Gesellschaft ist perfekt! Dann saß ich davor, und mir wurde klar: Warum eigentlich ich? Ich war doch nicht schuld! Von da an hab ich stillgehalten. Hab alles gemacht, wie sie es wollten. Meine Stunde würde kommen. Ich musste nur überlegen, wie ich es tun könnte.«

Sie lächelte ihn an, als erzähle sie ihm von den Vorbereitungen einer Geburtstagsfeier, die sich letztlich als sehr gelungen erwiesen hatte. »Ein Zeitungsartikel letztes Jahr hat mich schließlich draufgebracht. Da ist ein Sylter ertrunken, der eine Bekannte retten wollte. Die waren nachts mit dem Boot in einem Priel vor Anker, die blöde Kuh geht baden, treibt ab, er will sie retten, springt hinterher. Irgendwer fischt sie noch rechtzeitig raus, er ertrinkt. Stand groß im Inselkurier. Das war die Lösung! Der Bootsfimmel, die starke Strömung an ihrem Lieblings-Ankerplatz. Tragischer Unfalltod durch Ertrinken. Der eine ist beim Baden unvorsichtig und treibt ab. Der andere will ihn retten und treibt auch ab. Beide tot. Es durfte nur niemand in der Nähe sein, der sie hätte retten können. Das war ein guter Plan. Seitdem habe ich dafür trainiert. Und auf meine Gelegenheit gewartet.«

Asmussen wusste, jetzt hatte er sie soweit. Aber er wollte noch mehr Einzelheiten. Es war gut, dass er allein gegangen war. Zwar hatte er so keinen Zeugen, aber sie hätte es in Anwesenheit eines Dritten niemals zugegeben. Und je mehr Details er jetzt bekam, um so besser könnten sie sie später beim offiziellen Verhör unter Druck setzen. Peter van Aertsen würde dafür sorgen, dass sie nicht entkam. »Warum haben sich die beiden nicht gewehrt? Zwei Männer gegen eine Frau?«

Sie fuhr ihn an: »Männer! Das waren keine Männer. Schlaff und angeberisch, das waren sie. Ich konnte es locker mit beiden aufnehmen. Aber das war gar nicht nötig. Als ich an Bord kam, war von meinem Schwiegervater nichts zu sehen. Und mein Mann? Es war ganz leicht. Er war mal wieder voll, torkelte an Deck herum. Ein kleines Gerangel, ein kleiner Stoß, das Problem war erledigt. Ich hab mir gedacht, der treibt in die Nordsee raus und mit etwas Glück findet man ihn nie wieder. Und beinah ist es ja so gekommen. Um Hilfe hat er geschrien, um Gnade gewinselt. Aber das hätte er sich früher überlegen müssen.«

Asmussen warf ein: »Ihr Schwiegervater ist an einem Herzinfarkt gestorben. War er noch an Bord, als Sie ...« Er brachte den Satz nicht zu Ende.

»Nein. Ich habe ihn gesucht. An Deck war er nicht, also bin ich runter, in den Kabinen nachsehen. Er liegt da, auf seinem Bett, einfach nur so. Ich denk, er schläft. Ich geh näher ran und merke: Der atmet nicht mehr! Ein Wunder, ein regelrechtes Wunder hat mir das Problem abgenommen! Also ließ ich ihn so liegen, wie er war. Das mit dem MÖRDER auf der Brust hab ich erst nicht verstanden. Und wie er plötzlich ins Watt gekommen ist! Darüber musste ich erst mal nachdenken. Aber lange hat es nicht gedauert, dann war es mir klar. Es musste jemand nach mir gekommen sein, so viel stand fest. Ich hatte zunächst Angst, dass der mich gesehen haben könnte. Aber es passierte ja nichts, da wurde ich wieder sicher.« Sie sah Asmussen triumphierend an. Der nickte nur, ermutigte sie damit weiterzusprechen.

»Dieser Fährkapitän hatte also auch etwas mit den Herren abzumachen, stand ja alles im Föhrer Inselkurier. Der hat den Alten über Bord geworfen, wer sonst, und den Anker gelichtet. Hätte ich das bloß vorher gewusst, dann hätte ich mir vielleicht die ganze Mühe sparen können«, sagte sie kalt, und setzte fort: »Mit dem Surfbrett bin ich zurück an Land. Ich war mal gut im Surfen, richtig gut, wissen Sie. Stand sogar in der Zeitung. Wissen Sie, wie schnell man mit so einem Brett sein kann? Und niemand hat mich an Bord gehen sehen, niemand hat mich von Bord gehen sehen. Wenn jemand einen Surfer in der Nacht bemerkt hätte? Na und? Im Augenblick ist die Insel voll von Surfern, die alle für die norddeutsche Meisterschaft trainieren. Ein paar Fanatiker gehen auch nachts aufs Wasser. Das gibt den richtigen Kick, Surfen unterm Sternenhimmel.«

Asmussen unterbrach sie: »Wenn wir das Surfbrett finden, dann finden wir auch Spuren. Schrammen vom Boot, als Sie angelegt haben, vielleicht.«

»Suchen Sie nur! Vielleicht treibt es ja jetzt gerade irgendwo in der Nordsee. Vielleicht ist es auch ganz woanders. Nein, bleiben wir dabei: Martin ist beim nächtlichen Bad ertrunken. So ein Pech. Und der alte Mann ist einfach von allein gestorben. Nur dass da noch jemand an Bord gekommen ist und ihn verziert hat, das war nicht vorauszusehen. Sonst wär die Kripo schön zu Hause geblieben.«

»Es hätte aber doch sein können, dass Sie jemand beim Verlassen Ihres Hauses sieht. Oder beim Wiederkommen!«

Die Frau räumte es ein: »Ja, das war natürlich eine Schwachstelle. Aber das Risiko war relativ klein. Das Haus liegt direkt hinter dem Deich am Südstrand. Es war in der Nacht ziemlich dunkel, aber noch ausreichend hell für die Orientierung. Fast perfekt. Ich habe, sagen wir mal, ich hatte, einen wunderbaren schwarzen Neoprenanzug, mit Kappe. Damit bin ich durch den Garten, durch die Rosenbüsche« – sie zeigte ihm lächelnd ihre Kratzer an den

Händen. »Gartenarbeit, wie man sieht – da hatte ich schon das Surfbrett, ein paar Meter den Deich runter, rein ins Wasser und ab ging's! Niemand war in der Nähe, ich habe gut aufgepasst. Zurück genauso. Alles ruhig, alles still. Alles schläft, einsam wacht ...«.

»Aber Sie haben kein Alibi für die Nacht«, stellte Asmussen fest.

»Und Sie, haben Sie etwa ein Alibi?«, fuhr sie ihn an. »Es gibt noch tausend andere auf der Insel, die für die fragliche Zeit mitten in der Nacht kein Alibi hatten. Und dabei einer, der auch ein richtig gutes Motiv hatte, meinen Mann und vor allem seinen Vater wegzuräumen. Ich verstehe nur nicht, dass der sich umgebracht hat. Und letztlich: Martin, das Schwein, habe ich nur ins Wasser befördert. Er hätte ja schwimmen können. Ertrunken ist er jedenfalls von allein. Kann ich was dafür? Sein Vater war sowieso tot. Und wenn nicht, wäre er eben auch baden gegangen.«

Sie schaute ihm direkt in die Augen. »Und damit Sie es wissen, ein für allemal: Ich habe in der besagten Nacht in unserem Haus geschlafen. Niemand hat mich da rausgehen sehen, niemand sah mich reinkommen. Die Kinder jedenfalls nicht; die schliefen tief und fest, glauben Sie mir. Ich hab nichts dem Zufall überlassen, hab sogar noch meinen Mann übers Handy angerufen, um sicherzugehen, dass sie auch wirklich allein an Bord waren und an der gewohnten Stelle ankerten. Das Handy war ein Prepaid, was denken Sie denn! Gibt es übrigens auch nicht mehr. Es sei denn, Sie finden ein paar Einzelteile am Grund der Nordsee über viele Seemeilen verstreut und können die wieder zusammensetzen«, höhnte sie. »Und dann haben Sie immer noch nichts gegen mich in der Hand. Es gibt nämlich keine Beweise. Nichts, gar nichts, überhaupt nichts!«

Sie erhob sich. »Und jetzt raus aus meinem Haus. Sie können mir gar nichts anhaben. Seien Sie froh, wenn ich Sie nicht wegen Verleumdung anzeige. Ich möchte gern wissen, was Ihre Vorgesetzten zu Ihren haltlosen und ungeheuerlichen Unterstellungen sagen würden. Der Fall Siewering ist endgültig abgeschlossen, glauben Sie's mir.«

Asmussen hörte ein Geräusch aus Richtung der Tür. Die Stiefkinder standen reglos im Rahmen, die junge Frau tränenüberströmt. Der Sohn sagte kalt: »Nein, das glaube ich N I C H T, M U T T E R!«

Abschied von Föhr

Carl lenkte das alte Cabrio vorsichtig auf die Fähre. Renata und er stiegen aus, nachdem ein Besatzungsmitglied sie auf dem Autodeck eingewinkt hatte. Er blieb noch solange neben der Treppe stehen, bis er sicher war, dass niemand seinen kostbaren Oldtimer ramponiert hatte. Auf dem Oberdeck musste er sich durch eine Gruppe angeheiterter Mittfünfziger drängen. Die Frauen und Männer hatten sich bereits mit Bier in Plastikbechern versorgt und trugen einheitlich blaue Sweatshirts, auf denen Bierflaschen und die Wörter »Saudum '77 forever« aufgedruckt waren.

Schließlich fand er Renata auf einer Bank an der Reling, eine Zeitung auf den Knien. Ekke Knudsen hatte seinen letzten großen Auftritt mit dem Fall Siewering: »Reeder-Rätsel gelöst: Föhrer Polizei sorgt für Aufklärung eines fast perfekten Mordes!«, hatte er getitelt. Wenn das nichts war.

»Na, Auto noch heil?«, fragte Renata leicht spöttisch.

Carl nickte. Thema nicht vertiefen. Verstand sie nicht, würde sie nie verstehen. Männer und schöne alte Autos, das ist wie ... Fußball und Tor, wie Kumpel und Bier, wie Haus und Tür! Wie Frauen und Schuhe. Nun ja. Dieses Thema würde er besser vermeiden.

»Es war doch ganz schön, trotz der Aufregung«, sagte Renata.

Carl stimmte ihr zu. Diesen Urlaub würden sie so schnell nicht vergessen. »Aber wir haben unseren Roman nicht mal angefangen, wenigstens den Plot hätten wir zusammenstellen können«, stellte er bedauernd fest.

»Wozu?«, entgegnete seine Frau. »Schreib auf, was wir erlebt haben – dann hast du deinen Roman.«

Ja. Das war an sich eine gute Idee. Aber er würde einiges verändern, einiges verschweigen müssen. Mit Klaus-Henning wäre es zu besprechen. Er durfte ihm auf keinen Fall schaden.

Und Caroline, die wunderschöne, traurige Deutsch-Engländerin ... Er dachte an ihre Tochter, ihr Ebenbild, die kleine, unbeschwerte, fröhliche, kluge Catherine – und an ihren ahnungslosen Vater, der sicher seine Fehler hatte, aber seine kleine Familie doch über alles liebte. Die kluge Renata hatte natürlich eins und eins zusammengezählt: Catherine war garantiert die Tochter des toten Reeders. Carl wäre da von allein nie draufgekommen. Ob Caroline es ihrer Tochter und ihrem Mann wohl eines Tages sagen würde? Carl glaubte es nicht. Sie würde ihm sein Kind nicht nehmen, und ihrem Kind nicht den Vater.

Er erinnerte sich an ihre letzten Worte, bevor sie sich am Strand getrennt hatten. Sie hatte ihn gebeten, ihr Geheimnis immer für sich zu behalten. Er hatte es ihr versprochen und ihr ungelenk und ganz flüchtig nur die Wange geküsst. Mehr hatte es zwischen ihnen nicht gegeben. Sie würden sich nie wieder sehen. Sie würden es nicht einmal versuchen.

*

Danksagung

Ich danke allen, die bei der Entstehung dieses Romans mitgewirkt haben, besonders Wattführer Heinz-Jürgen Fischer und Polizeihauptkommissar Jörg Addix, Föhr.

Meiner Frau Bettina danke ich für das Verständnis, dass über der Ausführung unserer im Strandkorb auf Föhr geborenen Idee nun mein Name steht.

Außerdem danke ich allen meinen Verwandten, Freunden und Kollegen, denen ich mehr als zwei Jahre lang etwas über diesen Roman erzählt habe, ohne ihnen auch nur eine Zeile vorlegen zu können. Das Problem ist hiermit gelöst!

Inselkrimi im Prolibris Verlag

Antje Friedrichs, Letzte Lesung Langeoog
181 Seiten, Paperback, 8. Auflage 2008
ISBN 978-3-935263-00-9 / 11,00 EUR

Onno Tjadens erster Fall !

Bombenalarm beim Dünensingen, ein Erpresser droht, das Ostfriesenmüsli zu vergiften, aus einer Dusche am Strand fließt plötzlich Blut ... Schon reisen Gäste übereilt ab. Hauptkommissar Onno Tjaden aus Wittmund soll vor Ort die Vorfälle aufklären und wieder Ordnung in die Ferienidylle bringen. Doch schon bald nach seiner Ankunft gibt es einen Toten. Dann verschwindet jemand spurlos.

Ein ganzer Reigen skurriler Figuren begegnet uns vor der Kulisse Langeoogs: ein tollkühner Schwimmer, eine glatzköpfige Kellnerin, ein herzensbrechender Literaturpapst ... Verdächtige unter den Gästen und auch unter den Langeoogern gibt es genug. Der sympathische Hauptkommissar Tjaden stürzt sich in die Ermittlungen.